烈焰哨兵
SENTINELS OF FIRE

[美]P.T.多伊特曼 / 著　　杨沛然 / 译

重庆出版集团 重庆出版社

Copyright © 2014 by P.T.Deutermann
This edition arranged with The Nicholas Ellison Agency
through Andrew Nurnberg Associates International Limited
Simplified Chinese translation Copyright © 2017 by Chongqing Publishing House
版贸核渝字(2015)第283号

图书在版编目(CIP)数据

烈焰哨兵/(美)P.T.多伊特曼著；杨沛然译.—重庆：
重庆出版社, 2017.10
ISBN 978-7-229-12169-3

Ⅰ.①烈… Ⅱ.①P… ②杨… Ⅲ.①长篇小说—美国—现代
Ⅳ.①I712.45

中国版本图书馆CIP数据核字(2017)第071739号

烈焰哨兵
LIEYAN SHAOBING
[美]P.T.多伊特曼 著 杨沛然 译

责任编辑：李 梅
责任校对：杨 婧
装帧设计：八牛设计

重庆出版集团
重庆出版社 出版

重庆市南岸区南滨路162号1幢 邮政编码：400061 http://www.cqph.com
重庆出版社艺术设计有限公司制版
重庆升光电力印务有限公司印刷
重庆出版集团图书发行有限公司发行
邮购电话：023-61520646
全国新华书店经销

开本：710mm×1000mm 1/16 印张：15.5 字数：280千
2017年10月第1版 2017年10月第1次印刷
ISBN 978-7-229-12169-3
定价：39.80元

如有印装质量问题,请向本集团图书发行有限公司调换：023-61520678

版权所有 侵权必究

第一章

在我登上美军军舰马洛伊号的第一天，迎接我的便是一架从头顶十五英尺轰鸣而过的日本战斗机，噪声振聋发聩，让我晕头转向。在掠过我们的船之后，它就在水面上爆炸了。一阵枪林弹雨过后，舰长从驾驶室翼台探出头俯瞰甲板，朝着我咧嘴大笑，戏谑地喊道："欢迎登船，副舰长！怎么样，欢迎仪式还满意吗？"

我惊魂未定，直到一个小时过后才想出了一个聪明绝顶的方式来回应他的嘲讽，但那时我是真的被吓得瞠目结舌，甚至还有点失聪的感觉，毕竟我确确实实是初次登船，也难免如此。前来给我领路的是驾驶室里的传信员，他一副水手模样，看上去十二岁不到的样子。他领我沿着右舷走过一个个炮台，准备从露天甲板的梯子爬到驾驶室去。哪知第一个梯子才爬了一半不到，一架神风敢死队的飞机便神出鬼没地杀了出来，船中部的四十毫米口径机枪立马开火回应，随即全船所有二十毫米口径机枪也给予火力支援，但炮火声还是掩盖不住敌机如大风呼啸般的引擎轰鸣声。在枪手发现敌机时，我正处于一门四管四十毫米口径机枪台下，只见刹那间我这一侧的所有枪炮齐齐开火，传信员急忙带着我从梯子上跳回到主甲板，蜷缩到了梯子下面，暂时避避那劈头盖脸倾盆而下的弹壳。上方炮台产生的巨大冲击波震得我几近窒息，但随后对着我俯冲而来的敌机却比这恐怖百倍，虽然其机翼、机尾、起落架都被马洛伊号强力的炮火轰得七零八落，但当我亲眼看到机身下那颗巨大而丑陋的炸弹时，还是感觉整个心脏都提到嗓子眼了。战至最后，只见飞机骤然上飞，随即翻转，在舰船的上方拖着熊熊烈焰飙升了一段后坠入水中，想必敌机的飞行员已经失去意识，有可能头都被轰飞了。不一会儿，只听惊雷骤响，原来是炸弹在水下数尺的位置爆炸，激起百尺高的水柱，带着飞行员的残骸最后上了一次天。

而就在三十分钟前我踏上马洛伊号时，它刚在船队运油船莫农加希拉号旁边做了油料补给，通过船中高架输送了人员。我脱下救生衣，收拾好了我的搬家包，朝前走时看到甲板长的手下们收着船桅，马洛伊号加满了油正在离开油船，加速至27节以摆脱之前行动迟缓、易受攻击的油料补给队形。那天乌云密布，小雨婆娑，风推着马洛伊号破浪前进，沿直线超过了所有运输船、战舰以及雷蒙德·斯普鲁恩斯上将第五舰队的巡航舰。斯普鲁恩斯此前三年一直在对日本本岛以及中国台湾进行持续不断的空袭，试图在进军冲绳岛之前削弱日军在该范围内的空军力量。为应对此战略，日军派出神风敢死队进行抵抗，对舰队的阵形进行冲击，不幸的是，他们此举或多或少还是取得了成效。此前我任职于人称"大本钟"的富兰克林号航空母舰的枪炮部，后来调任到驱逐舰马洛伊号上任副舰长，当时我正在调度的过程中，刚好到运油船上。此番调任若是单论职业生涯的话，确实是向前迈了一大步。在我调度到运油船的两天后，"大本钟"便遭遇了神风敢死队的自杀式爆炸袭击，减员达到了八百多人，"大本钟"由于受损过重，只能运到珍珠港进行报废处理，最终在大西洋预备舰队中寿终正寝。

当我来到驾驶台时，舰长回到了操纵室内，通过战术对讲机与战斗信息中心（也简称为CIC或指战中心）连线。见到我之后，他象征性地挥挥手打个招呼，示意我可以进去，随即中断了对讲机的通话，从椅子上站起来并上前与我握手。我向他自我介绍道："舰长好，康尼·迈尔斯前来向您报到！"他边握着我的手边说："欢迎登船，叫我'胖子'塔尔梅奇吧，很可惜前任副舰长不在这里，没能跟你好好地交接工作，但也是事出有因，他被直接调去指战部了，这种情况之前是从未发生过的。"我听罢，说道："愿他一切顺利，我也会尽力做好本职工作。""胖子"这个绰号我想一定是他学生时代起的，因为现在他一点都不胖，而是白发苍苍，两只蓝眼睛下面坠着深深的黑眼圈，一副中等身材加上一张看起来比四十一岁的人老出十岁有余的脸，叫他"瘦猴"还差不多。他的真名叫做卡尔森·R.R.塔尔梅奇三世，是隶属于美国海军部队的司令官，他来自于东海岸的马里兰，并于1929年毕业于安纳波利斯的学校。他手下的马洛伊号是随着一批更新了机械装置的驱逐舰出产的，自上一任指挥官在1944年心脏发病之后，塔尔梅奇便接手了马洛伊号。

"下去看看吧。"他对我说，并告诉甲板军官我们会待在船长室里，吩咐他在完成护送三艘运载艇的任务，回到指定站点之前全员要保持警备状态。船长室正好位于军官室的对面，我们进屋之后他便唤来军官室的乘务员，让他上点咖啡，自己点燃一支香烟，便开始让我给他讲讲我的成长背景。

"我是海军学校1935届的毕业生，曾在西维吉尼亚号上见习，还曾在切斯特号上担任动力部门助理，此后回到安纳波利斯继续深造，完成学业后又任船只枪炮部助理，再次出海是随部队从诺福克军港前往休斯顿时。我曾在朴次茅斯海军造船厂干了一年半的岸上勤务，当时工程办的人想让我从海军转型加入他们，但我觉得他们的工作太乏味就没去。在珍珠港事件发生后我被调遣到了企业号，重操旧业干起了枪炮部助手，估计这也让工程办的人有点心寒，他们可能认为我是因为这个原因才拒绝他们的。"

"所以当时你是随着企业家号去了中途岛?"他继续发问。

我点了点头，说："是的，长官。按原计划我本是要被调去约克城号的，但临行前最后时刻上面又下了新指令。"

"那你可是逃过一劫啊!"他说道。

我深感赞同："确实如您所说，看到约克城号被击沉后我也是倒吸一口冷气。随后我又从企业家号调到了富兰克林号的枪炮部，但没过多久又被调走了，在我离任几天之后富兰克林号就被日本人击沉了。"

"嚯! 你又撞大运了，"他有些惊讶，"很好，我一直很相信拿破仑的一个选择：每次有人问他是喜欢精明强干的还是天生命好的手下，他总是选择后者。你结婚了吗?"

"现在还没有，以前和一个女孩差点成了，但有次在部队的聚会上，一个军嫂告诉她嫁给海军将士以后生活艰苦，夫妻常年分居，海军身负重担却回报低微，升职还要走那套死板的程序，然后又给她详细地描述了分居的日子有多难过，她听后很惶恐。虽然那个军嫂有点喝多了，但还是很有说服力的，我的未婚妻后来就找我确认，是不是真如那个军嫂所说，我也不能否认确实如此。

随后就如人们常说的那样，我与她缘分已尽，一拍两散了。"

"我对此深表遗憾，"舰长安慰我说，"但不得不说，她所说的有关海军将士的婚后生活确实不假，至少以前是这样的。还好我老婆和别人不一样，我不在身边时她自力更生，我回家时又让我感受生活的美好。然而现在晋升的机遇和以前大不相同了，你也知道，只要有人在战斗中丧生，活下来的人就会顶替他们的位置。其实你们俩早发现这些问题是件好事，别等到结了婚才发现就麻烦了，这么说你倒也还蛮走运的啊。"

"我想也是，"我接着他的话说，"她年轻貌美，但对于婚姻她有点过于追求物质了。婚后她想要孩子，想要豪宅豪车，想要到处游历长长见识，然而当时我的经济条件满足不了她，为了能留在干实事的岗位上，我每月还得上交百分之十五的薪水。"

他点点头："这事儿我也记得，但我印象中我们当时还挺乐意交这个钱的，总比去公共事业振兴署做什么发救济或者铲土这种闲差要强。"

"不瞒你说，我当时有点动摇了，差点脱离了部队，"我接着说，"玛琪·沃伦，也就是我的未婚妻，当时把她爸都牵扯进来了，她爸一直劝我离开部队，说去银行谋份差事比当海军强多了。但我在军校的时候亲眼目睹了银行业的萧条，很多银行都倒闭了，所以他最后也没能说服我。"

他饶有兴致地问道："方便说说你未婚妻后来怎么样了吗？"

我告诉他："她嫁了一个银行职员，后来酗酒成性，这么看来我倒是要感谢她的不嫁之恩。"

他感叹道："嚯，你真是常走狗屎运啊。对了，说到运气，我们现在可是盼着交好运呢，船上配了一个新型的防空雷达。"

他这么一说我倒觉得有点新鲜，以前在大本钟号的时候船上是有两个防空雷达的，照他这么说在马洛伊号上有一个都是不得了的事。我便追问道："长官，能详细说说吗？"

他向我解释道："攻击冲绳的行动时期定在了四月一日，上面的人给它取了个代号，叫'冰山行动'，你看着吧，康尼，到时候共有两个空军单位、两个海军单位、超过一万五千艘舰船及两栖作战艇、将近十二万士兵一同行动，还有整支'蓝色大舰队（美国第三舰队）'的支援，一定是大场面。到那时我们和防空雷达就要派上用场了，斯普鲁恩斯下令要在冲绳主要岛屿的北面和西面形成一条雷达包围圈，并派出六艘驱逐舰驻扎在冲绳列岛的岛弧顶部，上面也派出了改良版的登陆艇，以便在发生近战时提供有力支援。"

我有点不解："那怎么没说要在硫磺岛附近布下包围圈呢？"

"上面确实没说，因为日本本岛距硫磺岛足有六百五十里，而距冲绳岛只有两百二十里，所以日本人认为冲绳岛是他们的固有领土，并在那边驻扎了整个日本第三十二军的兵力，据情报人员预计，到时候免不了一场血战。"说到这里，我隐约看到他的手在颤抖，杯中的咖啡洒了一些出来。

他顿了顿，接着说："你曾在富兰克林号上干过，应该知道日军现在已经快完蛋了吧，总之就是他们的舰队基本都已经被击溃，所以只有寄希望于仅存的神风敢死队了。研究敌军舰队的情报人员估计他们手上能用的战机屈指可数，飞行员更是寥寥无几，所以他们肯定想要更好地利用这为数不多的可用资源。"

他说的这点我是清楚的，从我在富兰克林号时起，我们就长期遭受着一批批神风敢死队的攻击，作为枪炮部的工作人员，我对他们的破坏力是深有体会的。所幸的是保护富兰克林号的舰船很多，周围有对空轻型巡洋舰和驱逐舰形成的壁垒，两侧各有一艘战舰保驾护航，基本没有让神风敢死队得逞过。我随即问道："长官，到时候布置包围圈有没有什么阵形呢？"

他摇摇头说："估计没有，到时候我们恐怕是要单兵作战了，要在距目标十到二十里左右的范围内让雷达覆盖的面积最大化。"

"单兵作战？"我听后大吃一惊，"这就是去自寻死路啊！"

"那倒不至于，"舰长回答，"单兵作战面对向你投掷炸弹或者鱼雷的敌机确实不易，但当敌机采用自杀式撞击的方式时，情况就大不相同了。我们的情报员说日本人的飞机已经没剩几架了，我对此持怀疑态度，他们可能隐藏了实力，准备在我们进军冲绳的时候再全力抵抗，千万不能忘记，在这些歹毒凶险的日本人眼里，冲绳岛就是他们的固有领土。"

我点了点头，表示赞同，之前在大本钟号时我也听过不少这样的传言。母舰在一支舰队里起着统帅的作用，舰队司令通常都在母舰上，所以与驱逐舰上的官员相比，母舰上的官员消息则更加灵通。但鉴于我才登船不久，即使我是船上的二把手，一来就搞出一副无所不知的样子是很招人恨的。于是我继续问道："那能麻烦您向我介绍一下各部门的头领吗？"

"那是自然，我们很幸运，能由四名好手分管几个部门，整体人员配置水平远远高于平均水平。较年长的那位是吉米·恩莱特上尉，他是船上的领航官，有时也叫他指挥官。他毕业于加州大学圣地亚哥分校，毕业之后本来要去法学院继续深造，但在中途岛战役之后就加入了我们，他当初只乘着一艘轻型巡航舰溜了一圈，回来就把马洛伊号试运行的详细情报交了上来，可见他是相当精明的一个人，逻辑思维很好，喜欢摆弄电子设备，比某些专门搞这块的人还要懂行。他早已成婚，家里有两个孩子，每次有人问他一些艰深的问题，他总会先仔细思考一番，再给你一个出乎意料的答案。"

他接着说："枪炮部的头子是马尔蒂·兰多夫上尉，南方人，军校科班出身，今年四十二岁，在珍珠港事件之后便登船上任了，平时装出一副和颜悦色的老伙计的模样，但在军校时表现可不怎么样。在舰船学校时期他是潜水冠军，而且对枪支有着强烈的喜好，他手下的人都十分敬重他，杀日本人也是他最爱的事情之一，他的手下也知道要怎么回应他的激情，而且他总能把握战局，把炮弹打到该去的地方。他至今未婚，但我听闻他在南方老家有个美女老婆，在家中守身如玉。"

紧接着，他又讲到下一个人："船上的总工程师是马里奥·坎波费诺，他之所以年纪轻轻就能担此重任，并非是天赋异禀或是科班出身，而是因为他自我要求严格，工作一丝不苟。他毕业于纽约大学的候选军官学院，最初在印第安纳波利斯号上见习，随后被调任到一艘重型巡航舰上，和你当初一样任动力部门助理，而且他还是当初为马洛伊号试运行做出细节报告的几个人之一，这也证明了他非凡的个人能力。他与他的顶头上司关系甚好，一直保持着相互信任的关系。本职工作上，尤其是在主要工程机械的运作方面，他严格按照规矩办事，从始至终一丝不苟。他不像枪炮部长那样情绪化，为人沉稳、冷静，从不动怒。之前已经查证过他是未婚的，至少他是这么说的。"

"最后我们就说说船上的军需官皮特·丰塔纳中尉,"他说道,"他具体上的哪所大学我不记得了,大概是中西部的某所不知名的军需知识教育学校,当然他之后也在候选军官学校进修了。他对世间万物都颇有兴趣,所以他行事小心谨慎,还要留着性命战后当一名会计。他似乎生来就擅长做计算类的工作,刚登船时他连本职工作是什么都不明白,但现在他的业务已经十分熟练了。俗话说马无夜草不肥,他手下管着的'夜草小队'是我见过手脚最干净利落的小队,当我们跟供给船并行的时候,他的小队就会前去把供给船洗劫一空。然而当时这样的获利是非法的,有时他们也会被抓到,一旦形势不妙,皮特就会施展演技,扮出一副纯良无害的模样,极力摆脱罪名,其演技之精湛令人叹为观止。那些供给船上的人明明知道皮特他们犯了罪,却因他极具迷惑性的表演而忘了讨回被盗的物资。"

我接着问道:"那士官们的水平怎么样呢?"

他笑了笑说:"参差不齐啊!当初我就不该把某几个士官提拔上来,不过这也是舰队里的普遍情况。士官长华莱士·拉蒙特以后会是你的得力助手,他是纯正的苏格兰人,活像一只矮脚鸡,人们给他取了个男人不常用的昵称,叫'小粉红',不过看他一头红发、脸颊通红,连眼珠都是淡红色的,这外号也就不那么奇怪了。凭面相你就看得出这人不好惹,虽然他只有其他船员一半那么高,但谁都不敢跟他过不去。在你之前的那个副舰长就十分器重他,常把表扬他的话挂在嘴边,说船上发生的所有事情都逃不过拉蒙特的眼睛,出了什么问题他第一时间就会去处理。"

"看来果然是个得力助手,"我附和道,"那我要怎么把他派上用场呢?"

舰长坐回椅子上,用玩味的眼神看着我,随后他闭上双眼,若有所思,问了一个出乎我意料的问题:"你觉得你作为副舰长在船上的工作是什么呢?"

我不假思索地说:"按照你想要的方式管理船上的事务,给你脸上贴金。"

他笑出了声,说:"谁告诉过你吗?"

"在富兰克林号时副舰长兰迪·马修司令告诉我的,"我说,"但据我所知,他后来在一场大火中不幸身亡了。"

"这么说也没错,"他接着说道,"以前是这么个道理,但现在,尤其是在驱逐舰上这是行不通的。我告诉你,过去上面给海军上校下的命令就是好好活着,熬过上级,同时还要神不知鬼不觉地和士官们打好关系。这一熬就不知道是多少年了,所以到开战的时候,很多上校胡子都熬白了。当年萨沃岛海战时,我也在其中一艘被击沉的巡洋舰上,我们那时的舰长是个将近五十五岁的老头,出事那天晚上我们完全是束手无策。日本海军采用了演练过无数次的照明弹配合鱼雷的方法进行夜袭,还在部分巡洋舰上安装了十二台八英寸口径机枪。而我们只能在光线充足的情况下作战,只要是天气晴好,我们的人就能够迅速根据号角声做出一系列反应,打磨甲板、钻紧天棚、保持阵形全速前进。从被派遣到瓜达康纳尔岛之后,我们夜不能寐,就为了防止突发事件,然而连熬了三晚之后,所有人都像行尸走肉一样,日本人就抓住我们最脆弱的时段打过来了,把我们冲得四分五裂。他们就沿着我们用驱逐舰布下的一条警戒线航行,距离不到两里,所有人本应处于紧急战备状态,但他们却睡得正爽。"

他接着说:"在那次战役中,日本人仅发动了两次袭击就把昆西号、万塞讷号、阿斯托利亚号还有澳大利亚的旗舰堪培拉号都轰成碎片了。我当时是在昆西号上,周围一片火海,下水之后我被迫学会了摸黑游泳。我奋力扑腾,游到了朱诺号上,然后我就见识了日本长矛鱼雷的厉害,当船遭受第二次重击时,我被震到了船的侧部,避开了船上的军火库,才侥幸捡回一条命。之后,我在萨沃冰冷的海水里泡了一晚又三十六个小时才获救。"

讲到这里,他脸上不禁流露出几分战后创伤带来的恐慌,我也不知该作何反应。我只在母舰上打过仗,虽然我也经历过敌人的炮火,但从未有过舰长描述的这般感触。

他告诉我:"你作为副舰长在船上的职责就是要保证船上的事务每天都按我的标准来运作,处理日常杂事,检查床铺卫生,保证环境干净;船上所有文书你都要过目,全体官员、士官、新兵的训练也由你负责,你要自己掌握船上日常工作的标准;还要保证每天有人观星辨位至少一次,就算离我们最近的岛屿就在视野之内也必须如此,你自己偶尔也要去做;你和拉蒙特负责巡视下层甲板,检查是否有违反海军纪律的行为;船上各个部门的一把手都由你监管,你去督促他们的工作;你还要为全体官员写身体健康报告,保证各部门的头子都按时上交评估信息；而且，你时不时还得花些时间去解决三百二十名船员的个人问题，琐碎到谁家老婆谁家宠物的杂事，尤其是当我们离家十万八千里远的时候更是如此，这些还只是你的日常工作。"

"除这些之外，"他接着说，"你还得学学怎么发号施令，在船上，很多时候我们俩会面临战术上的抉择，实质性的决定和命令由我来处理，而你主要负责心理建设。全船人都会按我的指令行事，你则要观察执行的情况，以及反思你的心理建设有哪些长处或者不足，新一代的海军就是这样办事的，我必须参考你为船员们做的心理建设来给出最终指令。现在我们想要晋升靠的不是比同批的人活得长，而是靠着那些在战争中存活下来的长官们来做评估并且向上举荐我们，诚然有些时候同僚不幸身亡，只有靠我们顶他们的位置，但如今的体制发展得比珍珠港事件发生之前更专业和成熟了。"

我还是不知该说什么，只向他点头示意自己明白。但听他说完之后我感觉受益良多，舰长愿意花时间专门向我解释职责确实难得。

"我主要是要告诉你，"他接着说，说得好像前面说的都无关紧要似的，"随着我们一天天逼近日本，他们那种惨无人道的野蛮行径让我越来越心慌了。但我还不能让大家看出来，船上大多船员都还不到二十一岁，这些毛头小子每次看到神风敢死队的飞机朝着我们杀过来就吓得屁滚尿流，而我必须装出一副把它当做小菜一碟的样子。但每次躲过空袭后，我走下甲板到厕所里坐在马桶上时，我拉肚子拉得肠子都要流出来了，我装出的临危不惧的模样早就冲到下水道里去了。我跟你说是想要给你打个预防针，你之后也会有这种感受的，马洛伊号可比不上那些两侧加装了重型武器，四万五千吨的大航母。要是哪次空袭的时候他们打穿了甲板，真真切切地轰到了我们身上，身边所有人都会战死，你也会死，马洛伊号也会被击沉。"

他双手交叉，抱在胸前，抖得更明显了。"我以前不这样的，"他接着说，"过去我才不怕日本人向我们投什么炸弹，就怕作为新任舰长把事情搞砸了，但现在不这么想了。康尼副舰长，可能我说的有点瘆人，很抱歉，但是我必须让你明白，从此刻起，不要再惦记着从副舰长这个职位往上爬，去规划你的职业道路了，对于我们此行而言，这些想法都毫无意义。你每天需要牢记的，就是从起床开始就摆出一副你是这艘船的主人,一切事务都由你做主的姿态,做事的时候也要有这样的气势。而在私下里,我们两人的目标就是要努力活下去。"

我低头看着地板,深吸了一口气。

"怎么样,明白了吗?"他试探地问。

"当然,绝对没问题!"我答道。

他听后笑了起来,对我表示认可:"这就对啦,欢迎登船!走吧,去见见各部门的首领,没能给你妥当地交接工作还是很不好意思,但别在意,马洛伊号上气氛很好,船员们自打你上船的第一天就会认你做副舰长的,有了这个基础主持工作就不难了。现在去找各部门的头子,让他们带你参观一下各自的地盘吧,马洛伊号不是驱逐舰或者母舰那样的大船,一会儿就能走遍。记得带上战斗装备,随时都要清楚地知道什么东西在哪里,日本人可不会给你时间喘息。"

就在那时,船上的警报系统突然响起,空袭来临,敌军数量众多,各部门进入作战准备,随即便是一阵"嘭嘭嘭"的急促警报声。

"嚯!说着就来了。"舰长惊呼道,说罢便伸手拿起了头盔,我也伸手去拿我的,但一摸发现不在,算是给了我上船以后的第一个教训吧:随时记得带好装备。

接下来的一周过得飞快,全船每天天亮之前和天黑之前各战斗戒备一次,这两个时段是最容易发生空袭的。船上还有一个专门给我的副舰长室,就是刚好能够放一张桌子、一把椅子和一个床铺的小船舱,船上其他船员都有室友,只有我和舰长是独住。房间的墙上全是被烟熏黄的污渍,看来上一任副舰长是个大烟枪,我对此很不满,要求他们给我重新粉刷了一下,把琥珀色的墙刷成白色,闻起来也比原来舒服——只有地板蜡的味道,原来的烟味一扫而空。和各部门部长参观全船花了我不少时间,他们给我看了各自的工作环境,向他们的手下介绍了我。我们在士官餐厅吃了午饭,席间主要聊了如何提升全船的士气还有全体船员衣食起居和卫生方面的问题,毕竟要在这不足四百英尺长的船上照顾三百二十名船员、二十名士官的生活确实不易。

早些时候我还与华莱士·拉蒙特见了面，士官长只是他的一个附属职务，他的主要职位是枪炮军士长，所以当他知道我已经去过枪炮部两次时，他就笑了起来。说来也怪，他花在士官长工作上的时间估计要比做枪炮军士长多些，可能是因为马洛伊号上除他之外还有一名叫做马布里的枪炮军士官，他年纪比拉蒙特要小些，主要操持枪炮部每天的相关事务。而拉蒙特则随我一同进行日常检查，处理一些违纪问题，还要负责日间的甲板巡视工作，偶尔夜间也要负责，他就像是一个经验老到的医生，为全船的工作把脉。

接触过后我发现拉蒙特确实是一个得力的助手，正如舰长描述的那样。他身材矮小，平时总是精力旺盛，做事也是风风火火，大概是因为他当了八年军士长，养成了一种装腔作势的声调，讲起话来用一种苏格兰人特有的喉音，来为自己添加几分神秘感，他是以枪炮士官长的身份登上马洛伊号的，如今也兼任此职。此前在两艘船上干过枪炮部长的经历也让我首次在驱逐舰上任职显得不那么突兀，因为在驱逐舰上任职的海军都会有种优越感，认为自己是部队嫡系的，而且我也听闻过有人在议论我，说我以前都只在大船上干过，怎么突然一下就升职来驱逐舰上做副舰长了，他们马上就断定我是走了后门找了关系的。

他们都错了，我此番调度并没有走什么后门，倒是我当初进海军军校时托了父母的福，帮我找了关系。海军将士们都把他们的小孩看成未来的海军，那照这么说，我当初就是一个未来的国务院高官了，但我不太明白，与我有着同样背景的那些人几年奋斗下来是为了什么，每天似乎就是往各种使馆跑，干到1938年后就退居二线。我的父亲在政坛中从未被大幅地提拔过，由于常年过度吸烟，于不久前逝世了。他从前一直都是作为助理任职于文化部、财政部、农业部等一些没有实际职能、可有可无的部门，而母亲则是一位资深的秘书，曾在不同高官手下工作，一度做过大使先生的私人秘书和行政助理。我高中是在华盛顿的西部上的，父母退役典礼那天，驻外事务处来电通知我过去，我便早早离开了学校。我本以为会叫我去位于雾谷的国务院总部，但他们却把我带去了白宫附近的 B 街，走进了海军部门的大楼。而就在那时，我才知道我的父母原来一直在为美国海军情报局工作：我那温柔甜美的母亲是一名资深的情报人员，从不上进的父亲是母亲在大使馆里的掩护和上级。主管亲自给他们每人颁发了一枚奖章，向他们这几年的伟大工作致敬，并提醒他们万万不可透露他们的工作，授奖仪式后，我们就在告别宴上大快朵颐，吃起了咖啡和蛋糕。

退休之后，父母搬去了马里兰的切维切斯，在地区线外住着一套大房子。有次我试探着问他们这些年的工作到底做了些什么，母亲对我说："康尼，我们平常就是干打字员的工作，打很多资料。"而父亲就嘬两口烟嘴，像个哲人一样地点点头，而我也没有过多追问。当时我还不知道我在1931年能进海军学校并且之后能够顺利毕业的主要原因就是我的父母，我还以为学校是看中了我英俊的外貌、聪慧的头脑……好吧，我当时是有点自我膨胀了。

在马洛伊号上，果然如舰长所说，我上任后所有人都认可我副舰长的职位，也都那么称呼我，但与之前相比，现在船上士兵与我打交道的方式有些微妙却明显的改变。在大本钟号时，我作为枪炮部长也算是一个部门的头领，但与空中指战官和总工程师相比就不是一个重要的岗位。在航空母舰上两个部门是协调运作的，操控船只的部门主要负责母舰的航行，母舰上的空军部队则由数个空军中队组成，共有近百台飞机，他们负责执行航空母舰最重要的职能：发起空袭、执行侦察任务、保护阵形以及为地面部队提供近距离支援等等。而我的工作就是操控十二挺五英寸口径机枪和六十台口径略小但也极具杀伤力的四十毫米口径四管博福斯高射炮，以及七十六支二十毫米口径的厄利康电机关枪，这些枪械大多都被安装在炮台中，沿着八百六十英尺长的飞行甲板两侧一字排开。

只要飞行员们顺利地完成任务，那我和手下的船员就没什么活要干，在船上看好戏即可，看着数十架我军战斗机在阵形上空追逐并击毁日军的轰炸机和自杀式袭击队，周边大到六万吨的重型战舰，小到两千五百吨的驱逐舰齐齐开火，向空中连续扫射，希望能够击中敌机。偶尔会有敌机冲破防线冲着我们杀过来，一旦如此，我手下的人就操纵船上的炮火向他们射击，虽然看着敌机离我们越来越近着实让人心慌，但它们大多都已经被打得机身喷火侧翼冒烟了，况且大本钟号足有八百六十英尺长，被击中一下也没什么大碍。

然而在驱逐舰上做副舰长意味着情况与从前大不一样了，在战舰上，若是舰长遭遇不测，指挥全船的任务就落到了副舰长身上。副舰长总是以指挥的名义去巡视全船，心里想着如果有什么自己搞不定的情况就去甲板上悄悄地问一下舰长。

从前做部门总管时，船上有很多与我职位相同的人，而作为副舰长，全船只有舰长与我是平级的，在20世纪仍有一种一人之下万人之上的感觉。我遇上塔尔梅奇这个舰长算是幸运的了，我之前听下面的部门总管说了关于他刚上任时打破了舰长管理船员常规的事：有一次在执行某项操作动作时，负责该项操作的人搞得一团糟，按照马洛伊号前任舰长的暴脾气，他们估计塔尔梅奇会在舰桥上直接暴跳如雷，塔尔梅奇目睹了全程，虽然一言不发，但明眼人都能看出他的不悦。正当所有人都以为他要爆发的时候，他脱下帽子，扔到驾驶室的地板上，接下来他的所作所为让所有人都大为吃惊：他从椅子上站了起来，给帽子取了个名字，对着帽子破口大骂，指着它说自己有多失望，这项操作又不是很难，下次应该怎样改进，直到他看见情况好转之前帽子要被关禁闭……骂完之后塔尔梅奇坐回座位上，一副不想理那顶被骂得狗血淋头的帽子的模样，随后便下令重新进行该项操作。

他这样的方式很戏剧化，但所有人都能看明白，也确实是一种很有效率的方式。塔尔梅奇对事不对人，他不会直接骂你是个蠢材，而是针对这个问题，不去深究是谁犯了错，只关注如何解决问题。相处久了他手下的人就发现，这位新舰长把一切失误和不足都归咎于缺少训练，若是他发脾气了，挨骂的总是那顶帽子，所以大家也就不那么紧张了，转头就着手搞训练，也不会过于自责，搞得像是故意把事情搞砸了一样。现在他手下的官员只要犯了错，都会主动承认说："今天早晨我搞了一出'帽子戏法'，都怪我。"听罢，我深觉舰长明智，并从中得出一个重要的经验：在管理中一定要对事不对人。在舰长的带领下，大多时候，全船上下所有官员、士官、船员都会竭尽全力做到最好。

上船后第二周，我学到了关于指挥的第一课。当天，整个舰队朝着冲绳岛的西北部进军，执行削弱敌军地面防御的任务，正在前进的过程中，日军派出的空袭部队便从乌云密布的天空中杀了出来。当时战斗空中巡逻部队已经派出有一个小时之久，竭尽所能地对日军的轰炸机进行猛攻，但还是没能全部抵挡住敌人的进攻，我们的一艘母舰被敌机击中，甲板上燃起熊熊大火，马洛伊号也击落了几架敌机，但看起来日军空袭的目标好像并不是我们的两艘母舰。敌军的空袭还未结束，那时，我们的哨兵突然发现有一架母舰上飞出的飞机从船体上方低空掠过，该机的机油发生了泄漏，拖出了一条白色的轨迹。我随即离开了战略部署的位置，走到舰桥上，舰长也出来了，用他的双筒望远镜观察着那架摇摇欲坠的飞机，说："没办法了，飞行员只能跳伞了。"指战中心说无法联系到飞行员，我们这边的枪手也观察到了天空中那架飞机鸥翼形的轮廓，停止了射击，但所有人都忐忑不安，急忙检查天空中还有没有残余的敌机。

只见那架飞机开始向左转弯，绕了一个大圈之后径直地朝着我们的船飞了过来。飞行员收起了飞机副翼，降低位置与我们的船平齐，擦肩而过之后朝着远离我们的方向慢慢接近海平面。

我请示舰长："我们要停船去救他吗？"

"不！"舰长立马回绝了，"在空袭中不能停船，神风敢死队只要看到海面上有静止不动的船，就会朝着这边冲过来。指战中心会标出他的具体位置并且报告过来，它的母舰也会派出掩护它的飞机，随后就会有驱逐舰过来接他，但副舰长，我们现在一定不能停船！明白？"

在那架飞机接触水面的一瞬间，它激起了一层层白色的水花，直接一头插入水中，之后慢慢移回水平位置。就在几秒后，由于飞机引擎巨大的重量，它又开始下沉，当时我们距飞机坠落地点约五百海里，以二十五节的时速向它靠近。然而我还在思考着舰长所说的话，难道我们就慢慢开走，袖手旁观？就在那时，几个枪手从炮台里爬了出来，扛着一大捆东西跑去船首左舷位置。

"减速至十节！"船长下令，舵手随即重置了连接着船只引擎的把手，船速立马开始下降，果然驱逐舰要轻便很多，如果是大本钟这样的大船要从二十五节降到这个速度估计得花半个小时。

等到我们从坠落的飞机旁边经过时，舰长也走到了驾驶台左翼，只见飞机尾部高高抬离水面，呈六十度角，飞行员打开了飞机顶棚，跨坐在机身后向我们挥手。船舷上的枪手们扛起了充气救生艇，在距离飞机坠落地点不足十尺的地方把它抛下水，舰长在驾驶室翼桥上向我们招手示意，我们随即继续前行，飞行员嘟嘟囔囔着什么我不太听得懂，但我却能想象他的处境。两分钟后，一架日本零式战机发现了我们，从八千尺的高空向我们发起攻击，几乎是全船炮火齐开，耗时良久才将它击落。正当我们轰掉敌机，飞行员在距我们两里的位置划着皮艇向我们靠近时，又一架零式战机调转方向朝我们俯冲而来，降低飞行高度与我们保持水平，对着飞行员就开始用机枪扫射，不一会儿，那个飞行员连同皮艇一起被轰成了一摊血肉模糊的烂泥。

枪炮停止轰鸣后，所有人面面相觑，生怕撞上对方的目光，舰长坐回了椅子上，远望着前方的舷窗，我也回到了指战中心。

半小时后，特遣部队的司令官宣告空袭结束，全船回到警备状态，我们继续向指定位置进发。我走到驾驶舱，想要跟舰长说几句，但他似乎已经回到了舰长室里，我深吸一口气，敲了敲门，但无人回应。我想他大概是走下甲板去了，便再敲门示意，自己打开了门。进去之后只见他坐在椅子上，双手掩面，我见情况不对，随即准备走出房间，但他却叫我别走，进去坐会儿。他的房间太小，两个人待在里面都嫌挤。

"之前在甲板上你的所作所为，我不得不说是捡了芝麻丢了西瓜，"他对我说，"不过可以理解，毕竟你是从航空母舰上调过来的，确实在母舰上飞行员是至关重要的，但作为一个船长，这艘船才是你的命根子，必须每时每刻地想，自己将要下的决定是否能保证全船的安全，还是会让大家面临一些不必要的危险。"他顿了顿，换了一口气，他涨红的脸颊和颤抖的双手暴露了他紧张的情绪，就好似我当时放弃了那个飞行员时的心情。"看到那个飞行员不幸身亡，我也是很受打击，"他接着说，"别忘了，我也曾像他一样，孤身一人淹在海里。"我接了他的话："舰长，我能明白，而且确实您的做法是正确的，毕竟那时有两架敌机冲着我们飞来，如果不像您那样做，死的就不一定只是那个飞行员了，我们也自身难保，我只是觉得这样把他牺牲掉有点不仗义。"

"确实不仗义，"他语重心长地说，"不过这就是做副舰长和做舰长的差别，你作为副舰长，主要就是来观摩学习的，而我作为舰长，必须要当机立断地做出决定，虽然我心中也有不忍，但是我清楚地明白这样做是对的，我已经不是第一次面临这样的抉择了。副舰长同志,可能我已经老了,不能再处理这些事务了,所以听着,也许你还没意识到,但我觉得很快你就要接替我的位置了。"

对此我不知该作何反应,随后他就挥手示意,叫我出去了,他想一个人静一静,我很理解他此刻的心境,毕竟我也感到非常的不适。

当天晚上,我们做完了安全检查,进入夜间警戒模式。确保没有任何可疑迹象后,我回到了指战中心,和领航官吉米·恩莱特一起回顾今天的航海日志。领航官的主要职责除了负责船只的航行,也要保证船上所有电子设备的正常运行,包括指战中心、声呐、无线电中心等等。随着船只的更新换代,海军部门在船只上安装了越来越多的电子设备,领航官的工作重心就偏向了检查和监控电子设备这一方面。在当天的航海日志中,我针对白天不顾那名飞行员的死活一事,写下了一些评论和想法。

"副舰长,我觉得他自己应该也能理解我们的决定吧,"吉米对我说,"坐在救生艇上可比他坐上我们的驱逐舰要安全不少,当时我们随时有可能会被神风敢死队轰成两半。没有任何冒犯您的意思,但我觉得您这么想是因为您一直在航空母舰上工作。"

"我也觉得,"我说,"但眼睁睁看着一个人淹在海里,还见死不救?"

吉米回答说:"副舰长,接下来我要说的可能有点难听,但作为驱逐舰,我们位于阵形的前沿,就像长矛的利刃一样,日本人要想打到我们的母舰就必须过我们这关,而且母舰也希望我们能够击退敌人。"他指着总结报告对我说,"今天的总结报告你也看过了,这艘母舰遭受了创伤,被鱼雷攻击到了,这艘战舰曾两度虎口脱险,这艘巡洋舰的驾驶舱遭受了一架神风敢死队飞机的撞击,而且还有两艘驱逐舰被击沉。"

"那这么看来我们岂不是没起到什么作用?"我反问道。

"我们当然有作用啊,"他回答说,"每当有一艘驱逐舰被击沉后,母舰就会变得更加脆弱。"

"这样说的话是不是有一点讽刺的意味呢?"我不解地问。

他回答道:"也许吧,不过你也别急着下结论,等你看了我们接下来要去的地方你就知道了。"

我说："舰长之前跟我说过了，好像是要去冲绳岛的西北面形成一个包围圈是吗？"

"是的，副舰长先生，而且在我看来，在日本空军从本岛出发，开始攻击冲绳附近的两栖作战艇和支援舰队后，他们只需要一天时间就能搞清楚真正威胁他们的是谁。你也已经看到空袭是什么样子了，而且今天还是整支母舰舰队对抗他们，设想一下如果同样数量的日本战机攻击五六艘包围圈附近的孤立船只会是一幅怎样的场面。"

"肯定是惨不忍睹了，"我接着说，"在那个飞行员不幸罹难之后，我去和舰长聊了聊，他看起来比在驾驶舱下令放弃那个飞行员时更加憔悴了。"

"他一直以来都是一个称职的舰长，"吉米说，"但不得不说，有几次我觉得他有点无法胜任这个工作了。在一次战斗中，利特尔号被两架神风敢死队飞机轰成了两半，我们便成为舰队阵形中的第一艘船了，然而我们却停下来进行搜救，搞得上校本人通过电台通知我们立即回到指定的防空作战位置。舰长之后也遭遇了严厉的批评，他所下的搜救命令导致了舰队的防空阵形被打开了缺口，然而根据当时的形势来判断，就算停下来搜救也救不了利特尔号了，我记得后来是有人专门回去进行了搜救，全利特尔号三百多号人也就只有二十二个获救了。在那之后，舰长连续三天都面无表情。"

听了这个故事后我深深地感到了恐慌，主要是因为我之前竟然对利特尔号的事一无所知，然而似乎每个在驱逐舰上干过的船员都对此有所耳闻，我这才意识到一直在航空母舰上工作的经历对我造成了多大的影响。

之后一天，我和拉蒙特、海军看护兵波比·沃克一同执行了日常打理以及床铺卫生检查，这都是副舰长分内的工作，每天要检查所有船员睡觉的床铺，还有所有船员用餐的住舱甲板。每天早晨，两名船员会在全队进入了早晨警戒状态之后对每个区域进行打扫，要扫地、拖地、捡垃圾、收拾脏衣服、给金属器具打蜡以及在一些人员密集的隔间搞大扫除，而我的工作就是在每天上午十点半的时候到各处检查工作，确保打扫工作都完成了。这些清洁工作不仅限于居住的甲板，还有船员吃饭的住舱甲板、洗刷、消毒餐具的房间也是一样要打扫。拉蒙特士官通常会辅助我，与我一同检查，如果我发现哪里做得不好，我就告诉拉蒙特，他就对该区域的清洁工吩咐几句，我便继续对下个区域进行检查。

而沃克士官则是一个经验丰富的海军看护兵，也可以说是随队医生，所以大家通常都称他为沃克医生。有的驱逐舰上专门配有医疗人员，但在抢滩登陆时医护人员总是会出现短缺，驱逐舰上就需要像沃克这样的老医生。他平常沉默寡言，身材高大魁梧，留着时髦的飞机头，曾在1942年到1943年间跟随美国海军参与了瓜达康纳尔岛战役。他带来了医院的二级看护兵作为助理，他们两人就组成了我们船上的医疗小组，平常就住在人们常说的船上医务室里。在每日的巡视工作中，他特别强调厨房和洗碗间的清洁情况，每次都会去测量洗碗水的温度，从船上的水箱中取样调查，确保做饭厨师自身的清洁。每天进入警备状态之后，他就开始为船员治疗疾病，通常就是流鼻涕、嗓子痛、小擦伤等等小病小痛，但他觉得这些小病下面掩藏着大问题，比如突然有几个人嗓子不舒服，他就会怀疑是不是洗碗用的水温度不够高。偶尔也会有几个懒鬼装病去找他，想要逃掉早上比如加油之类的工作。

刚开始的一周，在这两名士官的帮助之下，床上每个藏污纳垢的角落都被我们清理干净了，之后亦然。我在工作中慢慢地摸清了规律：哪几个人总是容易出问题，哪几个部门最不容易打扫（比如工程师的房间，他们每天都要跟黑油、润滑油、油脂、锈迹打交道，常常泡在船底伙夫工作的房间里），不合规矩的咖啡壶藏在哪里，有几袋脏衣服没有拿到船尾去清洗，也知道了怎么样把三百多号人塞进本来只能容纳两百人的空间里。日常检查除了周日每天都必须进行，这也是副舰长工作中最为重要的一环，而且若是副舰长偷懒，船上某个地方没有经过巡视，你用鼻子闻闻有没有异味就知道了。

上面给马洛伊号下达的任务是保卫母舰，也就是说我们要与舰队中的大船同行，在母舰周围维持既定的阵形。我们还要时不时用声呐检测周围是否有日军的潜艇，每日都要做好准备应对敌军的空袭。母舰的阵形覆盖面积相当之广，足有十五个埃塞克斯号级别战舰加上十几个小护卫舰那么大，而整个舰队的阵形则覆盖了方圆十五里的面积。舰队中舰船种类包括防空轻型巡洋舰、重型巡洋舰，甚至还有用被日本人击毁的战舰改造而成的大型防空枪炮台。每隔两天我们就会与一台母舰或是油料船并行，从而完成油料、食物以及弹药的补给工作。

每当日军发起空袭，所有的驱逐舰就会朝着它们所要保护的母舰靠拢，形成一个紧密的保护圈，向天空打出密密麻麻的弹药，小型的枪炮也叫作高射炮，它们负责攻击瞄准着我军母舰的敌机，射速极快，发出"咔咔"的声音。搭载有长距巡空雷达的母舰每天早晨都会派出战斗机，加入到位于日本到我军阵形上空的空中作战巡查部队。当他们发现有敌军空袭时，巡查部队就会立刻做出反应，飞到尽可能远的地方狙击敌军，随着日军飞机渐渐逼近我军阵形，更多的我军巡查战机就会加入战斗，旨在防患于未然，尽可能在远距离消灭敌军，只会有一两条漏网之鱼能够飞到攻击母舰的射程范围内。

每日进入清晨戒备状态后，我就会去找舰长，跟他报告一些关于船上的清洁事宜，或者是一些私人问题，而他也会叫我去计划一些不久以后的行动方案。塔尔梅奇舰长着实是一个很好相处的人，他总是会做自己手下的忠实听众，对我也很有耐心，鉴于我的出身背景，只在母舰上效力过，对驱逐舰基本一无所知，但他并没有对我有所不满，还是愿意花费时间来向我介绍驱逐舰上各个环节是如何运作的。他教给我一种全新的管理风格，此前我大多数的上司都是很冷漠的，只知道把新任务扔给我，任由我在任务的泥潭中奋力扑腾或是惨遭淹没，这种情况在母舰上是很普遍的，毕竟母舰上约有三千人在工作。而塔尔梅奇对别人却很关心，全船船员也心知肚明，由此看来，服役于马洛伊号将会是一段很愉快的经历。

随后，我们即将向冲绳岛北部的包围圈进发。

第二章

1945年4月28日

"报告副舰长！"负责清晨警备的巡视官前来对我说。

"请讲。"我回答道。

"副舰长先生，启明星就要亮了。"

"哦，然后呢？"我有些不解。

"还有十五分钟就到清晨了，"我的不解似乎让他有些想笑，"或者您要不要让恩莱特先生来做观星测位呢？"

"这样也好，不过还是我自己来吧。"我略有些迟疑。

"我明白了长官，不过您要注意，启明星快亮了。"

"好的，清楚了，我这就去准备。咖啡麻烦加两颗糖，谢谢。"我对他说。

"早就为您准备好了。"

"舰长起床没有？"我突然想起来要问他。

"还没有，他在航海日志上写自己一点半的时候才回到舰长舱。"他回答道。

我不耐烦地哼了一声，舰长是个大烟枪，每天都靠尼古丁撑着熬夜熬到很晚，只要睡下去就不会轻易醒过来，所以我每天的工作之一就是要叫醒他，通常来说都很费事。我随即说："好的，我这就去叫他。"

我从床上爬起，捧了把水洗脸，穿上了制服。当我站在水槽前照镜子时，被自己在镜中的样子吓了一跳，三十五岁的我看起来竟像个五十岁的老头，也就是说自从马洛伊号进入雷达包围圈之后，我衰老了近十五岁。其实不光是我，全船人都看起来憔悴了很多，就连年轻的少尉也老了不少。照完镜子回过神来，我在我狭小的"办公包房"里四下寻找我的军靴。

清晨时分，全船一片沉寂。距起床号响起还有四十五分钟，二号锅炉房里的压力通风鼓风机像一个酣睡的婴儿，心满意足地打着呼噜。副舰长的办公室就位于士官室的后面，在2B号蒸汽机上方附近的位置，钢铁制的地板早已被烧得滚烫，正好就当消毒了。

穿好衣服以后，我穿过走廊，走向船底舱。早晨时间很紧，根本来不及洗澡，而且船上有一台蒸汽机发生了故障，用水十分紧张。我揉了揉惺忪的睡眼，穿戴上木棉制成的救生衣和头盔，便动身去上面的驾驶舱，等着启明星升起。

当我登上驾驶舱时天色仍是一片漆黑，但还是能勉强辨别出在驾驶舱前巡逻的人影。我原地站定，试着让眼睛适应黑暗，用耳朵搜寻着任何异常的响动。在心情轻松的时候，海上日出前的半个小时往往是最惬意的时光，就算偶尔天公不作美，但第一缕晨光照亮海面映入眼帘，总能让人心旷神怡。伴随着厨房飘来的阵阵食物香气，还有海军咖啡独有的醇香，夜间被黑暗笼罩、冒着缕缕蒸汽的战舰也不再令人望而生畏，取而代之的是东方海面上翻起的美丽鱼肚白。

可此时此刻，距冲绳岛北面两栖作战艇的目标位置仅有五十多里，我们再无兴致欣赏这般美景。所有人都注意到了今天早晨与往常的不同，慢慢升起的太阳仿佛是一架装载了炸弹的日本战斗机或轰炸机，想要置我们于死地。我似乎真切地感觉到战争的紧迫感，站在驾驶舱前的所有人都明白，在冲绳岛周围升起的太阳，照亮的全是敌人的身影，大家都感到害怕，也绝对有理由感到害怕。

舵手看到了我，便向驾驶舱前所有巡逻兵宣告："副舰长来了！"任甲板士官的少尉汤姆·施米希向我打了招呼，负责警备的二等兵麦卡锡递给我一个陶瓷马克杯，装着我之前要的咖啡。

施米希向我报告："早上好，副舰长同志！冲绳岛包围圈四号站蒸汽机运转正常，濒海战斗舰1022号已横停在港口前三千码位置，通讯一切正常，但未收到空军及地面部队的联络，枪炮部队在站里睡觉。视线略有受阻，海面无大风浪，风向为西北方向，风速约为五至七节，气压表读数稳定在30.2英尺。全船将于六点四十五分进入警备状态，日出时间估计在七点十五分。"

"很好，"我回应道，"看来又是一切顺利的一天，启明星亮起时我会在驾驶室翼桥，记得提醒我在全船进入警备状态前叫醒舰长。"

"遵命，长官！"施米希回答我，说罢便转身继续监测海平面。这个时段就是海军常说的航海曙暮光出现的时候——在这时海平面上会渐渐出现光芒，慢慢扩散，虽照亮了黑暗却也没有迎来曙光，这个昼夜交替的现象就被叫做航海曙暮光。此刻就是六分仪（一种航海定向仪器）派上用场的时候了，但神风敢死队通常也趁着这黑暗尚未褪去的时刻选择空袭，所以我们才把警戒的时间定在日出前半小时。

我踏上左舷的驾驶室翼桥，麦卡锡已经在上面放好了六分仪、我的笔记本、精密计时表，还记录下了一串天文方位角。通常这时我们会安排一个见习少尉去甲板上巡视，但接连一段时间都按照包围圈的规矩排班，士兵一轮又一轮地站岗，一站就是六个小时，他们被搞得精疲力竭，所以舰长决定暂时取消早晨的巡视。之所以早晨要测量星辰的数据，不是因为我们对所处位置一无所知（我们正位于冲绳岛西北面四十九里的位置），而是因为要遵照战争时期驱逐舰的基本办事规矩来行动，只要视线清晰，领航官都要测量星辰的数据，而吉米·恩莱特名义上也是马洛伊号的领航官，所以我每周会吩咐他与我一同做几次这样的观星定位。我每天至少要在早晨或晚间的航海曙暮光出现时做一次观测，微调船只行驶的方向，这种测量的精度之高是连雷达都无法媲美的。我把观星定位这门手艺看做是一种自古流传至今的艺术，每次做的时候都沉醉于其中。

"现在升起的星有哪几颗？"我问恩莱特。

恩莱特说："现在可以观测到的有毕宿五、天狼星、木星、北极星、织女星和金星。"

"足够了，"我准备开始工作，"先从小的开始，然后再测量大的那几颗，最后再测量下象限的金星。"

麦卡锡听罢，说："遵命！"一边查看着他的路德寻星仪，"织女星位于337，56.4°的位置。"

我熟练地操作着六分仪，通过六分仪上的望远镜捕捉每颗星辰的位置，把它们的影像投到可见度越来越高的海平面上，再摇动六分仪的手柄，把六分仪从一侧摇到另一侧，等到星辰闪烁的影像刚刚接触到海平面时就停止摇动，这时我便报出星辰所在位置，就用这样的方法我们两人把列表上所有星辰的位置都测量了出来。每次观测出结果，负责警戒的士官就记录下倾斜角以及确切的观测时间，而麦卡锡会来帮我取下六分仪，然后马上赶去驾驶舱后面的海图室甲板，摊开空白的定位纸准备做记录。

完工之后，我喜欢待在原地，伴着朝阳继续享用我的咖啡，看着温暖的日光一点点融化海面上毫无温度的银灰色。站在翼桥上远望，我可以勉强看到远方停在港口边的濒海战斗舰的剪影，她属于海面搜寻雷达序列以及对空枪炮序列的后补战力，总是停在驱逐舰周围，人们给她取了个绰号，叫做"抬棺人"，然而谁都不想提起这个绰号，因为濒海战斗舰的任务通常是在神风敢死队冲破我方阵形并且击沉某艘驱逐舰之后，上前去为驱逐舰收尸。

回过神来，我瞟了一眼我的手表，此时距清晨警戒仅有二十分钟，是时候去把舰长叫醒了。

我莫名其妙地感觉心头一紧，似乎是有什么事忘了做了，好像还听到了什么声音。突然，我听到了远方某处传来了奇怪的声响，这引起了我的注意，我便转身前去驾驶室查看。一看果然是有异样，远处飞来一架战机，它的引擎声越来越尖锐，似乎每分钟转速都即将冲破转速表的红线。一切发生得太突然，我还没来得及反应过来到底发生了什么，只感觉到一阵气浪从桅杆上空压了过来，敌机一瞬间便从我们船上掠了过去。在我回过神来后，只见一道银色的光影从我们这边朝着濒海战斗舰飞驰而去，我们只能这样眼睁睁等着悲剧发生，每一秒都是煎熬。甲板军官见状，疯了似的敲着警戒铃，"嘭嘭嘭"的声音响彻整艘还在沉睡的马洛伊号。这种沉寂突然被打破的感觉就像赤身裸体被人从被子里扯出来一样，我下意识地伸手想要拿起我的铁头盔，而就在这时，伴着一阵撕心裂肺的巨响，那艘濒海战斗舰被一团巨大的赤色火球吞噬了。

"妈的！"我忍不住爆了粗口，双手不自觉地摸索着我的头盔。

只见濒海战斗艇顶部的弹药被引燃了，一百五十名水手、三名军官就在那一瞬间随着船灰飞烟灭。爆炸后过了不久，一团蒸汽伴着烈火烧过的黑烟、渣土蒸腾至上空，混合着金属残渣、人体残骸像下雨一样打在几秒钟前濒海战斗舰所在的位置。毋庸置疑，整船人都必死无疑了，剩下的残骸也消失在了深邃的太平洋中。

甲板军官当机立断，把船速提到二十五节，并朝右舷打了急转弯，他很清楚这种情况该怎么处理，当神风敢死队袭来时，行动必须快速而果敢。通常在空袭发生时，如果你没能提前观测到第一架敌机，那么等你反应过来时也不会看到第二架，因为它正以每小时四百英里的速度朝着行动缓慢的美军驱逐舰俯冲而来，在冲绳岛雷达包围圈附近用自杀式袭击拉开一天的序幕。

警戒中的船员纷纷挤上了驾驶舱，几个临时增补的通讯员也急忙赶了过来。船上的中尉立刻开始在甲板上指挥起来，少尉汤姆·施米希则作为他的副手在一旁帮忙，也负责操作船舵。睡眼蒙眬的水手们从梦中惊醒，扭动着身体钻进救生衣里，系紧头盔的带子，双眼呆滞地望着两里外那惨不忍睹的战地，枪炮部队统统都移向船右舷，指挥官也在驾驶舱里搜寻着下一架神风敢死队的身影。

突然一个水手向全船宣告："舰长上驾驶舱了！"听到这个消息后，我才放心走下驾驶室翼桥，走进一阵喧嚣过后的驾驶舱。

"据我所知是有一架飞机冲过了阵形对吧？"舰长边系着胸前救生衣的紧绳边向我说道。他随时都戴着头盔，而且是把印了黑色字母那面戴在前面。

"当时发生得太突然，知道它来了却不知道在哪儿，"我解释道，"它趁着晨昏交替的时候出现，我们只看到一片模糊，一眨眼就爆炸了，连雷达都没有发出警报。对了，我去船中部一下，看看救生艇准备好没有。"

"去吧，"舰长说着，坐到了椅子上，拿起他的望远镜，"接下来我们先避几分钟风头，等安全以后再绕过去。"

"遵命，舰长！"水手们回答。

"副舰长同志，"他突然叫我，特别叮嘱我说，"这次可不能停下来了。"

"那架飞机好像在刚才那次攻击中就打光了弹药，"我对舰长说着，但我的视线仍然无法离开两里外的战后废墟，虽然那艘濒海战斗艇不大，但确实还算是一艘防御坚固的船，然而现在那里也只剩一团乌烟瘴气了，"估计不会有幸存者了。"

"还是过去看看吧，"舰长说，"有时就是这样，再糟糕的情况都会熬过去，但现在我们得专心收拾剩下的那些神风敢死队的杂种。"

吉米再次命令驾驶舱转舵并把船速降到二十节，我则动身去船尾的救生艇甲板，想必那边负责管理救生艇的船员已经准备好把马洛伊号上的摩托捕鲸艇放到水面上了。然而在确认周围再无神风敢死队之前，我们是不会把一只满载船员的救生艇放下去的，只能在爆炸发生地附近巡航，扔两艘充气皮筏过去，如果有幸存者游了出来，他们就能找到皮筏，总之马洛伊号是不可能停下救人的，从那天放弃那个飞行员的事就可想而知。那艘来袭的敌机既然能够躲过防空雷达和两个海面雷达的搜寻，那么很有可能就是低空袭来的。但就算这样，按道理来说海面搜寻的雷达应该会发现有异样，这也就让我开始猜测，海面上可能有一层反向的雷达区域，干扰了敌机来袭时的通讯。我又一次抬起头，望向那团海面上升起的滚滚黑烟，不由得心生悲哀，若是这起空袭只是一个开端，那么今天将会是非常漫长的一天。

当我走到救生艇甲板时，水手们已经把摩托捕鲸艇放低，准备好投放到水面了。我一直以来都很佩服水手们的训练水平，因为我到船上还不到两个月，还算个新手，然而船员们却对怎么做、何时做自己的本职工作一清二楚。水手长带着二号维修船的人来到了马洛伊号，在这边查看船上两艘木帆船的绳索等装备。在舰长指挥马洛伊号经过濒海战斗艇沉没的地点时，一旦侦察哨发现水中有生还迹象，甲板上的水手们就会把救生筏放下去。濒海战斗艇较之两栖作战艇体积要大些，但是又小于能够容纳三名士官、一百五十名水手的坦克登陆舰，通常一艘濒海战斗艇上装载了四个火箭发射器、一挺五英寸口径机枪、两挺四管四十毫米口径对空机枪、两挺二十毫米对空机枪，所有弹药均存放在甲板的储物柜中，方便随时调用。给这些濒海战斗艇下达的命令本来是在登陆时为那些被孤立的大型舰船、重型巡洋舰或战舰在短时间内提供强力的海上炮火支援。海军舰船负责攻陷敌军的战壕或是藏身洞穴，这些濒海战斗舰就停在岸边，准备干掉陆陆续续冒出来的敌军；一旦日军试图攻击雷达包围圈的驱逐舰时，总司令就会下令，让这些濒海战斗舰去支援包围圈本就薄弱的防空战力。

现在太阳已经完全升起，但晨光仍然被一层薄薄的云层遮挡住些许，所有站在船顶部指战中心的人都在巡视着天空中还有没有日军的战机。此时可以清楚地听见各个部门都在忙碌的声音：枪炮指挥官在驾驶舱旁的炮台边训练士兵使用五英寸口径的机枪；指挥官用望远镜远眺着模糊的海平面；雷达操作员在下方甲板上的主操纵室里焦急地盯着Ａ型显示器，看着长长的指针在闪烁的绿色屏幕中会不会指示出任何异样；在枪炮指挥官头顶上方二十尺的前桅上，还有雷达的弹簧天线在吱吱作响，监视着指定范围上空的情况。若是日军派出大量的战机飞往冲绳岛或是冲着我们的舰队杀来，雷达包围圈通常都会发出警报，但这次发起空袭的却是一两架敌机，还是从雷达包围圈后方袭来，这样就很难侦测到他们了。这也让我觉得不解，为什么上面不派几艘单独的船停在包围圈外面，相互照应呢？

当我们还在凝望着原来那艘濒海战斗舰所在的位置时，水手长相当不悦，怒气冲冲地说："副舰长！这是什么情况！"这个水手长是个叫做多尔蒂的爱尔兰人，他是个大烟枪，身形壮硕，留着黑发，常年在前甲板工作让他的脸被吹得通红，一看就是个粗鄙之人，不过他服役过的船比马洛伊号上的所有人都多，平时大家都叫他"老船长"。

"这群日本人学精了！"就在我说话之际，马洛伊号突然急转弯，我扶住一根支柱才勉强站稳，但这水手长就好似在甲板上生了根，站得纹丝不动，就像肚子里装了一个陀螺仪一样。"大规模空袭时飞机太多，雷达就很容易探测到金属，我们就能定位到他们并派出战斗空中巡逻部队。这次他们就来了一两架战机，在距离目标只剩二十里的时候才降低高度与甲板平齐，所以雷达才没有捕捉到他们。"

"接下来他们就攻击了濒海战斗舰？"他接着问。

"我也不知道，水手长同志。"我只能如此回答。船员们陆续回到了枪炮台，但所有人都还是盯着天空，生怕突然杀出一架敌机。"那架飞机差一点点就撞上我们的桅杆了，可能是飞行员失手了，随后决定索性炸了那艘濒海战斗舰作为落空后的补偿吧。"

"同情他们，连怎么被杀的都不知道。"水手长说道。

"差点死的就是我们了，"我心有余悸地说，"都是因为这几天搞的这个包围圈。"

"上面就应该再派个五十艘驱逐舰过来！"水手长很激动，"这里的缺口可不小啊。"

"确实如此，现在登陆冲绳的进程停滞不前了，日军沿着这倒霉的破岛，每隔半里就放一艘驱逐舰，你也知道日本人的德行，他们总要战到最后，战死为止。"

在马洛伊号将要到达那艘濒海战斗艇消失前的位置时，一阵硝烟特有的硫黄味扑鼻而来，虽然这阵烟大部分都被风带走了，但尸臭味和柴油味还久久未能散去。那片海域已经严重污染了，飘满了被泡肿的肉块、木箱的残骸、破碎的衣物、摇晃的铁桶、进了水的和没进水的救生衣等等，在不远处还有一艘形单影只的救生筏空荡荡地漂浮着。

"都给我睁大眼睛看！"水手长在每个船员耳边吼着，"注意人头，看下面有没有人头、人脸，看有没有人在游泳或者是伸着手求救。"

经过一段短暂的搜救工作后，基本上可以确定海面上没有任何幸存者了。为了把自杀式攻击搞得壮烈些，日本人通常会在神风敢死队飞机的腹部安装一枚有引线的大型炸弹，可想而知，当它们以每小时四百里的速度飞行，撞上一艘重达五千磅的船时是怎样一个惨状，也只有日本人能想出这样惨无人道的办法，他们简直就像阴间来的恶鬼。

"报告船长！"一个水手指着左舷下方的水面喊道，顺着他指的方向可以看到五十英尺外，似乎有个人头搭在一件救生衣上苟延残喘，船朝着那个方向过去激起了波浪，一个人的肩膀便从水下显现了出来。待我们靠近细细观察时，才看到一片深灰色的鲨鱼尾鳍从水面下浮现出来，碰到了那件救生衣，这时我们才发现，之前看到的不是一个完整的人，而是被鲨鱼咬成两半的死者的头和肩部，不一会儿，另一只鲨鱼从水下钻出，衔着尸体剩下的部分又一头扎进海

第二章

里。这番景象犹如一片阴霾，笼罩在了马洛伊号的枪炮台上，因为在水手看来，鲨鱼简直就是噩梦一般的存在。

  当我感觉到船在慢慢加速时，我便决定返回驾驶舱，并示意水手长收回那些摩托捕鲸艇，一切都无济于事了。全船陷入了一阵死寂，仿佛在为逝者默哀，一切都像静止了一般，只有祈祷上天的恩宠……

第三章

过了一会儿，等到早晨的警戒工作安排妥当之后，舰长通知了我、领航官、枪炮部长、总工程师以及军需官到军官室开会，我先到片刻，在军官室等到所有人到齐，再报告舰长会议可以开始了。当看到舰长走进军官室，挥手示意大家坐下时，我不禁心头一紧，塔尔梅奇平时总是沉着冷静，双眼炯炯有神，展现出一副坚韧不拔处变不惊的样子，悄无声息地流露出他天生的领袖气质，然而今天他看起来不像平时的那副模样，虽然我也说不上哪里不同，但可以明显地察觉到他略有改变……

"各位，我们开始开会啊，"他张嘴说话了，"今早发生的这起空袭确实惨烈，根本没有预警，雷达也没有显示，眨眼之间一艘船、一船人就这么没了。第58特遣队刚问我今早到底发生了什么，跟你们说实话，我不知道要怎么回答。吉米，你有主意吗？"他边说边看向吉米·恩莱特。

吉米·恩莱特羞愧难当地摇了摇头，因为雷达工作是属于他手下的指战中心管的，在指战中心有几个雷达操控器，只要出现在雷达监测范围内的一切物体都会在大型环形阴极射线管上形成一个模糊的绿色小圆点的像。"电报系统的人把阴极射线管调到了2300的位置，"吉米解释道，"侦察员称海面上无任何异常，可以清晰地观察到濒海战斗舰的位置。晚上值零点到八点那一班的水手认为雷达也是格外灵敏，连侦察机飞行员们也这么认为。尽管我们警备工作已经很完善了，但还是没人监测到这起空袭。"

"报告舰长，"枪炮部长马尔蒂·兰多夫突然说道，"我是零点到八点那一班的负责人，我们当时每三十分钟让观测人员换班，我可以保证真的什么都没看到，很平静。然后我和指战中心的一个士官就去写报告文书了，但在凌晨五点之后，天渐渐亮了起来，所有人都打起了十二分精神。飞行员们当时正在和濒海战斗舰进行工作交接，安排好战斗空中巡逻部队的工作，当时濒海战斗舰的人说他们的雷达工作正常，不过也就是看起来正常，毕竟那边没有技术人员可以检查这些器械，我们就商量要不要给他们送一个我们的技术人员过去，检查一下他们的装备。但这些交接也都只是每日必走的一个形式，谁都没能料到会有那么凶猛的空袭，也没有收到报告说敌军从九州派出了战队，什么预兆都没有。"

"接着说。"舰长说道，这时周围不少人已经开始做白日梦了。虽然说保护那艘濒海战斗舰并不是马洛伊号的任务，但从另一个角度想想，它被空袭击毁了，我们确实也不能说自己毫无责任。

"遵命，"马尔蒂接着说，"日本那些杂种还是想方设法钻了空子，搞了一架战机穿过了我们的包围圈。我觉得他们是换了战术，他们发现只要包围圈一发出警报，他们就不可能袭击得到停在两栖作战艇战略部署区域的大船。"

舰长转过头问吉米·恩莱特："吉米，你手下的人是不是很疲劳了？"

吉米深吸一口气，说："他们和船上其他水手一样，每六小时轮班，而且自从三个多星期前我们到这里以后，他们就一直保持着这个工作强度，肯定是很疲劳了。所以我们才让观测人员每三十分钟换一班，一般情况下一个人盯着那个绿色的屏幕超过三十分钟就要开始打瞌睡了，他们自己也知道，所以不敢怠慢，只要看到有人开始打盹，我们就把他轮换下来。"

我接着吉米的话说："而且巡逻的水手们知道神风敢死队晚上是不会空袭的，所以在天快亮的这段时间，尤其是零点到八点的这一班，所有水手都强撑着精神，保持警觉，对吗？这样一来，他们就搞得很疲劳，而且得不到缓解，疲劳就会累积。"

这时，舰长高高举起一只手，说："先生们！相信我，我真的知道遭受这起空袭的原因不是我们的船员在值班时犯困。日本人越来越走投无路了，在他们一路飞回冲绳岛的路上可以看到数以千计的舰船和两栖作战艇，如果我们这边放出的新闻没错的话，一共是派出了一千五百艘战舰，这个数字远远超过了日本海军所有舰船的数量。经过前面一系列激战后，他们现在大概也就只有五六艘船了，而且还没有油，所以他们才迫不得已派出飞行员采用自杀式袭击，只要看到海面上有一团灰蒙蒙的东西，只要是美国人的东西，就不管不顾地撞上去。"

他说罢，揉了揉眼睛，接着说："我有点困了，相信大家也是。曾经我们也做过跟着母舰的任务，只要日本人一攻过来，包括我们在内的二十艘护卫舰就一起开火；登陆任务我们以前也是做过不少的，当然我们主要的任务就是发出开火的信号，然后其他海军或者陆上部队就狂轰滥炸，一切结束之后又前往下一个岛。但这次这种远距离包围圈的任务却与以往不同，此前我们从来没有被日本人当成主要的攻击目标，向来都是那些大船，比如母舰、战舰才会招来敌军的火力，但现在日本人明白了，他们必须干掉我们才能靠近那些大船。"

"船员们不只疲劳，还被吓得不轻，"总工程师马里奥·坎波费诺说道，"跟着大队伍一起行动是一回事，但这次……"

"如果我告诉你们我也被吓到了，会不会有点安慰的作用？"舰长接着说，"只有弱智才不会被吓到，但我们是海军，必须拿出点样子来！人是世界上唯一一种会因为未发生的事而感到恐惧的动物，比如看到濒海战斗舰的惨状，就怕同样的事发生在自己身上。但话又说回来了，我们也不是手无缚鸡之力啊，船上有六挺五英寸口径机枪、八挺四十毫米口径机枪、十挺二十毫米口径机枪，我们官员所要做的，就是要提醒手下的水手们我们装备精良，还要时时刻刻让大家保持在一个清醒的状态，确保所有枪炮都装好弹上好膛，遇到敌人时才能尽快回击，明白了吗？"

大家听后纷纷点头，虽然都知道船长是为了鼓舞士气才这么说，但我觉得确实有效果。我每天检查甲板、床铺卫生时总是想给大家鼓劲，有时工作都不做了，就和他们说说话，他们需要有安全感，我也一直试图满足他们。我每天至少会去找舰长密谈两次，讨论船上存在的问题并一起想对策，我总是对现在的情况很是担忧，而他总告诉我一切尽在掌握中。每次谈完话以后我都会想，我安慰船员，他安慰我，那是谁安慰了他呢？答案是显而易见的，没有其他人能安慰他，只有他自己。

这时，舰长那边桌子下面的声能电话响了起来，他接通后对电话那边说：

"好的，知道了。"随后挂了机，告诉我们："早班的战斗空中巡逻部队已经升空，现在我们就有防空力量的支持了，大家回到各自岗位上吧。"

我随着舰长离开了军官室，往前走了一点点就到了舰长室。舰长室空间不大，长十五英尺宽九英尺，越靠近船头的那端越狭窄，但麻雀虽小五脏俱全，里面有一间小浴室，在房间前端有一张书桌，后端有一张办公桌，房内还有两扇舷窗，不过现在都被插上了窗闩。靠里的那堵墙旁边放了一个人造皮的沙发，经过改造以后一般被用作一张伸缩单人床，我便坐在这个沙发上，舰长从书桌下抽出了椅子，坐下后长叹一口气。

"舰长，您还好吗？"我问道。

舰长摇了摇头，说："不太好，我还在因为濒海战斗舰的事郁闷。虽然我们无计可施，但我总觉得我们应该做点什么，那可是一整船人的性命啊，一眨眼就没了。因为什么？就因为几个日本飞行员选择了效忠天皇的'光荣'死法，但说到底，不管他们是以何种方法，结果还不都是死！这些日本人也明白的，但他们脑子是坏了吧，一定要这么做！"

他所说的我感同身受，说有点郁闷都是委婉的说法了，我想再说一遍"我们已经尽力了"之类的废话来安慰他，但舰长自己早已知道这些道理。对于那些日本人，我只能说他们全是禽兽。

"那你打算怎么跟第58特遣队交代呢？"我突然想起我们还得给上将一个回应。

"我只能口不对心了，"他说，"我心里想说的是让他们多派些驱逐舰过来，让这些小货船一样的濒海战斗舰就停在海边吧，它们根本派不上用场，妈的，倒是多派几艘战舰过来啊，上面除了会用它们载着上将到处耀武扬威地游行，还会用它们干什么！搞得像日本实力太弱，用十六英寸口径枪齐射就像大炮打苍蝇一样。"

我倒是头一回听他说这种讽刺的话，自我上船后的两个月他一直都扮演着稳定军心的角色。上面确实不把驱逐舰当回事，把我们随便地丢到包围圈上了，战舰部队和航空母舰就在后面时进时退，排着整齐、壮大的阵容，似乎随时都准备重演中途岛战役，唯一不同的就是日军大量的战舰早已变成沉没海底的垃圾了，面对这样的事实，军官室内的其他官员都忍不住开始骂娘，开始抱怨，而舰长一直都稳定着大家的情绪。

"我倒是建议我们如实报告吧，"我说，"仔细想想他们说的话，好像也没有问我们要解决方案，只是问一下实际情况，我这就去起草回复。"

舰长摆了摆手，表示默许，显然他还沉浸在不悦的心情中，只想让我快点去干活。这时，那台声能电话又响了起来。

"我是舰长，"他仔细听着电话，一会儿回应道，"好的，我这就上去。"

他挂了电话，转向我说："先别管怎么回信了，一大波空袭就要来了，雷达检测到两队敌机，数量较大的一队是朝着冲绳去的，小的一队分散开了，组成了几个小队。"

我暗自忖道，这些分散的小队是冲着包围圈来的，那我们又有得忙活了。

我放下了笔记本，就在这时警戒铃响了，我看了看表，才九点一刻，然而这一早漫长得像一天似的。我准备动身去驾驶舱和指战中心，开门时我瞟了一眼舰长，他还定定地坐在原地，两眼放空，我便慢慢地带上门，怕打扰到他。我轻轻关门的动作与外面走廊上急匆匆赶去警戒位置的人群是如此的格格不入。

我跟着走廊上的人群匆忙上了楼梯，绕过驾驶舱回到了我在指战中心的警戒位置。在里面我能清楚地听到传到引擎处的电报，接着船只便提速了，甲板军官开始执行绕离计划，下方有人用力地合上了舱盖，维修部的人纷纷拿出灭火装备。马洛伊号上的水手们都是训练有素的，所以也不需要有人声嘶力竭地喊着指令，所有人都知道该干什么该去哪里，整艘船上的工作在三分钟之内就可以完成，做好准备迎接一切挑战。

按照老规矩，副舰长的警戒位置应该是在船尾的副舵上，这样安排也有一定的道理，一旦驾驶舱被敌人轰掉，副舰长作为船上的二把手就可以在一百五十英尺外的船尾接管船只，但在船上建了指战中心后，副舰长基本就被安排在里面了，因为所有的战术、信息都会汇总到这里，等着副舰长处理。而对舰长而言，他们的警戒位置大多都会在驾驶舱里，不过也有一部分舰长会到指战中心来指挥战斗，就比如塔尔梅奇，他只相信自己的眼睛，一定要亲自确定雷达上所监控到的信息。

我前脚刚踏进光线不足还很拥挤的指战中心，中尉兰尼·金便向我报告："报告副舰长，全员已做好战斗准备，前方有很多敌人，但他们都不是冲我们来的。"

"目前不是。"我大声地说出了大家心中所想的话。这次战斗波及面积极广，基本覆盖了视线所及的上空，指战中心的后隔板上竖直地嵌着两块六尺高的树脂玻璃，透过玻璃大家就能看到空中的战况。后隔板上的两块玻璃之间挂着一个直径为五英尺的罗盘，上面有几个覆盖了方圆十里的同心圆环巧妙地标记出我们所在的位置，一旦雷达检测到任何敌机，那边的通讯员就会通过声能电话联系我们，站在隔板旁的船员就会记录下敌机和我们之间的距离、敌机的方位、航向、速度等数据，只要是飞行高度在船上空五十里范围内便用黄色的铅笔标记下来。这些记录员还必须得会倒着写字，这样的话隔板前面的船员便可以直接解读出指战中心观测到的数据。

指战中心的左右两侧皆有几名雷达操作员，分别负责监测空中和海面的情况，他们定定地坐在控制台前，盯着不断闪动的绿色屏幕，为了方便雷达操作员观测，指战中心的光线都被调得很昏暗。此外，还有两名战机指挥官在雷达操控员身后，他们通常是轮班下来休息的飞行员，以前受过培训，知道如何通过无线电和雷达来指挥其他战机。每天早晨，上面都会派一队甚至两队战斗空中巡逻部队来保护驱逐舰，这些战斗空中巡逻部队皆由母舰上派出的战斗机组成，它们朝着冲绳岛方向飞去，在途中尽可能击落敌军瞄准我方舰队的轰炸机和自杀式战机。

我站在指战中心中间，旁边有一张照明充足的桌子，桌面上铺着画有海面形势的草图。大家通常把我身边这张桌子叫做航迹推算描绘仪（或简称DRT），在玻璃桌面下方有一个照明装置，连接到船上的陀螺仪，它会在桌面上投射出一个黄色的圆圈，随着船的移动，圆圈也会移动，圆圈中心还有一个罗盘，标明船的方位，通过这样的方式，我们就能掌握舰船运动的实际情况。绘图官随时带着声能电话站在航迹推算描绘仪旁边，桌上钉了一张很薄的图纸，他一接到信息就在上面标记出敌我双方的位置，标记过后的这张图纸就是我们所说的海面形势草图，从上面看，各种信息一目了然：我们的运动情况、护卫舰的位置、护卫舰的运动情况以及在我们的射程范围内有无敌军势力。

要做这样的空中、海面形势草图就意味着大家都需要通过声能电话互相联系，报告信息和接收信息，然而我一度对此不太在意，这些声音对我来说就像一阵阵毫无意义的杂音。终于在三年的战役后，我的大脑学会了怎样从这些稀松平常翻来覆去的报告中挑选出关键信息，只要听到诸如"飞速逼近"、"来袭"、"敌军数量众多"，或是大家耳熟能详的"妈的！"这样的词，我大概就知道危险正在逼近。在战斗中，指战中心可以说是整艘船的大脑，除了海面和空中的监测之外，在指战中心一角的声呐控制员也在进行工作，也就是说无论敌军是从海面、上空或是水下袭来，我们都能在指战中心提前得知。

如果说指战中心是全船的大脑，那么枪炮指挥官和他手下的武器则扮演着双拳的角色。马洛伊号上有三挺双管五英寸口径机枪，全部由一台大型模拟计算机操控，该计算机在吃水线下方的主炮台里。船上共有两个枪炮控制器，一个在驾驶舱的上方，长得就像一个没有机枪的炮台，另一个则小很多，就放在船上层尾部的烟囱后面。船前端那个控制台自带雷达，会自动记录下如敌军距离、方位等信息，然后传递给电脑处理，电脑则会根据信息操控炮台，瞄准到电脑预估的敌军到达位置。后端的操控台需要一个人来操作，虽然没有自带雷达，但当敌人靠得很近时可以通过光学仪器来进行瞄准，这个操控台控制了机关枪、多管二十毫米、四十毫米口径对空炮，但控制的数量较之前端操控台要略少。

然而在实战中，小型武器通常是人工操控的，瞄准人员会竭尽全力，把弹道调整到袭来的敌机前方略偏上一点的位置。五英寸口径机枪在操控台的控制下射程可以达到九里，但如果要使用二十或四十毫米口径机枪时，后端的操控台就会变为首选，这两种炮是近战利器，是全船的最后一道防线。在战争前期，日军轰炸机的投弹点一般是在船体垂直上空几里的位置，投弹之后转头就走，如今他们采用自杀式袭击，所以当看到神风敢死队时就不存在注意开火位置的问题了，他们只会冲着船飞来，对我们来讲就只要尽量多地对着他们开火，因为这决定了他们是毫发无损地来到我们跟前把我们撞毁，还是变成一团翻着筋斗栽进海里的火球。

"六狐电台发来报告,说他们正与敌人交火。"兰尼大声通告全员。

"距离有多远?"我边问他边低头查看描绘仪,六狐电台搭载于沃尔瑟姆号上,沃尔瑟姆号是一艘弗莱彻级驱逐舰,与我们同在一个包围圈上,船上搭载了五挺单管五英寸机枪。

"报告副舰长,敌人位于西南方向十五里的位置,"说罢,兰尼低头指了指描绘仪,说,"就在这。"

"但我们的雷达没有监测到六狐正在攻击的敌人啊!"一名战机指挥官说道,"我们的战斗空中巡逻部队发来报告说日军这次是从低空袭来,看样子派出的是零式战机。"

我心中明白,日本人这是想故技重施,我随即拿起了我的声能电话,切换到战斗行动组的线路上,与驾驶舱的舰长连线。不一会儿,舰长的接线员朱利奥·马丁内斯·史密斯士官长接起了电话。

"给我接舰长!"我说道。

"啊?难道舰长不在您那里?"史密斯很惊讶。他身兼数职,是我手下的另一名士官长,同时也是船上的侍者,还是舰长的秘书,也可以说是行政士官长。

"好的,谢谢。"我心中暗暗叫苦,但还是佯装镇定地回应他,搞得好像舰长在警戒状态时不在规定位置没什么关系似的。挂了电话我便离开了指战中心,爬下楼梯,穿过军官室来到了船左侧的舰长室。在战斗时,军官室就被用来做医务站,医护兵长和他的助手在里面摆开工具包,准备工作。在警戒状态时看到我出现在这里他们感到很惊讶,但我没时间跟他们解释,我急匆匆地走到他门口,敲了两下便打开了门,只见他还保持原样坐着,双眼放空,就跟我走时一模一样。他听到有动静,抬起头看到我探头进来,脸上露出几分惊讶。

"沃尔瑟姆号正在被低空掠过的敌机攻击!"我向他报告。

"是吗?"他似乎还没回过神来,说,"快进入警戒状态,他们一会儿就会攻过来。"

"长官,我们现在就处于警戒状态,"我对他说,"我一直都在指战中心,还以为你已经去驾驶舱了。"

舰长似乎还不太清楚状况，摇了摇头说："我肯定是睡着了，妈的！我马上就上去，我们离沃尔瑟姆号还有多远？"

我告诉他："他们在我们西南方向十五里的位置，但我们的雷达没有监测到那边的敌机。"

舰长听罢又摇了摇头："只有十五里了！这种情况怎么能不支援他们，他们搞砸了，副舰长同志。我们的阵形应该像放养的鹅群那样松散，但又紧密相连，足以相互呼应。"

我表示赞同，说："是的，长官。我觉得我们应该把这个情况上报给第58特遣队，但现在我必须得回指战中心了。"

"好的好的，"舰长说着话站了起来，"我一会儿就上去。"

当我正沿着梯子向上爬时，似乎甲板军官又任意地改变了航向，整个船体有些倾斜，我急忙抓紧梯子上的扶手才没有摔下去，他这么做也是有道理的，当神风敢死队袭来时，选择径直的航向就是为他们行了方便。这时我突然想到，舰长那边怎么样了，他之前从未这样昏睡过。当我打开指战中心大门时，听到驾驶舱里嚷嚷了起来，接着就收到了控制引擎的电报，要求提速。

"发现敌军！发现敌军！两架敌机低空高速飞行，方位是350°（西北方向10°），以一万六千码的速度逼近！"突然一名雷达操作员发出警报。

"交给控制台51号来处理！"兰尼立刻下令，就听见上方的控制台在轨道上移动发出的轰鸣声，而此时船下方主炮台里的雷达操控员正在使用枪炮控制系统瞄准来袭的敌机。正当我在考虑要不要亲自上驾驶舱替舰长指挥时，就听到他通过无线电说道："副舰长！现在向080°（东北方向80°）方向前进，等到速度降到二十五里的时候再瞄准，降到五里时再开火。"

"遵命，舰长！"我胸口的大石放了下来，由他来指挥更好一些。船上的枪射程可以达到一万八千码（九里），但如果把敌人放近到一万码（五里）的位置再打就会有效很多。

"天空一号炮台呼叫副舰长，控制台51号已经锁定敌人！"

"命令靠敌军一侧的枪炮全部就位，等到距离一万码时开火。"我下令道。

一声令下，所有的五英寸口径机枪都被填装了重达五十四磅、直径为五英尺的炮弹，发出熟悉的"砰砰"声；51号和52号枪炮台正在向天空发射机械定时炮弹，等到敌机飞到炮弹前方时，炮弹就会爆炸；53号枪炮台位于船尾位置，也在向空中发射炮弹，不过打出的是不定时爆炸碎弹，这种炮弹的弹头装有一个小型雷达，只要雷达探测到炮弹周围有坚硬的物体就会引爆炮弹。

"航向稳定，距离目标八千码，敌军仍在靠近。"雷达操作员报告。

八千码，也就是四里，敌军进入射程范围了，部分枪炮毫无节奏地疯狂开火，后坐力之强，上层房间都有明显震感，头顶电缆上的灰尘都被震了下来。待敌军更加靠近些，到四千码（两里）的位置时，四十毫米口径机枪就会加入战局，而二十毫米口径机枪则要等到敌军进入一里范围内才会开火。操作机枪的枪手都是经验丰富的老兵，他们会自行判断此时开火是否能够对敌军造成伤亡，如果有效则会火力全开。

"操控台51号发来报告！击沉一架敌机！"此时通信员发来电报。

太好了，干掉一架，只剩一架了，光站在这里等消息，听枪炮是否击沉了敌机实在是一种煎熬。不一会儿，第一架四十毫米口径机枪开火了，这种枪噪声很大射速很快，装弹手同时可以填装四个弹夹进去，通常是由两个人操作，一个机枪手负责开火，另一个瞄准员则站在枪炮台的另一侧，控制机枪的角度。两个人都必须引诱着敌人，在脑中飞速地计算出最合理的弹道，计算出如何用炽热的弹药从船上击中空中飞来的敌机。

说时迟那时快，指战中心里的所有人都感觉到了一阵冲击波，接着就听到一声爆炸的巨响。

"第二架敌机已被击沉！"通信员报告着，"控制台51号说敌机的炸弹在战斗中爆炸了。"

确实如此，可以感觉得到爆炸的地点就在附近，不过还好，逃过一劫，大家暂时都安然无恙。

我听到船长一声令下船便开始调头，他这样做是为了保证我们离包围圈不会太远，虽然我们目前的任务就是活下去，但是最终还是要监测会不会还有后续的空袭，为出征冲绳岛的一千五百艘船保驾护航，这也就意味着我们必须赶回既定位置。在布置雷达包围圈时，每艘船都能被雷达范围覆盖，若是其中一艘走得太远，就会在包围圈的雷达屏障中形成一个缺口。日军可以探测出何处有雷达覆盖，但更为致命的是，他们也能探测出哪里是缺口。

我越来越觉得，我们就是被当做诱饵的，对于舰队的人来说我们完全就是死不足惜。日军现在开始转而攻击包围圈上的驱逐舰，而不是攻击那些向着他们进军的大船，这是舰队里那些大船想看到的局面。我感到极度的无助，仿佛被禁锢在了这场战争中，但从另一方面来讲，也许日军改变战术是对我们有利的，毕竟这样日军的轰炸机就不可能全歼我军了。

"舰长呼叫指战中心，袭击的情况怎么样了？"舰长通过无线电问我们。

我飞速起身，前去回应："报告舰长，我方的战斗空中巡逻部队正在与敌机缠斗，目前没有敌军再朝我们攻来，但沃尔瑟姆号还是没有回应。"

"在我们西南方有一团巨大的黑烟，"舰长接着说，"位置是235°（西南方55°），不要放弃沃尔瑟姆号。"

根据描绘仪显示，那个位置就是沃尔瑟姆号最后出现的位置。我见状，转向兰尼问他沃尔瑟姆号周围有没有护卫舰。"报告副舰长，一艘都没有，"他回答我，"它一直是单兵作战。"

我听后胃里一阵翻滚，但我还是抑制住了没吐出来，反而更镇定了，随即就在给第58特遣队的报告中写了包围圈请求支援的事。美国那边每个月会派出一艘驱逐舰，所以他们当然是有余力往我们这边多调遣几艘过来，毕竟全美海军就数我们的处境最危险了。

这时我起身走向了驾驶舱，要知道，当敌军空袭的大部队被消灭之后，几个逃过了战斗空中巡逻部队的漏网之鱼就会绕回来，看看能不能在包围圈上有所收获，所以我们花了二十多分钟在平静的海面上寻找敌军的身影。

当我走到驾驶舱时，炽烈的阳光让我有些睁不开眼，警戒队伍在里面挤成一团，还有几个接线员，大家都穿着笨重的救生衣和头盔，房间里乱成一锅粥。只见舰长坐在椅子上，一边小口小口地啜着马克杯里的咖啡，一边还吸着烟。按照规定来说，警戒时段任何人不允许吃喝或抽烟，但如果是舰长的话就另当别论了。驾驶舱位于下风口，空气中弥漫着油料和战后硝烟的气息，外面使用五英寸口径机枪的船员正在给盛装弹药的铜罐打蜡，往前甲板扔垃圾；四十毫米口径机枪组则在填充弹药，把弹药塞进之前打光了的弹夹里。天上有几道飞机云，几架战斗空中巡逻部队的飞机穿梭在云间，侦察着是否还有残余的敌机。突然，描绘仪上出现了一个可疑的黑点，这表示还有一台神风敢死队的飞机在靠近我们，船上的侦察兵都开始打量着天空和海面，我走到了舰长的椅子旁边。

我问他："敌机还有多远？"

"还有一定的距离，"舰长回答说，"我觉得那两架敌机都是被53号控制台用新型的不定时爆炸碎弹干掉的，你回想一下，它们袭来时尾部都冒着黑烟，之后你也看见了，爆炸前它们前端是碎弹放出的灰色的烟，随后飞机就坠毁了。"

"但这种弹药还是很匮乏，"我说，"即使是以前在'大本钟'上我也没能见过几次。等下次吧，等我们'进城'的时候就多囤一点，让三个炮台都用上。"我们一般都用"进城"来指代退下前线，回到整个舰船阵形中去补充油料、补给品，还可以从军备船上获取一些弹药。

说罢，舰长就拿起了望远镜开始认真地观察西南部那团黑烟，还问："还是没有联系上沃尔瑟姆号吗？"

"没有，舰长。不过我觉得等到空袭结束之后我们应该过去，探探究竟。"

"派我们的战斗空中巡逻部队过去看一眼，"舰长想了想说，"我们不能离开指定位置。"

"我觉得是时候跟他们反映情况了，"我对舰长说，"我的意思是，在我们给第58特遣队的报告中提出建议，在每个站点加派一艘驱逐舰，这样的话神风敢死队攻过来时就要面对十二挺五英寸口径机枪的炮火，就没有六挺那么好糊弄了，够他们喝一壶的。"

舰长不屑地哼了一声，说："副舰长我告诉你，他们才不会呢，他们需要多派些驱逐舰去保护那些重要的大船，什么母舰啊，战舰之类的。你就自己掌握着给他们回报吧，我也懒得管了，这就是生活的本来面目，而且退一万步讲，刚才那波空袭打的是隔壁，又不是我们。"

这时那该死的无线电又响了起来。我打断了他："舰长，指战中心来电。"

舰长不得不停下和我的对话，转向无线电说道："说吧。"

"前方监测到残余敌机从冲绳方向飞来，战斗空中巡逻部队发回情报称敌军沿着我军既定移动方向低空飞行，他们已在追击。"

舰长默默地看了我一眼，我心领神会，对他点了点头，回到了指战中心。不久后，我们便听到舰长的声音从船上的总通讯系统中传了出来，通讯系统的喇叭安装在船只各处，所有人都能够在同一时刻收到信息。"大家注意了！敌军这次从冲绳方向袭来，大概五到十分钟到达，监控人员开始沿正东方向和正西方向之间区域展开扇形搜索圈，注意低空飞行的战机。"

听罢，我便向战机指挥官询问上面指派给我们的战机在哪。

"在上方一万五千英尺的地方游荡呢，但还有十分钟他们就必须回到重置模式了。"他回答我说。

所谓的重置模式便是指飞机上所剩的油料仅够他们回到母舰上，到那时他们可能连一架从冲绳飞来的敌机都拦截不了，还有可能更糟。

"后援部队派出了吗？"我接着问。

"报告副舰长，还没有。在经历了这样一起大规模空袭之后，他们到达的时间可能会晚一些，如果刚才那些该死的神风敢死队攻击到了母舰的话就来得更慢了。"指挥官说道。

他们来了也不是，不来也不是，我想索性叫他们不来算了："算了，叫他们回去吧，不过回程中去沃尔瑟姆号最后出现的位置看一看，我想确认一下沃尔瑟姆号是否存活。"

"已观测到敌机！"雷达操控员报告道，"但他们好像是朝着六狐和乔治九号那边去的。"

"马上提醒我们的战斗空中巡逻部队，敌机可能在沃尔瑟姆号方向有动作。"我说罢便用无线电联络了舰长，告诉他我下达了什么指令，他对我的指令表示赞同。此时我感觉到船只又一次转向了，可见舰长不想敌机在附近的时候冒任何风险，就算他们这次的目标是包围圈上的其他船，但在包围圈附近行驶时还是不能走直线。这时，一个战机指挥官叫了我一声。

"副舰长！战斗空中巡逻部队发来消息，说发现了沃尔瑟姆号的踪迹！它已经被击沉了，船尾还在燃烧。我们这边正在用无线电给战机导航，帮他们定位那架朝着沃尔瑟姆号去的敌机，但情形十分不利，我们的战机快没油了，而且我们的雷达还只能时不时地定位到敌机！"

我接着问："沃尔瑟姆号伤得多重？"

"战机上的人说它就像一艘露着头的潜艇一样瘫在海面上。"战机指挥官回答道。

我心里微弱的一点希望也破灭了，只得把沃尔瑟姆号的实际情况发回给舰长，并再次向他提议动身去西南方向，靠近沃尔瑟姆号，看看我们能不能做点什么。

"要离开既定位置必须获得上面的许可，"舰长说，"目前有第二波空袭的迹象吗？"

"没有，但我们战机上的油现在最多只够拦截下飞向沃尔瑟姆号的敌机了，如果还要追击的话是不够的，那样的话在下一个飞行循环之前我们都会没有战机的保护，在既定位置那边也没有战机可以交接班，而且现在唯一观测到的一架敌机也朝着那边去了。"我把我的分析告诉舰长。

"好吧，"舰长想了想说，"就照你说的做，给第58特遣队发一条UNO-DIR（除非另有指令）的语音信息，告诉他们沃尔瑟姆号急需救援，我们这就要朝那边去，而且我们的战机处于重置状态，在我们附近的区域内也没有敌机。"

"遵命，舰长！"我说道。我知道以船长的性格，如果条件允许他肯定是愿意去西南边救沃尔瑟姆号的，但上面关于禁止擅离职守的规定还是很严格的。所以我们这才用了"UNODIR"信息，这是海军电台中的缩略语，表示"除非另有指令，否则就按此行动"。这样一来就把抛弃沃尔瑟姆号的责任抛给了指挥包围圈的上将以及他在水陆交界区域的手下们了，也许上面会马上回复我们说禁止行动，但他们通常还是允许舰长们通过"UNODIR"信息来申请放手一搏。但如果他离开了指定位置，而这时日军悄无声息地发动了空袭，灾难就将降临于他。

此时我又一次感受到了船在转向，当我在写着这条给第58特遣队顶头上司的"UNODIR"信息的同时，我听到了传令让船加速的铃声。我命令一名战机指挥官把这个信息交给要回母舰的战机，让他们带回去，如果走正常的海军通讯频道，估计等个两天信息都送不到第58特遣队。

这也就是我说最好要有两艘驱逐舰在同一个指定位置的另一个原因，两艘船互相填补位置，就不会让雷达包围圈上有缺口。

我仔细看了看竖直方向的显示器，沃尔瑟姆号在海面描绘仪上的位置现在在我们西南方向十三里，在空中描绘仪中可以看到有一条从冲绳附近发出，指向沃尔瑟姆号的虚线，但那条虚线往前一些就消失了。马洛伊号的雷达突然监测不到它的位置，就不能明确地探测出神风敢死队是冲着什么东西去的。

我猜大概是因为敌机正在低空飞行，可事到如今也没办法救起沃尔瑟姆号了。当我正准备走出指战中心，前往驾驶舱去找舰长交接工作时，船体骤然向左急转，全船二十、四十毫米口径的机枪齐齐开火。我还没缓过神来，就只听得船上空一阵飞机引擎轰鸣，随即便是一阵剧烈而刺耳的金属碰撞声。我下意识地弯腰躲藏，紧闭双眼，试图把自己蜷缩起来，缩小目标，后来才反应过来这副模样肯定滑稽至极。在我发现自己毫发无损之后，才慢慢睁开眼睛，只见指战中心里的所有人都跑到甲板上去了。

在右舷一侧的远方传来一阵爆炸的巨响，随后船上的枪炮都熄火了。指战中心里被震起了一阵烟尘，侦察兵互相望着，仿佛在确认对方是否还活着，几个船员从甲板上爬了起来，面面相觑，估计是刚才做了跟我一样蠢的动作。

"我的雷达坏了！"控制空中搜寻雷达的操作员高声呼道。

"海面雷达也坏了！"另一个操作员也传来报告。

战术层面上我们完全瘫痪了，指战中心暂时无法使用。我从前门走出，穿过了海图室，走到了驾驶舱前，远眺右侧，看到远处一团脏兮兮的黑烟在水面盘旋，大概从五百码外的位置朝着船尾的方向飘来。甲板军官回了一把舵，船的转弯变得舒缓了不少，船上所有人都拿着望远镜焦急地盯着海平面，而舰长脸色苍白，呆站在驾驶舱的侧门旁。

"我们根本没看到它，"舰长惊魂未定地说，"它飞得太低了，五英寸口径的机枪都没法开火,幸好防空部队看到了它。"

"驾驶舱!这边是信号员!"信号员通过无线电焦急地呼叫我们,听起来像是被吓破了胆。

"驾驶舱收到,请讲。"舰长回话。

"报告舰长,我们这里发现一枚炸弹,一枚巨大的炸弹,卡在了船前端烟囱和右舷旗袋之间!"

"马上清空信号塔上的所有人!"舰长下令,"向天空一号电台发报,叫他们赶紧撤离,副舰长,你去把指战中心里的人赶出去。"

如果信号员对炸弹位置的描述是准确的,那我估计炸弹就在指战中心的后隔板上方。日军在神风敢死队上装备的炸弹都是五百磅重的,如果炸弹爆炸了,恐怕整个指战中心和驾驶室都会被夷为平地的。我从前门走进指战中心,所有人都瞪大了惊恐的双眼看着我,看这副样子他们肯定是听到了信号员发来的电报。

"所有人都尽快出去,"我强装镇定,让他们感觉一切尽在掌握,就好像那颗悬在我们头顶二十英尺的五百磅炸弹就是小菜一碟似的。"战机指挥官,去无线电中心巡视一圈,其他人全部到住舱甲板集合。指战中心值班长去二级联络中心,等到甲板军官来换你的时候你再上来。"

房间里的值日兵、士官和新兵都有序地从前门出去,但他们从我身旁经过时都垂着头,我能感觉到他们心中的恐惧,我真的很想带头冲出去,但我也知道自己得稳定军心,不能这么做。指战中心疏散完毕后,我就回到了驾驶舱向舰长报告。他把驾驶舱里大多的值日士官都派去二级联络中心了,只留下了几个吓得屁滚尿流的接线员还在里面,他还向主炮台下令,疏散所有在船前端烟囱附近的防空部队,接着命令伤亡控制中心的人派一队调查小组前往信号塔,之后他自己走进了总通讯系统室。

"所有人注意,我是舰长,"舰长通过无线电向全船喊话,"我们刚在马洛伊号上层发现了一枚还没爆炸的炸弹卡在了信号塔附近,现在我们正在想办法拆弹,争取把它扔到船外,所以,所有人在我们想出办法解决问题之前,都不要去船前甲板附近。同时,我要求所有在船顶部的人把你们的眼睛都睁大了,上一架飞机在杀到我们头顶以前我们都没观察到，大家帮四十毫米口径机枪那边盯着一点。就这样，大家加油。"

这时，枪炮部头子马尔蒂·兰多夫离开了船前端的五英寸枪炮台，来到了驾驶室。

"看到炸弹了吗？"我问他。

他舔了舔嘴唇，用颤抖的声音说："看得可真切了，我盯着它整整有十秒，心想着我要去见上帝了，副舰长，那家伙真大，它的侧面被卡住了。我可不想在那逛逛，听听它有没有在读秒什么的。"

"哼，逛逛，"舰长苦笑道，"好的，那现在有人知道那个炸弹的引爆装置是什么吗？"

马尔蒂告诉大家军校时曾上过一节拆弹课，他说："通常都是用导线引爆，导线一端连在机身或机翼，另一端连在炸弹的引爆开关上，飞行员投弹，然后就拉动了引爆开关。炸弹上有两个小螺旋桨，一个在头部一个在尾部，都是通过下落时的气流推动的。通常螺旋桨要转很多圈，推动炸弹下行，这样在引线燃尽时炸弹爆炸的位置才与飞机处于一个相对安全的距离。"

舰长很快就领会了，说道："也就是说，那个飞行员看着飞机不行了，就把炸弹给扔了下来，但是还来不及引爆。"

"我也希望是这么回事，"马尔蒂说，"如果那该死的炸弹被插上了引线，那我们就不可能把它扔出去了。"

这时，四个装备齐整、戴着氧气面罩的士官长从驾驶室里走了出来，他们的头子多尔蒂说道："维修二号检查员报到！请求上信号塔进行检查！"

"要是我不准呢？"舰长笑道。

"那……舰长您就只能自求多福了。"多尔蒂机智地回答道，其他几个士官长也笑了，大家都在保持镇定、冷静，但我想他们是不是也和我一样受到了惊吓，就连舰长的玩笑开得也有点牵强。

"那我先上吧，"马尔蒂说，"我知道要从哪开始，刚才我说的几个小部件就是拆弹的关键，我估计它们都被卡得停住了，可不能乱搞把它们又给拨动了。"他说罢，转向一名维修二号的工程师说："布雷纳德，你们带了'猴子屎'吗？"

两名士官开始捣腾他们的装备，掏出了一些看起来就像大号牙膏的管子。管子里装着一些用来密封的黏合剂，这个东西在海军里被戏称为"猴子屎"，通常是起到一个密封的作用，小到蒸汽泄漏，大到船体漏水或者驾驶舱玻璃裂了都可以用它，只要一接触到空气就会变成一堆塑料似的混合物。

"我上去以后就找引爆装置，然后把所有引爆装置都用一堆'猴子屎'粘起来，那样的话它们应该就没用了。"马尔蒂说。

"然后呢？"舰长问道。

"就把它原封不动地空运出去吧，"马尔蒂回答，"先看看我们能不能识别出这个炸弹的种类，然后去找航母上的拆弹组的人，看他们有没有办法拆掉它。"

这时船又转弯了，我突然想起来，说："那我们还要去看沃尔瑟姆号吗？"

舰长无奈地摇了摇头，看了看他座位旁边的陀螺仪，说："传信员，去告诉二级联络中心，我们掉头往东走，叫他们迂回前进，速度定在十五节。"然后转向我，说："我们现在不去那边了，我想还是要先把手上的问题解决了吧，总不能开到沃尔瑟姆号旁边然后爆炸吧，一点意义都没有。"

传信员听得心虚，假装他没听到"爆炸"二字，呆若木鸡地点了点头，把舰长的命令传给了站在船尾二级联络中心门口的甲板长，也通知了舵手和副舵手。不久后，马洛伊号又开始转向了。

"好吧，马尔蒂，上吧，"舰长下令道，"带着多尔蒂一起上去，等你们搞清楚情况以后用无线电呼叫我。副舰长，你下去看看，能不能在起居甲板搞一个临时的指战中心，还有待会儿记得提醒我，我们还需要一个像二级通讯中心那样的二级指战中心。"

我随即就下到了起居甲板，指战中心的人都在那里集合了，他们找到了一个能连接声能电话的线路，现在靠着无线电中心在进行着空中监测以及空袭警报的工作。然而，在修好雷达显示器之前我们还是摸不清方向，不过对于整个舰队阵形来讲，我们这种哨兵一样的驱逐舰也是无足轻重的。我坐在了一张桌子旁，这时兰尼·金给我送来了一封信函。

"这是上面对我们的'UNODIR'信息的回复,"他说,"话虽短,但不太好听。"

信函是我们直系的中队指挥官海军准将范·阿纳姆发来的,他就在舰队停泊的地方,离我们还算蛮近。信函中要求我们留在指定位置,我们的任务就是保护雷达包围圈,救援沃尔瑟姆号是他们的任务。

"好吧,真是小心眼,连开个玩笑都开不起,"我窃窃私语道,"等有人去到沃尔瑟姆号旁边的时候,它早就见阎王了,当时要是上报我们的雷达废了,他们难说还会不会批准我们的行动。对了,船顶那炸弹有消息吗?"

"没有,不过我们要怎么处理那个玩意儿啊,难不成让十个人去把它扛起来扔海里?"兰尼·金问道。

"你带哪十个人去扛?"我笑问道。

"唔……算了长官,我不去。"

"放心,肯定是要想个办法的,不会让一堆人去围在炸弹旁边的,"我说,"我们先等等,看水手长多尔蒂怎么说吧。我先出去一下,一会儿回来。"

我回到了驾驶舱,把信函交给了舰长,他边读边不满地嘟囔着说:"这还用说,这一看就是个'撒气包'。"信函里的语气再直白不过了,我不用想也知道肯定是主管冲绳岛战役的上将跟我们直系的中队指挥官发了一通脾气,让他给舰长写这么一封回信,这种满是怨气的信函就叫做"撒气包",与之相对的就是"乖宝宝",不过在海军这边,一封"撒气包"就可以抵消一万封"乖宝宝"的效用。

这时枪炮头子从信号塔的梯子上爬了下来,手上全是灰色的黏稠物。"起爆装置虽然完好,但是都卡住了,"他对大家说,"现在用了猴子屎以后它们完全卡住了,但整个炸弹还是完好的。可以确定这是一颗250公斤的通用炸弹,没冒烟没读秒没杂音,不过要搞出来确实挺麻烦,它正正地卡在了旗袋的尾部和前桅的根部。"

"有好消息吗?"舰长问。

"好消息是刚才我拨弄引线的时候炸弹没炸。"马尔蒂打趣地说。

"那我们现在要怎样才能把它搞出来扔下去呢?"

只听一个沙哑的声音从门边响起："用锚啊。"原来是多尔蒂走进了驾驶舱，他身形壮硕，嗓门很大，在士官休息室和甲板上都很受尊敬。

"多尔蒂你接着说。"舰长说道。

"用锚绳把那玩意儿从六个方向绑起来，然后把锚绳从船上层朝船左侧抛下去，把绳尾绑到一个大锚上。把锚扔下海，舵往左打，等到转向的时候一脚把那炸弹踢下去！到时候就可以借锚的力，把它甩出船去。"

舰长不置可否地看着我，我耸了耸肩，感觉这方案也许能行。

"那你说怎么把锚装上去呢？"舰长接着问他。

"放一艘能装二十个人的救生艇到水上，沿着一条长边把锚绳绕成五英寸的环绕上去，在底部用帆布加固一下，再打个环捆到锚绳上。"多尔蒂说。

舰长点了点头，赞许地说："就这么干！马尔蒂，去看一下捆哪边比较好，再看看在行动之前要不要把周围的东西清开，最好是别把桅杆给弄翻。"

"那我们要跟上面汇报一下吗？"我问他，"也许他们会在捆绳子前让特种军火军械爆炸处理部队给我们一些关于爆破的建议。"

"我们如果是在两栖作战艇目标范围内，旁边就有母舰，我这就去汇报，让特种军火军械爆炸处理部队的人来解决。但就现在而言，我们孤军奋战在这陌生的地方，所有功能都瘫痪了，像一个又瞎又聋还傻的人似的，离天黑还有那么几个小时，日本人再来干我们一次都够了。而且之前我向第58特遣队汇报的时候他们让我很寒心，就这样吧，就算错了又会怎样呢？"

周围的人纷纷露出一丝苦笑，所有人都原地站着，静静地听着舰长的话，心里都知道如果错了会怎么样，但多尔蒂站了出来，试图打消大家心里的恐惧："小菜一碟，四十五分钟就搞定！"

舰长对他说："兄弟，三十分钟就更棒了。我有个建议，那个炸弹上按理来说应该是有两个可以拴挂的部件的，不然他们怎么把炸弹安在飞机肚子上的？与其用六英寸的锚绳给它五花大绑，不如把这两个点找出来，用些绳子来做个节，再把锚绳拴到节上，而不是直接拴到炸弹上。"

"遵命，舰长，我就照您说的办。"多尔蒂回答。

在枪炮部长和水手长离开驾驶舱后，舰长问大家："好好想想吧，在攻打冲绳的宏伟蓝图中，上面把我们放在一个什么样的位置？"同时我们还能清楚地听到51控制台在主炮台的操控下缓慢地转着圈，虽然不太知道为什么，但枪炮控制雷达似乎是全船唯一能用的雷达了。就算它不是个用来搜寻的雷达，但我希望它能发挥一点作用，毕竟总是聊胜于无。随后，我就给船长汇报了一下船上还完好的器件。

"现在船上还有高频空袭警报系统正常，而且船上几个手艺高超的水手正在维修超高频空中控制系统，但总的来说，在雷达修好和指战中心重建之前，我们还是处于瘫痪状态。马尔蒂派了指挥官去盯着海面上有没有敌机，不过……哎。"我又一次无奈地耸了耸肩，虽然大家都知道派人去侦察也没什么大用，但至少他们可能会发现低空来袭的飞机。

"还是没有沃尔瑟姆号的消息吗？"舰长问。

"报告舰长，还没有。"时间到了中午，光照太强，我们基本都看不到远处那团黑烟了。"它可能通过超高频电台联系到了飞机，但在主要的空袭警报线路上还没它的消息。"

听罢，舰长打了个哈欠，用手捂住嘴，忍不住睡意又打了个哈欠。"好吧，"他说，"用正常通讯频道向上面请求特种军火军械爆炸处理部的帮助，这样的话我们就算跟他们请示过了，但我们不能等他们来。我先回屋了，等他们把海锚准备好了就来叫我。"

"但是……舰长，您的小屋离炸弹太近了。"

"没事，我去左舷的房间，"舰长说，"等你们准备好把炸弹推下去的时候来叫我。"

"遵命，舰长。"我回答道，我对舰长现在要下去睡觉的决定很是惊讶，毕竟现在随便来个空袭我们都受不了——没有人工控制的搜索雷达，附近也没有能够提供支援的同伴，而且在天黑之前我们的处境是不会好转的。现在船上三层的位置还有一颗活生生的炸弹，要是它爆炸了基本上船上层前端包括舰长的小屋都会被轰平的。这时，我问舰长是否需要我留在驾驶舱里。

他摇了摇头，离开了他的椅子，走到窗边看了看外面。水手长在前甲板上指挥着分成两组的手下，整个一分队的人都在解着三百五十英尺长的锚绳，二分队的人正在往充气皮艇上打着结。

"管他的，这法子难说还真行。"我想道，在把锚抛下去之前得把所有在顶上的人都集合到船的一端。我注意到接线员孤身一人站在驾驶室的一角，可能想尽可能离炸弹远一些，我便叫他拔了声能电话的线，去舰长的小屋旁边接上，要是有人通过这条线路找他就敲他的门向他汇报。

随后我便下楼去厨房弄了些咖啡和三明治，而此时驾驶舱内空无一人，这在太平洋海域激战最烈的区域是极为少见的，但在把炸弹抛入海中之前，留在驾驶舱里也干不了什么。

三十分钟后，厨房的电话响了，我接了起来。

"副舰长，我是马尔蒂。这边已经把一切装置都准备好了，请求连接进行最后一步，把锚绳和炸弹上的机关连接。"

"海锚现在在哪？"我问道。

"在左舷船尾，上面已经拴好了锚绳，救生艇也准备好了。水手长多尔蒂说等我们把锚抛下去以后就可以向左边慢慢打方向了，之后可能会要走六英寻左右，然后锚绳就会绷紧。"

"你现在是在用二级联络网络吗？"

"是的长官，从引擎室的通讯到空中中心的声能电话线路都一切正常。"他向我报告。

"我现在就去向舰长请示，之后再通知你。"

他似乎有些担心："副舰长……舰长他还好吗？"

我感到有些讶异，眉毛上挑，问他："什么意思？"

"之前他看起来有点不在状态，可能有点不想说话，心不在焉。我也不知道是不是这样，但其他部门的部长也察觉了。"他对我说。

我回答他说："马尔蒂，我想他可能只是太累了吧，别忘了他可是全船最年长的人，要指挥全船需要像男人一样，明白吗？你只要让你的人做好准备，还有让所有人都远离船中部上层的房间，包括无线电中心。"

"遵命，长官。"马尔蒂回答。

我看到接线员已经站在舰长室外的走道上，便告诉他切断电话连接，快去船尾，他听令后二十秒就消失了。我过去敲了舰长的门，自己走了进去，发现里面关了灯，他脱了鞋，平躺在沙发床上，这让我略有些吃惊。我一进门他就醒了，问我："现在怎么样了？"

我告诉他："他们已经准备好抛锚了，我来向你请示，提醒你去二级联络中心，远离可能会被波及到的地方。"

舰长笑了笑，说："我之前说过了，不要小题大做，这能出什么岔子？"随即他问我："你觉得马尔蒂能控制住局面吗？"

"我相信他可以，"我说，"但我还是想要向你请示，给你一点准备时间好上楼去。"

"我批准了，而且我就待在这儿，哪儿都不去。"

"你确定吗？"我大吃一惊。

"嗯，你在马洛伊号上做副舰长多久了？大概两个月？"

"是的，舰长。"

"那还要我去甲板上干什么，把驾驶室清空了，我旁观就好了。现在这出好戏就由你来导了，就不要每进行一步都来叫我一次，你就尽全力自己去判断，把问题搞定，然后带上你的伤亡控制小组，如果搞砸了就让他们上，如果一切顺利就重新开始组建所有战斗部门，尽快恢复雷达显示，等你们一切解决了再来叫我。"

"舰长我很感谢您这么信任我，"我说，"但我觉得如果你在甲板上帮我看着点的话我会心安很多。"

"康尼，你现在是在做舰长的练习工作，"舰长回答道，"我也觉得如果准将能在这帮我看着点儿我也会安心很多，但他并不在这，这也是你指挥工作中需要习惯的一部分，好了，去吧！"

我出于惊讶呆滞地点了点头，想说点什么却又想不出来，只得尴尬地倒退着走出他的房间。我霎时间就觉得自己的角色不同了，当然我知道就算搞砸了还有舰长可以靠，他可是深谙此行的老手，总是可以收拾这些烂摊子。这和那封"UNODIR"信息是一个道理，我打从心里想要这样做，但如果上面头子把我们的意见批了下来，准将要找人问责也不是找我。我边往船尾走边想，我

第三章

这样对舰长是不是有一点点不仗义？

尽管做副舰长已有两月了，我还是没能完全适应怎么指挥一艘驱逐舰。在登上马洛伊号之前，我服役于一艘重达三万八千吨的埃塞克斯级航空母舰，名震整个舰队，人们都叫它"大本钟号"。而马洛伊号是我服役的第一艘驱逐舰，要从指挥一艘三万八千吨的大船转变到一艘二千二百吨的小船实在是让我手足无措。加上船员和防空战机，富兰克林号上一共有约三千人，而马洛伊号在战斗时期满编的时候也就是富兰克林人数的十分之一。在母舰上，你可能只会认识你所属部门的所有人，但在驱逐舰上，所有人都互相认识。在富兰克林号时，我从未感觉自己如此受人瞩目，而在马洛伊号上，无论何时何地我就像是所有人目光的焦点，这样的转变无疑是很大的。

回到船尾后，我看到水手长的手下们已经做好准备工作，那个手工组装的海锚机关已经就位。为了防止炸弹爆炸造成伤亡，船顶部前端的人都被赶到了船尾这边，所以可以帮忙的人手很多。这时，领航官吉米·恩莱特走了过来。

我问他有没有特种军火军械爆炸处理部队那边的消息，他听罢，叫我借一步说话。

随后他与我耳语道："副舰长，那边没有消息。而且据我在六狐电台那边获知的消息，他们那边麻烦更大。还记得之前那起大规模空袭吗？日本人派出了一百多架飞机，让三艘大船都无法正常运作，击沉了一艘战舰、一艘护卫舰和三艘运输舰。而且海军这边都关注着冲绳岛以南的方向，根本没人管我们。"

"也就是说，我们现在真的是孤军奋战了是吧？"我说。

吉米无奈地耸了耸肩，说："一直都是这样的，副舰长。马尔蒂来了。"

马尔蒂走到了我们站的这边，说："我把前端的人都赶走了，现在可以拉紧炸弹上的锚绳了。"

"把炸弹拔出来时会很危险吗？"我不安地问他，因为我意识到我即将要下达重要的命令，然而我还没亲眼见过那枚炸弹是怎么卡在船的上层建筑里的。

"炸弹的前一半插进了信号塔后面的甲板里，所以只能生生地把它从洞里扯出来，让它轻巧地穿过桅杆和前甲板之间，再从旗袋下面把它拔出来，最好就是扔出去的时候不要撞到主甲板。"马尔蒂向我解释道。

"但愿吧。"我说。

马尔蒂接着说:"这是我们能想出来最好的办法了,副舰长。总不能冒着风险让伤亡控制小组的人凑近了去动手把它拔出来吧,如果像那样搞的话,一旦炸弹爆炸,别说是人了,金属也会被轰飞的。"

"好的,我明白了。"那我是不是应该自己上去看看呢?马尔蒂可是枪炮部的老手了,虽然舰长是把帅印交到我手上,但要是我坚持要上去检查的话可能会让马尔蒂觉得我有点不相信他的判断,所以我决定就这样吧。

"去给工程师们也打个预防针,如果炸弹还是爆炸了的话,很可能会在吃水线附近爆炸,这样的话一号炉火室可能就会被炸开。"我交代马尔蒂。

"放心副舰长,早给他们说过了,"马尔蒂说道,"我们已经做好了所有准备,这无疑是个权宜之计,我也不是很愿意这么做,但是总不能把它放在那吧,万一来一架神风敢死队的飞机疯狂扫射一番怎么办?"

"好的,"我说,"动手吧!"

马尔蒂这时突然犹豫了一下,抬起头来,似乎在找舰长的身影。我就定定地站在他面前,马尔蒂一下就明白了,舰长不打算出来指挥,便对我点了点头,开始执行。

我通过全船无线电向大家传达了准备动工,把炸弹从上层建筑前端拔出来的信息,所有人都必须离开前甲板。我看到马尔蒂向水手长示意动手,多尔蒂见状,看了看我,我便对他点了点头。他听令后就开始下达命令,水手们扛起笨重的救生艇,那救生艇上裹满了帆布,用木头支撑着,他们把它扛到了左舷边,在救生索上把它放稳,随后就把它推到了水面上。我感觉到船舵开始往左打了,船尾也渐渐开始转向,朝着浮动的救生艇的反方向移动。后甲板上的枪炮组全部弯下身子,躲在他们破碎的盾牌后面,试图用盾牌把他们和卡住的炸弹隔开,尽量不把自己暴露在船的后半部分。

我站在左舷很靠后的位置,清清楚楚地看到锚绳在一点点收紧,目前为止锚绳还是松散地放在水面上,救生艇随着连接部分的拉扯被翻了过来,有一半浸没在了水中,不久后整艘救生艇突然一下沉进了海里,垂直于锚绳的方向,就像一个迎风展开的大风筝。渐渐地,锚绳也随着救生艇沉入了水下,就在这时所有松散的锚绳全都拉直了，随着救生艇往下沉的趋势发出拉扯的声音。片刻过后，炸弹被拉出了一些，撕扯的声音更加剧烈了，所有人都被这声音吓了一跳。接着，在剧烈的"砰砰"两声之后，全船一片死寂，过了一会儿，金属变形的声音更加强烈，接着大家就听到左舷外面传来一阵水花四溅的声音。

马尔蒂之前一直站在四十毫米口径机枪炮台旁边看着，看到这一幕他转过来对我伸出了大拇指。炸弹被清除了！刹那间，救生艇上的压力就消失了，在船尾附近蹦起了一百码左右。不一会儿，救生艇重重地拍在水面上，强劲的冲击力激起了大量泡沫和烟雾，我怀疑这可能把炸弹都震下海底了。全船开始欢呼，马尔蒂朝着船尾走了过来，我急忙把我脸上的汗珠擦去。

"好样的！马尔蒂。"我祝贺道。

"粘在炸弹尾部那个螺旋桨上的'猴子屎'在炸弹掉下去的时候脱落了，"他大声说着，"之前就猜到落水后肯定会有大动静。"

话音一落我俩都转过头去看了看那片炸弹掉落的海域，很多死鱼都浮了上来，在午后的阳光下闪闪发亮，不知道舰长有没有感觉到那番震动。

"好了，"我说道，"命令甲板军官去传令，让所有部门进入警戒状态，在日本人杀来之前我们得做好准备！"

随后我便上前去检查一下之前炸弹卡住的位置有无异样，等我到那的时候，发现了一个大问题——炸弹在被拉出船顶的时候，顺带着把整个空中搜寻雷达波导的底部给掀翻了，难怪船被攻击以后雷达系统就瘫痪了，这样一来就说得通了。我们在有新的波导装置以前都还是无法恢复监测功能，想要换新的波导就需要找一艘供给船。雪上加霜的是，船上支撑桅杆的锚链孔盖板也被一同掀飞了。我走到一根锚链支柱的旁边，徒手紧抓住它，当船慢慢转向驶进海里时，我能感觉到支柱时而拉紧，时而放松。我心中产生了一个恐怖的念头：这支柱平常就是这样一松一紧，还是因为现在只有它在撑着桅杆了？

我听到了指战中心的人在我下方重新搭建着设备，看来这时候是得给第58特遣队发封报告了，但在此之前，我要先去向舰长报告。走到门前，我如往常一样，敲了两下便开门进去。小屋内一片漆黑，舰长盖着被子躺在床上，舒缓地打着呼。得益于船上所有的发电设备，战斗信息中心里安装了空调，设计师还很贴心地从战斗信息中心里接了一根四英寸口径的小通风管到楼下的小屋中，房间里这才得以享受空调带来的凉爽，但这个时候却让我感觉有些冷。在平常我肯定会把他叫醒，告诉他现在的状况，说我们现在必须得去冲绳岛旁的庆良间群岛上找一艘维修船来帮我们。

但之前舰长交代过我，让我自己操持船上的事务，而且现在是下午两点半，马洛伊号正处于易受敌军攻击的状态下，他还能酣然入睡，显然说明他是真的累垮了。

我悄悄从他房里退了出来，把门带上，准备去战斗信息中心看一看。到那之后我立即向上级汇报，我口述让领航官执笔，描述了之前炸弹的危机、现在桅杆岌岌可危的状况，还有我们防空雷达的故障以及滞留在这里的原因等等。我拒绝再发"UNODIR"信息，直接向上级请示，我们要向庆良间群岛移动，因为船只急需修理。我把信函发给了第58特遣队的蔡斯少将，复印了一份发给我们的直系上司海军准将范·阿纳姆，当然也向在庆良间群岛附近的第十后勤中队的准将发了报告，这样的话他们就知道我们要过去，要为我们准备些什么了。如果在庆良间群岛周围的这些维修船上都没有波导装置的话，我们十有八九得离开这里去菲律宾群岛中的莱特岛想办法了，这样想来还是挺好的。我告诉吉米，让他把船开回到我们的指定位置，看看接下来的二十四个小时中会不会有前来接班的船。

我这时又问了他一遍："还是没有沃尔瑟姆号的消息？"

"报告长官，暂时没有，而且我们还是没有得到战斗空中巡逻部队的保护，明显是因为刚才那起空袭给整个飞行排班造成了不小的混乱，求上帝保佑，让那些日本人今天自己打打靶就好了。"

"祈祷归祈祷，"我接着说，"让你的人打起十二分精神，去给枪炮组的人说一下现在我们没有雷达的辅助，那么多人那么多双眼睛都要一起动起来，熬到天黑之后就会好些了。但舰长之前说过，这些日本杂种过不久就会在夜里也发起空袭了。"

"但这样的话他们要怎么样飞回……"吉米略有些惊讶地说道，但想了想后又说，"啊，对。"

我也苦笑了，这些日本人可不打算飞回家。

吉米摇了摇头对我说："副舰长，我有点糊涂了。我们现在还是在警戒状态吗？"

"没有了，让大家分别回到左右舷去吧，如果整天都是警戒状态大家都会累得像行尸走肉似的。换一批人下来休息会儿吧，再去告诉厨房……算了，我自己去吧。"我对他说。

他点了点头，然后突然说了一句："舰长在哪？"

"在他的小屋里，写着报告呢。"我告诉他。

他用眼神示意我他似乎看出我在说谎，但看破不说破。我假惺惺地捶了他肩膀一下，便走出了指战中心。这个恩莱特啊，是个好人，而且不傻。

我走上了驾驶舱，现在上面已经恢复了秩序。船只的航向已经回归到了东边，距我们在雷达包围圈的指定位置还有八里左右。甲板长兰尼·金带着大家赶回既定位置，但他似乎有些操之过急了。我提醒了他一下，记得不要走直道："没必要着急，把速度控制在十五节，但要拐着弯走。可别忘了之前那两艘突如其来的神风敢死队啊，况且那时候还有雷达监测，明白吗？"

"遵命，副舰长，唔……不好意思，我没注意。"他向我道歉。

"没关系，大家都累了，兰尼，记得一直问自己：'我还需要做些什么？'"我安慰他，"哦，对了，帮我去给丰塔纳中尉捎个口信，让他来找我一下。"

"遵命，副舰长！"

第四章

一天后，我们抵达了位于冲绳岛西岸的庆良间群岛，我军正与日军第三十二军在此激战着。眼看着太阳即将消失在西北方的地平线上，我们抛下了锚，望向东南方向还能看到零星的炮火，船体右侧的小山附近不时传来战舰爆炸的声音。在大部队发起对冲绳岛的总攻之前，我方的支援部队已经攻陷了冲绳岛周围所有的小岛，到时候，就可以在战斗中保护住部队的翼侧，也便于我军设立军火库以及后勤基地。庆良间群岛地势呈合抱状，中间形成了一片较为安全的海湾，我军在里面驻扎了不少维修船和供给船。当然，说这个海湾安全也只是相对于其他海域，日军早已尝试过派遣小型潜艇、鱼雷艇潜入海湾，而且神风敢死队也常常来此骚扰。庆良间群岛露出水面的前端是琉球群岛，而水下的部分早已堆满了船只的残骸以及被破坏的空中支援战机，由于它们太过沉重，被击落后根本无法修复，只有破坏。

上面给我们下的指令是找到皮埃蒙德号，那是一艘重达一万七千吨的维修船，在庆良间群岛附近充当着一个维修中心的角色。它看起来就像一艘远洋邮轮似的，船上有两个巨大的烟囱，左右两侧各有一条长长的过道，不过与邮轮不同的是，船身整体被漆成灰色，前后两端各安装了两个五英寸口径的炮台。在皮埃蒙德号的另一侧，我们发现了被击沉的沃尔瑟姆号，它的上层建筑，包括驾驶舱、桅杆、枪炮控制台、前端烟囱以及大半个指战中心都被炸成了一堆漆黑的废铁，52号炮台是船头两个炮台中靠后的一个，它被连根拔起，炮台内的两挺机枪萎靡不振地垂着头指着地板。在船右舷的正横后处，还有一个被烧成炭的大洞，那便是原先二号炉火室的位置。在马洛伊号驶过皮埃蒙德号船尾时，我们看到不少船员呆站在露天甲板上，似乎还在因为沃尔瑟姆号的受损程度而吃惊——即使是被固定在皮埃蒙德号上，沃尔瑟姆号仍保持着偏向右舷十度的状态。

我不禁猜想，船上罹难的船员到底有多少？舰长坐在椅子上，看着枪炮部长在准备着靠岸，突然发现沃尔瑟姆号上既没有英国国旗也没有美国国旗，也就是说皮埃蒙德号的人打算粗暴地把它给拆分了。"他们会把沃尔瑟姆号上所有关键部位都拆下来，"舰长说，"然后就把剩下的扔到外面的海里，让它四面受敌。"

照这样看来那便是沃尔瑟姆号上全船人员都丧生了，但我还是好奇，是谁下的这样的命令。

这时，吉米·恩莱特提出了一个有意思的观点："看，那艘船桅杆那里就有一个波导装置，我们也只需要十到十五英尺的好钢。得抓紧跟第十后勤中队联系，不然他们就要……"

"吉米说到点子上了，"舰长说，"马上照他说的行动。"

当我们刚停靠在维修船旁边时，皮埃蒙德号上的一只吊臂就升起了一个舷梯，把它放在了两艘船之间的碰垫上，连接到了马洛伊号的右舷，随后我们也把舷梯放在了碰垫上，这个碰垫是用一根五十英尺长的电话杆改造而成的，上面捆了废弃的橡胶轮胎，一般装在船的两侧，用来防止船之间发生擦碰。这时维修船上有一小撮人走过碰垫上的木桥，经过我们的舷梯，来到了主甲板上。这些人是维修主管和一些船只设计师，他们过来与各部门总管进行交接，分析一下要怎么修船。虽说马洛伊号并不需要让他们来一个为期两周的大维修，只要能让雷达恢复工作，修好桅杆即可，但我们的各部门头子还是会使尽浑身解数忽悠他们来帮我们多做点事，比如修一修干涩的泵、短路的电动机以及漏气的蒸汽阀等等。除了常规的修理，马洛伊号上各部门的一些水手也会上到维修船去，本着做生意的目的自掏腰包买一些货物。比如说，买一个五英寸的铜制弹药匣来，拿去车床上加工一下就可以改造成一个上乘的烟灰缸，这显然就是一笔好买卖。

我把几个部门的头领集合在厨房里，要他们跟被称为"船上的配角"的维修监督员的长官在动工前开个会，舰长也过来了，一下子厨房里挤满了人。

"塔尔梅奇舰长，我是第十后勤中队的中尉指挥官韦姆士，"维修监督员说，"我们接到的命令就是帮您修复波导装置、固定桅杆，然后尽快送您回到既定位置。蔡斯将军命令我们，二十四小时之内必须完成以上工作。"

"了解，"舰长说，"你们这里有可以换的波导装置吗？"

"现在有的。"监督员回答道。

舰长追问："是从沃尔瑟姆号上取下来的？"

"是的，长官，"监督员说，"它受到了强烈的冲击，基本损毁，我们船上的拆卸队就上去动工了，上面大概还剩了三十英尺完好无损的波导装置，我们会把这些拼接到您船只的波导系统上。我们现在得去看一下马洛伊号的桅杆底座，来判断一下具体有多少工作量。"

"好的，"舰长说，"那照这么说，是不是就没有什么需要'抢修'的了？"

监督员听明白了舰长的意思，笑了笑说："你们自己可以试着去商量一下，舰长先生，公事公办的话就没有什么需要'抢修'的，但是嘛……"我们的部门头领也都知道这套规矩，闷声发大财是最好的。

"那就没事了，"舰长满意地说，"我们的几个部门总管会协助你们完成工作的。"

"我的顶头上司也上船了，"监督员说，"他们都在外面等。"

舰长对四个部门总管点头示意，他们几个就起身出去了，而监督员还坐在桌边。

"沃尔瑟姆号伤得有多重？"舰长问道。

"相当严重，"韦姆士说，"舰长，副舰长，他们船上四个部门总管中的三个，还有九个其他士官都惨遭不幸，伤员总数超过了一百人。当时是有两架神风敢死队夹击他们，一架撞上了他们的尾部，另一架撞上了船下层的炉火室，而且就外观来看，这两架敌机都携带了炸弹。炉火室被撞了以后，船上两个引擎室的主蒸汽机都坏了，基本上除了一号炉火室里的蒸汽机其他的都被击毁了。鉴于沃尔瑟姆号受损太过严重，与其修复以后作为战舰，不如拆散作为零件安装到其他船上。而且，原先船上的班子都要被解散，幸存下来的几个人都还惊魂未定。船只主体下面埋藏着的尸体数量还是未知数，不过他们都将随着沃尔瑟姆号一起沉没海底了吧。"

"天啊，"舰长脸色灰白，"我们没事真是撞了大运。"

"我们听说你们之前用锚把一颗插在船上的炸弹拔出去了？"韦姆士问道。

舰长把拔炸弹的事给他说了一遍，说罢，我便问他二十四个小时是否是个合理的工作时限。

"副舰长，相信我，您不会想在这多待一分钟的，"韦姆士说，"神风敢死队现在还不时在这附近骚扰，我们常常都处于躲避状态，无论日夜所有枪炮台都有人值班，在这段时期我们也希望你们船上的四十毫米口径机枪以及至少一台五英寸口径机枪能够随时待命。而且，您的船只受损还不算严重，所以上面就希望能马上修好雷达，让你们尽快回到指定位置。哦，对了，准将们还说让你们要回电。"

准将们？难道不止一个吗？韦姆士似乎看出了我的疑惑，说："是第十后勤中队的准将，麦克麦克斯舰长在皮埃蒙德号上，还有你们的直系长官范·阿纳姆舰长。我们的舰长也是很可怜，这会儿正在小屋里休息，而你们的顶头上司可能从珍珠港到了之后就会马上动身去迪克西号，到时候很多海军上校将会到这边。"

"好的，"舰长说道，"副舰长，看来我们现在得给两个人打电话了，第十后勤中队的长官级别更大些，先给他打吧，然后我们就去拜见我们来自荷兰的老大，我相信范·阿纳姆会体谅的。谢谢您的介绍，韦姆士先生，我们就不打扰您干活了。如果工作中有什么问题，您就来这里找我或者找副舰长。"

"谢谢长官，还有一件事，就是如果您船上有人愿意献血就最好了，我们的医疗舱那边现在很缺血，而且现在主要岛屿方面打得不可开交，如果我们听说的关于那边的事有一半是真的话，那现在就是相当混乱的一个时期。"

庆良间群岛距冲绳岛约有十二里，但即使是此时此刻在船上的餐厅里，我们也能听到远处传来炸弹爆炸、炮火出膛，偶尔还有战舰齐射的声音。

这时，餐厅门外有人敲门，原来是后甲板的传信水手，他陪着一名士官长一起走进来后说道："报告长官，这位是来自特种军火军械爆炸处理部队的维南特士官。"

"打扰了，舰长，"那名士官说道，"如果你们正在开会那我就待会儿再来。"

"没关系，进来吧，"舰长说，"我们刚好说完，过来跟我们坐一会儿吧，咖啡在那边，要喝自己倒。"

那名士官看起来倒不是很渴，他头发花白，走起路来步步谨慎，看得出是从事排爆工作的特殊人员。他自己倒了一杯咖啡，在餐桌远端拉出椅子坐了下来。

"我今早听了您的故事，很有意思啊，"维南特说，"是不是用海锚从信号塔里拔出了一枚二百五十磅的日军炸弹？"

"我们向特种军火军械爆炸处理部队请求援助了，"我插了一句话，"但当时您的部队似乎在忙着更重要的事。"

维南特哼了一声，说："副舰长，您这么说也没错，昨天发生的事可不比之前富兰克林号的事好多少，我当时在船上忙着干活呢。"

他冷不丁地提起富兰克林大屠杀让我听来很是刺耳，毕竟我还在富兰克林号上服役过十八个月，而且我与这人素未谋面。

"嗯，我们听说了，"舰长回应道，"真的死了七百人吗？"

"他们还会再修改这个伤亡数字的，舰长，"维南特接着说，"我们听说那艘船上还有一些没有被援救过的区域，就个人而言，我觉得那艘船是要报废了。然后昨天我们又被派去了新约克城号，要去拆除两个五百磅的炸弹。"

"嗯，那没得说，确实是一桩大事，"舰长说，"我们的枪炮部长在学校的时候学过一点点关于飞机的炸弹是如何组装的……"他接着给维南特讲了马尔蒂他们是如何把那枚炸弹从船上三层的位置扔出去的，讲到用"猴子屎"的时候维南特忍不住笑了出来。

"你们真的是好运到家了，"他说，"你们的枪炮部长说的没错，那些小螺旋桨就是那样的，但是这些炸弹都是意外掉落的，本来神风敢死队是要带着这个炸弹撞上你们的船的。"

"你的意思是？"我问他。

"我的意思就是这些炸弹在飞机上已经是完全组装好了的，但是在九州以南的某个位置有人把炸弹的系带给取了，我完全不明白为什么你们用锚把它甩出去的时候它没爆炸。"维南特解释道。

他的这番揭秘不禁让整个餐厅内寒气逼人，所有人都感到后怕。

"但他们说在炸弹前端没有看到导火索啊。"我不解地说。

"神风敢死队的炸弹本来就没有外置的导火索，都是通过后坐力引爆的。导火索实际上放在炸弹内部的一个管子里，当这个炸弹撞到你们船的时候，它就会受到极大的力作用，这个后坐力就把导火索撞向前，连接了整个电路，打开点火器，也就引爆了炸弹，而这一系列动作在一眨眼的工夫就完成了。所以我刚刚才说，你们真的是好运到家了。"维南特说。

"那如果这种事再发生一次要怎么办呢？"舰长问他。

"你最好是交给我们来处理吧，不管你信不信，"维南特说，"我们中有人曾经在安全的情况下打开过这种炸弹，解除了各种反拆弹陷阱，找到并拆除了电池，冻结了导火索和其他备用的起爆装置，一点都不能分心啊长官。"

"好的，上官，下次我会拜托你们来做的，"舰长说，"那你愿意随我们一同回包围圈去吗？"

"舰长，您说的是雷达包围圈吗？对不起，我死都不会去的，那边实在太危险了。"维南特拒绝了船长。

说罢，所有人大笑起来，随后便开始着手今天的工作，要是回头我给马尔蒂讲了炸弹和"猴子屎"的真相的话，估计他会吓得屁滚尿流吧。

就这样，我被迫习惯了海军驱逐舰上的办事规律，以及对于紧急情况作出临时反应的工作特点，但不得不说这确实是一种很有用的能力，如果在我刚成为海军之后的前几次任务中我能掌握这种能力，那么我想我和几名部门头领的关系会好很多，毕竟在战前时期的巡洋舰上，作为一个新兵蛋子，做好表面工作最为重要，工作能力倒是不太受重视。我是花了很多时间才习惯了这样的处事风格，我觉得这也与我的家庭教育有一定的关系。父亲从小就对我很严厉，如果有机会教育我，他一定会让我吃点苦头，他是个很智慧的人，但也有一点点冷漠，对工作极为投入，不过那时我年纪太小，没什么印象了。而母亲则是一个温柔的人，谁都没见过她发怒，我小的时候惹了麻烦，她总是坐下来和我一起冷静地分析我为什么会犯这样的错，之后就会鼓励我，叫我更加努力一些，绝不要放弃。而今我作为一名年轻的中尉指挥官，指挥着一艘驱逐舰，如果我能活着回去告诉他们这些故事，他们一定会以我为荣的。

第二天早晨，迎着升起的朝阳，我们驶离了维修船停船的海域。维修船上的人工作效率极高，他们成功地为我们重建了雷达波导装置，还加固了桅杆底座，当然我们的人也在维修船上与他们进行了收获颇丰的"午夜征用交易"。在船行驶到进入这片区域的入口时，我惊奇地发现周围停着两艘巨大的航空母舰，其中一艘的左侧船尾明显被大火烧毁了。一艘登陆艇和不少小皮艇在这艘母舰以及一艘满载的重型弹药船之间往返运输，飞行员们趁着天还没有亮透陆续走上了飞机甲板。看着远方冒起的一阵阵黑烟，我不由得想到，冲绳海域上难熬的一天又拉开了序幕。

因为忌惮神风敢死队在黎明时分对停着的船的空袭，马洛伊号一驶出抛锚处，舰长便下令提速到二十五节，朝着西北方向直线赶去。上面给我们下了新的命令，让我们去西北方向四十五里外一个被称为"三犬"的既定位置，填补该处雷达包围圈上的缺口。驶出时我们已经进入了警戒模式，所有枪炮台和指战中心器械都有人待命，可是还没有进入全速前进模式。不久后，笼罩在冲绳岛上的黑烟慢慢消失在东南边的海平线上，舰长把我叫到了驾驶舱中。

我刚从指战中心走出来，舰长就对我说："在给准将麦克麦克斯打电话之前，我想先听听你汇报情况。"麦克麦克斯舰长是一位经验丰富的海军上将，之所以叫他舰长是因为他手下掌管着第十后勤中队。提出设立后勤中队这个杰出想法的是切斯特·尼米茨，他提议尽可能多地召集维修船、弹药船、食品供应船、运油船、货运船、救援船、医护船，以及所有的工作艇、登陆艇、浮船坞、港口巡逻艇、驳船等等这样的海上支援单位，把它们停到一个相对较为安全的海域，在那里建立一个临时的海军基地。在最理想的状态下，这样一个基地最好建在距离日军轰炸机尽可能远，又离受损船只足够近的位置，这样就可以快速修复船只并再次投入战斗。在这次的冲绳岛战役中，如果要说有谁在后方支持我军向前进军，那这人非后勤部队的准将莫属。然而美中不足的是，庆良间群岛附近后勤中队的临时基地距离敌军轰炸机的攻击范围太近了。不过话又说回来，现在海军也只不过是在尝试，想要看看当我们攻打日本本岛时会是怎样的情形。

舰长跟我说我军的伤亡数字还在上升，主舰队和包围圈都未能幸免，小到两栖作战艇，大到母舰，伤亡人数正在急剧上升，而这都是由神风敢死队造成的，我们也是跟他们有过近距离接触的。

我趁机问舰长，上面的大官们是不是对我们尝试救助沃尔瑟姆号的决定很是恼怒。

舰长说："我也不知道，而且我也不知道那些同斯普鲁恩斯一个级别的高官们知不知道我们的存在。日本人现在把冲绳岛搞得像一个绞肉机似的，他们知道这一仗打不过了，就想杀一个够本，杀两个赚一个。我还听说了日本人那边告诉当地居民，我们抓到他们以后会把他们生吞了，叫他们宁愿跳崖也不要被俘虏，简直就是疯了，这些日本人真的是……"

就在那时，船上的一个哨兵在驾驶室翼桥上呼叫我们，告诉我们身后出状况了。正当我和舰长打算走出去看看出了什么状况时，庆良间群岛方向传来了一阵惊天动地的爆炸声，一朵巨大的蘑菇云从海平面上升了起来，随后爆炸声此起彼伏，四面八方升起烟雾，炽热的火球满天横飞。这种动静，这般景象，让人误以为是我们身后有火山爆发了。全船所有的驾驶室哨兵以及枪炮组水手都走上了甲板，静静地盯着船尾的方向。

舰长仿佛失了魂一样，轻轻地说："恐怕是弹药船被攻击了。"

"就是我们身后不到五百里的那艘……"我话音刚落，只听一阵更为恐怖的爆炸声传了过来，随后整个东南方向的海平面都被爆炸后浓密的黑烟笼罩住了。

"指战中心发来报告，到达包围圈指定位置的时间是十点十五分。"一名传信员向我们报告。

"那就是还有不到两个小时，"我低头看了看表说，"我们是时候全速前进了，给他们见识见识美国海军的疯狂。"

"空中搜寻雷达运作正常吗？"舰长问。

"当然,而且比以前好用了。虽然我们现在还没有战斗空中巡逻部队的保护,不过估计他们一会儿就来了,除非……"我指着远方慢慢升起的黑烟说,"这起爆炸耽误了飞行行程。"

"但愿老天保佑那艘弹药船周围的其他船只吧。"甲板军官说道。

舰长望向了我,我们心里都明白,刚才往返于弹药船和那艘母舰之间的那些小皮艇、驳船、登陆艇还有那两艘母舰估计都已经化为我们身后飘起的黑云了。虽然那两艘母舰停在弹药船外至少一里的位置,不过还是属于刚才那起爆炸中火箭和炸弹的坠落范围。这时,无线电响了起来:

"驾驶舱,这里是指战中心,前方发现众多敌军,方位位于290°(西北方向20°),距离我方四十九里,正在逼近!"

"好的,副舰长,去瞄准敌军,填装弹药!"舰长下令。

随着船舱盖板重重摔下,警报铃声响彻全船,我急匆匆赶回了指战中心。甲板军官更改了马洛伊号的航线,改为大幅曲线行驶,我们还没有赶到既定位置,但防空雷达已经开始了本职工作,我们还向冲绳岛外以及庆良间群岛附近的主舰队传达了警报信息。除我们外,还有两艘包围圈上的船也探测到了这波敌机,这样看来,他们定是从台湾方向飞来的。

我在航位推算台前坐了下来,叫了一名在监视着防空雷达的战斗机指挥员过来:"战斗空中巡逻部队还是没有来吗?"

"报告长官,还没有,"那名少尉告诉我,"但是他们已经从甲板上出发了,由于之前那片海域发生的爆炸,现在指挥网络变得很拥堵。"

"你根本没法想象那是有多惨烈。"我不禁猜想,是不是之前被炸的那两艘母舰本来是派来为我们提供空军支援的,但我又打消了这个恐怖的念头,毕竟上面一共派了十艘母舰来为攻打冲绳提供空中支援。

"敌机分散开了,"防空雷达那边发来报告,"距离我们还有三十七里,仍在监控范围内,看起来他们中一部分要去攻击包围圈了。"

"太好了。"我自言自语道,我们还位于包围圈南部,未能抵达包围圈,也许敌机会顺道掠过我们,我险些就建议船长放慢船速等敌机过去了。这时,站在描绘仪旁边的几名测绘员交换了眼神,露出惊恐的表情,我靠到无线电的那边,联系了驾驶舱。"舰长!舰长!敌军要分头行动了,距我们还有三十七里,看起来他们中的几架飞机要朝着我们的东边去,估计不一会儿我们就得忙活起来了。"

霎时间,对面竟无人回应。甲板军官收到了我发出的警告,还在后面奇怪地加了一句:"用X1JV联系。"

我有点摸不着头脑了,X1JV指的是声能电话的线路,一般是办公室间商讨公事才会用这个,然而在战术部门之间是不常用的。马洛伊号和其他驱逐舰一样,都安装了几条声能电话的线路。这种声能电话的优点就在于它不用电,只要互相连接就可以了,要是船上突然停电了,声能电话仍然是能用的。不同的电话线路当然也有各自的名字,比如"JC"指的就是枪炮控制中心的线路,"JA"则是战斗指令线路,"1JV"是用来调度的线路,"JX"则是普通的通讯线路,"JL"是侦察岗的线路,而之前说到的"X1JV"则是连接了中心站点以及其他比如后甲板、驾驶舱、工程师室还有指战中心这样的部门。

我弯下腰,摸到描绘仪下面的一个大桶,桶上有一个把手,转一下就把线路接到了X1JV。我手上拿着一个连接了这条线路的电话,在第二个开关上选择了"驾驶舱",再转动那个把手,就听到电话那头甲板军官立刻接起了电话。

"怎么了?"我问他。

"舰长没在这边,他下甲板去了。"甲板军官告诉我。

"你在逗我吗?!"我脱口而出,"上面打电话来了还是怎么了?"

只听甲板军官长出了一口气,说:"副舰长,他什么都没说,只是一个人离开了驾驶舱,爬下了梯子,我估计他又回到他的舰长室去了。"

"观察到五到六架敌机!"这时防空雷达操作员发出警报,"敌机持续降低飞行高度,正在靠近!51操控台进入填弹状态!"

我被这些事搅得天旋地转,舰长竟然在敌军来袭的时候离开了驾驶舱?这到底是怎么回事!

"副舰长,我建议把航向调至020°(东北方向20°),把所有枪炮都上了膛,"指战中心的值日人员向我汇报,"现在敌机距我们只有二十六里,持续降低飞行高度,雷达显示时有时无。"

这就是敌机在低飞的表现，我思考了一下，怎么也想不通为何日军会知道我们的具体位置，但突然之间，一个念头穿过了我的脑海：也许是他们追踪了马洛伊号的防空雷达信号，随后我便把通讯调到了无线电的线路。

"甲板军官，按照指战中心给出的指令行驶，直到我再给出指令之前一直保持，并且加速到二十五节。"

"驾驶舱收到！"

接着，我又转了把手，调到了枪炮控制中心的线路，连接到了主炮台，摇了几下拨号把手，"这里是天空一号，请讲。"枪炮部长回应道。

"马尔蒂，现在有六架敌机出现在监测范围内，我猜他们是追踪了我们的防空雷达信号，所以我现在就要关闭雷达，以退为进。虽然已经受到了空袭的警报，但我们现在没有战机支援，但我也不会让他们好受的。"我对他说。

"那我们现在就躲起来吗？"马尔蒂问我。

"不是躲起来，我们要试探一下敌人。现在肉眼看得到他们了，马尔蒂，干掉他们！"

"天空一号收到！"马尔蒂回答道。

我转向指战中心的值日官，对他说："现在，立即关闭防空雷达！"

他犹豫了一下，但反应过来之后马上就行动了。随后我又用无线电给甲板军官打电话："左转舵，转向330°（西北方向60°），速度提至最大值，告诉他们不要动静太大！"

"驾驶舱收到！"

此刻我们就像摸在船的脉搏上一样，感受到了它的气息，扭动的螺丝、摇动的顶灯，引擎室里工作的活塞带着指战中心的顶棚一起震动。

我心里默数着驶过了多远，到现在约莫有个二十多里了，也就是四千码，而五英寸口径机枪要在一万八千码，或者是九里的范围内才能有效打击敌人。而日军飞机正从一万八千至两万英尺的高空下降，现在他们导航设备已经不管用了。今天外面的天空很干净，没有一点干扰视线，天上也没有云，我们也许能溜过去。

但他们还是可以看到我们的航迹，就像在中途岛战役时美军轰炸机发现了那艘孤立无援的日军驱逐舰的航迹一样，飞也似的朝着他们的母舰阵形仓皇而逃。

"驾驶舱，这里是指战中心，现在减速到十五节，"我下令道，"还是沿着既定的330°方向行驶，不过要大幅曲线行驶。"

"驾驶舱收到！"甲板军官回答道。

我此刻极其想要走上驾驶舱，亲自看看形势的发展，但我的警戒位置就是在指战中心，就是在全船的大脑里，这也是我的归宿。几分钟后，侦察兵应该就能用肉眼观察到日军敌机了，到那时就可以简单粗暴地开火攻击，五英寸、二十毫米、四十毫米的机枪齐齐开火，我只需要看着就好了。

但这么说也不全对，等到神风敢死队的飞机飞到肉眼可及的范围内时，船只还是需要有人统筹规划，绝不能让船的长边正对着敌机，不然全船的范围都将变为敌军的目标，必须指挥船只转弯，把侧面对着他们，他们的攻击范围就会大大缩小，而且还有枪炮等着伺候他们。这还不算完，敌军飞行员总会尝试着寻找一个更好的攻击点，你还得指挥船只敌动我动。

听到船上发出的噪声越来越大，连指战中心都听得到时，我发现自己在下意识地咬着嘴唇。之前给搜索部门的任务就是监视敌军，但分作两队，一队监视上空，另一队监视低空，因为敌军就是从这两个方向攻来的。

而枪炮部门对于自己的职责是很熟悉的，他们也知道一旦自己搞砸了会发生什么。战至此时，马洛伊号已经仿佛成为了一台运作流畅的机器，但作为这个机器中最最重要的部分——舰长，他到哪里去了呢？

这时更多的接线员开始做着报告，听起来就像弥撒开始时那些吟唱的祭台助手。我可以清楚地听到枪炮指挥官就在我头顶上方，调整着机枪的轨道，旁边的瞄准员正在用瞄准镜帮他搜寻着天空中那神秘的黑点。

那现在我应该做什么呢？去找舰长，如果他在逃避的话，不管他躲在哪里都要把他揪出来？我也不愿意这样去想，但看起来好像就是那么回事。

枪炮控制中心的接线员拉了拉我的袖子，对我说需不需要准备好防空雷达。"那就准备吧。"我心不在焉地告诉他。枪炮操作员的雷达在工作时需要船上大的防空雷达来为它指出瞄准的方位，我精心策划的暗度陈仓也随之告破了。

我脑海中回荡着母亲的声音:"别急,我们来看看哪里弄错了。"现在不要这样啊,我刚才的决策让全船在最关键的时刻失去了探测功能,舰长肯定不会赞同我的主意,他会让手下打开防空雷达的。

这时,另一个声音在我脑海中响起了:跟船员们一起去战斗,给我滚出去,上到驾驶舱和船员们一起焦急地盯着正午的天空。无论如何,等到真的到了决定的关头时,要怎样开火,怎样缩小目标,以怎样的速度航行?如果我们被击中了,总得有人继续指挥伤亡控制小组工作,而且剩下的枪手们还要继续攻击敌机。

我能真切地感受到接线员渐渐升高的声调,他们都被吓坏了。

"滚出去!"脑中的声音不断徘徊。

紧接着我听到了51控制台停止了转动,他们锁定了敌机,确定了神风敢死队的方位,前排的机枪放出了第一拨齐射。

"快滚出去!"脑中的声音越发在催促我。

"我要上驾驶舱去了,"我忍不住心中的冲动,告诉了指战中心的侦察官,"向第58特遣队报告我们正被敌军攻击。"

"副舰长,"他说,"舰长在哪里?"他的声音被外面五英寸机枪的齐射声盖住了,我也没有回答他,毕竟我自己也不知道他在哪里。

我从海图室和驾驶舱中间的门里走了进去,只听53号枪炮台也加入了齐射的行列,把原来的四门齐射变为六门齐射。驾驶舱里所有的舷窗都牢牢锁上,以防止破碎的玻璃溅进来伤人,所以我也放心对敌人全面开火。窗外一阵阵气流吹散了硝烟,把纸质的填充物吹到了舷窗上,我一时没缓过神来,吸了满肺的带硫黄的硝烟,被呛得不行。缓过来以后,我命令甲板长把速度提到二十七节,由于刚才被呛到,我的声音听起来就像脖子被勒住后说出来的一样。

前排的炮台正对着右舷开火,所以我动身去了右舷的驾驶室翼桥,那边已经有两名甲板长、两名哨兵和两名接线员,他们正抬着头望着金属色的天空,看着远方第一颗定时炸弹爆炸后缓缓升起的硝烟。我走出去的途中顺便拿上了舰长望远镜,站在翼桥上开始寻找神风敢死队的身影,但敌机还是离得太远了。这时，又一轮的齐射打响了，我站在露天的翼桥上，声音更是震耳欲聋。船尾的53号枪炮台也开火了，但奇怪的是它是朝着左舷开火。

左舷？我的天啊，难道有两架敌机？

终于，我看到了左舷上空有一个黑点，大概离地面还有七里，只见它从空中笔直冲下，然而却被我军连续的弹药击中，转而变为一团火球向下坠落。在下落过程中我远眺着那架坠毁的敌机，就算它已经以笔直的角度下坠，我军的机枪还是不断地在对它扫射。眼看着那架飞机就要坠入海中了，估计飞行员已经丧生。飞机接触水面后，激起了一阵汹涌的波涛，随后便在水中压力的促使下触发了炸弹，传来惊天动地的爆炸声。

我急忙从右舷跑回驾驶舱，又来到了左舷，只见前排的五英寸机枪齐齐转向一百八十度，追寻着第二架神风敢死队。在我出来的那一刻，四十毫米口径机枪也加入了战斗，我看不到天上的黑点，但我大概能看到弹道是往哪里去的，它们扶摇直上，穿过了一片氯烟形成的拱形烟雾，续而迎头撞上另一团防空机枪打出的弹药。不一会儿，我就看到敌机了，随着它越靠越近，已经不再是一个黑点了：两扇短而粗硬的机翼中间夹着的是机身，机身下有一团预示着不祥的黑色雪茄状的物体，这架比上一架离我们近多了，已经进入了二十毫米口径机枪的射程范围。船上大规模射出的子弹仿佛在天空中形成了一条死亡线，柔和地升起，直奔目标而去，但未能击中低飞的敌机，随即画出一道弧线，坠落下来。四十毫米口径机枪射出半数以上的弹药都落空了，还有一些五英寸机枪的子弹壳结结实实地拍在水面上，又溅起到空中。

敌机已经进入八千里的范围内了，左舷长边上下所有的枪管都平平齐射，它们的射速随着敌机的接近越发变快，子弹渐渐随着马洛伊号左侧的余波而去，在船侧闪闪发光。我们已经没有后招了，没有策略，没有变速，也没有对枪炮的妙用，现在就看谁熬得过谁了，要么他死要么我亡。我看得出神，只见那日军自杀式飞机越变越大，就好像是冲着站在驾驶舱的我而来的。但就在这紧要关头，它的机翼被击中了，碎成几块后旋转着飞远，机身在空中翻腾了几圈之后残留的机翼撞在了水面上，往前飞了不到半里便沉入海中。

"船舵向右回正！"甲板军官大吼着，随即船身便向左侧甩出去，向右侧急转了九十度。我急忙四处张望，想看看为何要如此紧急地转弯，这一看不要紧，只见船前端的五英寸口径机枪又开火了，而这次它们是转向左舷前端射击，但与之前不同的是高度上升了。原来，第三架神风敢死队从左舷方向杀了过来，这架敌机是一架中型轰炸机，机身上装载两个引擎，距离之近我连望远镜都不用就能看到它，但它的速度好像不是很快，较之几分钟前的那几架零式战机要慢很多。

只听有人惊恐地叫着："马鹿炸弹！"话音刚落，就看到那架轰炸机下方冒出了黄色火焰，还有什么东西掉了下来。原来袭来的就是被称为马鹿炸弹的日军轰炸机，它呈长鱼雷状，圆柱体的机身中装填了烈性炸药，两侧安装了短粗的机翼，机身后方有三个火箭引擎，只有一个驾驶员被束缚在机身中部的驾驶舱中。一般而言，零式战机就算是对着我们俯冲而来，它们的速度也在四百节以下。而现在向我们呼啸而来的这个玩意儿时速达到了六百节，这种速度已经超过了我们主炮台里机枪内置电脑的计算能力了。现在枪手唯一能做的，就是把准星瞄到马鹿炸弹位置的下方，因为它是冲着船来的，所以这个位置不会改变，这样的话就可以尝试让前排的五英寸机枪的弹道落在敌机下落的路线上。

突然间，敌机调转方向，朝着台湾方向飞去，准备重新装弹。正当此时，一架海军的海盗战斗机立马赶到，从敌机身后杀出果断开火，那架轰炸机随即变成一团火球坠毁。但即使如此，赶来救援的海盗战斗机也对那枚飞速下落的马鹿炸弹无能为力，它狠狠撞在了马洛伊号的前甲板上，速度快得连它的起爆装置都还没有被触发，就落入水中，等到起爆装置生效时，它已经落入船右舷下方的海里了，巨大爆炸产生的冲击波像一把利刃一样，劈断了前桅杆，震倒了驾驶舱前的水手们。我急忙抓住左侧的舰长椅，但它飞也似的朝远处旋转而去，让我准备不及摔在地上，我甚至可以感觉到整个船身都在因为这次冲击而瑟瑟发抖。

当我缓缓起身时，船突然慢了下来，我只知道有人在无线电和声能电话里下达着命令，但因为刚才猛烈的枪声，我一时半会儿还听不清说的是什么。我转头看向船尾，只见船中部翻腾着一团巨大的黑烟，周围环绕着一圈白色的蒸汽，瞬间船后端变得模糊起来，我想可能是那颗炸弹击中了烟囱，那就能解释为什么会有这团烟雾了。烟囱主要是为船下方的锅炉室设计的，它有两个功能，一是为了排出燃烧后产生的废气，二是可以吸进新鲜的空气供燃烧炉使用。若是半个烟囱都被轰掉了，那么锅炉肯定是缺氧的，那就只会一味地排出废气。

"把速度降到十节，"我下令，"让锅炉停止工作。"

甲板军官向我点头示意，并向下传令让船只减速。我又看向驾驶舱后的那团黑烟，它就像一个阴魂不散的恶鬼，缠绕在船尾，让顶上的枪手都无法专注地在指定位置工作，我见状，即刻拿起了无线电。

"指战中心，这里是驾驶舱，调整一下航向，让船左侧迎风，现在我们要减速到十节，周围还有其他敌机吗？"

"指战中心收到！请稍等，"一会儿接线员回来说，"现在没有发现任何敌人。"

我接着连线其他部门："控制中心，这里是驾驶舱，一旦确保一号火炉没问题你们就马上和主动力装置交叉互联。"

"控制中心收到！报告舰长，马上就可以了。"

我迟疑了片刻，他竟然叫我舰长？想了想，原来是因为只有舰长会在警戒时段用驾驶舱里的无线电。

"驾驶舱，这里是指战中心，现在马上转向至090°（正东方向），让船正对风向。"

我看向了甲板军官，但他好像早就把指令传达下去了。船渐渐开始转向，船的右舷向着那团有毒的黑色油烟移动，我这才看清楚前端烟囱是个什么状况，马鹿炸弹之前基本上正正地撞在了它的中部，顶端只靠着一条快成废铁的铰链吊在烟囱上。黑色的油烟从管道里不断排出，里面还夹杂着一些雾化了的油，遇到上方的新鲜空气时还会不时地被点燃。我心里很担心这个隐患，要是管道内的氧气达到了足够的含量，那么这整团黑烟都会被点燃，到时候可就"壮观"了。

"驾驶舱呼叫主控制室！"我拿起无线电，"确保锅炉安全以后就让它保持运转，别让废气积存在管道里。"

"主控制室收到！"电话那头回答道，但听起来似乎有点不悦，仿佛是让我不要掺和他们自己的事务。我笑了笑，听出了那声音是总机械师的，他是一个相当自负的人。

我到处找着我的战斗接线员，这时舰长的接线员史密斯士官，他在一旁看向我，等着我给他下命令。好吧，虽然我不是舰长，但现在必须挑起大梁了，我下令道："所有部门，上报伤亡情况和准备情况。"史密斯士官重复了我的话，在每个部门发来报告之后又大声报出来。

那团黑烟变成了灰色，终于一点点散去。那架帮我们击落敌机的海盗战斗机飞到了与驾驶舱平齐的位置，当它从我们身边经过时，我向飞行员伸出大拇指表示感谢。随后，它又高高飞起，做了一个完美的四点式胜利翻转，消失在了茫茫天际。

吉米·恩莱特从指战中心走了出来，说："雷达操控员那边报告说，已经没有敌机了。冲绳岛附近的两栖作战艇战略部署区域发来报告称将有一起大规模空袭，但就目前而言雷达包围圈上是安全了。"

"还是会有散兵游勇，"我说，"要是他们那边完事了，剩下的战机就会来这边骚扰。"

"就指望那边的人能撑住，把敌机干掉了，"吉米愤愤地说，"那些日本人本就应该去冲绳那边战斗，效忠他们天皇的，而不是来包围圈这边瞎搞。"说罢，他压低音量问我："副舰长，舰长呢？"

"放心吉米，我这就去找他，同时你也注意，控制室一旦和主动力装置连上线了，就把速度提到二十节，然后随意地曲线行驶向既定位置。再告诉枪炮部门，磨亮他们的武器，准备好战斗，可能三十分钟之后还有得忙，一直要保持警戒状态。"

"遵命，长官！"说罢，吉米就集合了手下的接线员。这时，从驾驶舱后方传来了一阵尖锐而刺耳的噪声，原来是前烟囱坏掉的上半截脱落了下来，滚过了船的一层，砸到了主甲板上，砸碎了不少救生索，聚在下面伸长脖子看热闹的水手们作鸟兽散。最后，断掉的那段烟囱滚到了船边，坠入大海。当我走出驾驶舱时，似乎听到一个年纪尚小，看上去最多十四岁的舵手自言自语轻声说了一句:"再见了。"

在舰长室门口,我犹豫了片刻,进去以后我到底要跟他说什么?我要如何跟他解释我刚才给自己的权力?而且最重要的是,进去以后真的能找到他吗?我头脑一片空白,敲了两下门后推门而入,里面空无一人。

在十五分钟的寻找之后,我总算找到了他,他一直待在船尾和53号枪炮台的人说话。枪手们趁着这难得的平静,爬出那烟雾缭绕而又闷热难耐的枪炮台,在外面呼吸些新鲜空气,休息几分钟。年轻的水手们团团围在船尾处的铜制垃圾箱旁,枪手们则站在舰长身边,人手一支香烟,这在警戒时段一般是不允许的,但看到舰长也在吞云吐雾,自然就算是网开一面了。我从他们旁边走过,心想着:"对啊,抽支烟能怎么了。"只见舰长在那边和船员们训话,就像亨利五世在阿金库尔战役之前那样。

"嗨!副舰长,"舰长见我过来朝我打招呼,就像是在一个鸡尾酒派对上一样,"我想我们现在是暂时脱离危险了吧?"

鉴于这种情形,周围的水手都在听着我们的对话,我得好好斟酌怎么回答他。"现在冲绳岛那边的抛锚处正在抵抗敌军的空袭,"我回答他,"我们这边可能会有敌军残党,也可能没有,不过现在战斗空中巡逻部队也在上空保护我们,雷达也正常工作了,如果运气好些的话接下来的半个小时左右我们是安全的。"

"棒极了!"舰长高兴地说着,最后吸了一口烟后就把烟掐掉了,其他船员看到我在这里,也悄悄掐了他们的烟。"那现在我们是交叉连接上了吧,"舰长接着说,"现在一号火炉能正常工作吗?"

"我们还在检查,"我告诉他,"压力通风的鼓风机没有受损,但管道长度被大大削减,都是因为后来那枚马鹿炸弹,不过还好,它击中的位置稍稍偏上一些。"

"太好了,"舰长笑道,"幸运女神还站在我们这边,马洛伊号真幸运,不是吗?"

"是的,舰长,"在我们说话时,甲板军官让船转了弯,我环视了地平线一圈，但在这银灰色的海面上哪里都是一样的，"我可以说两句吗……"

"小子们！都给我把你们的眼睛睁大了，"舰长对着我们周围的水手们说，"敌军就是在这种时候会突然杀出来。"

说罢，我们就朝着右舷走去。走到之前被前端烟囱砸坏的救生索附近时，我们看到两名舰上管工正跪在甲板上工作，已经把新的救生索焊接上去了。舰长背着焊接工在工作的地方走了约有十尺，好让他们听不到他要和我说什么。

"副舰长，之前你干得漂亮，"舰长说，"我为什么这么说呢？就因为我们现在还活着。"

我也知道这是寒暄的话，便对他说："舰长，你想跟我说什么就说吧，怎么了？"

"你揍我吧，副舰长。"舰长说，"但有你这个副舰长我真是太高兴了。"

"舰长，但是……"

"副舰长，没有什么好但是的，我问你，你是更怕日本人，还是更怕搞砸事情？"

我没有马上回答他，仔细想想其实他说得对，我一直以来担心的都是不要犯什么致命的错误。

"不用说也知道，"舰长说，"你干得很好了，我一直在无线电和声能电话的线路上听着，你的每个指令都是正确的。"

"不是的，"我对他说，"我因为自己的胡乱猜测，以为敌人是跟踪着我们的防空雷达而来的，就擅自关闭了防空雷达，搞得我们一直都两眼一抹黑。这真是……"

"难说还真管用了呢，"舰长打断了我，"但我觉得他们肯定装备了内嵌雷达的炸弹，还有装在机尾的多曲柄式发动机，这样他们才有了导航。其实就有点像我们的战斗机指挥员，他们也是在雷达的引导下工作的。其实你好好想想，这就是一个视觉的游戏，尤其是进入低空的区域。一旦我们这边有人看到神风敢死队，就会引导天空一号去瞄准它们，然后就开火，等到敌机进入五英寸机枪的射程内，四十和二十毫米机枪也会跟上。其实关键就是领导的能力，副舰长，领导的能力，这才是我们赖以生存的。"

"舰长，您当时是不在驾驶室的吧？"我记得我是这么对他说的。

"不，我没在。"

"舰长，您这是在干什么啊，"我尽量用缓和的语气问他，"上面需要你，所有人都需要你。"

我看到他的双眼突然失了神，自己也深深地叹了一口气。就在这时，从烟囱的断口里喷出了一股低压蒸汽，把我俩都吓了一跳，但那股蒸汽很快就散去了，只留下在空中液化后干净而舒适的雾气，在这午后时分缓缓降落在我们身上。不一会儿，51号控制台的交磁放大机开始运转，把枪口转向了雷达正在努力搜寻的左舷附近。

"接着干活吧，副舰长！"舰长对我说，"你干得不错。"

"发现多架敌机，从船尾方向的低空高速飞来。"船上的公共通话系统里传来了警报信息。"所有战斗部门就位！检查Z状态（战斗状态）下的所有设施是否正常，一切就位以后给驾驶舱发报。"

我们当时就站在从主甲板上到船中部鱼雷甲板的梯子旁，通过上面的另一把梯子我们就可以上到驾驶舱。舰长指了指梯子，说："我再去甲板看一圈，你先上驾驶舱去指挥着。"

我一下子就蒙了，不过服役十年的纪律性还是让我遵守了命令，舰长叫我去驾驶舱指挥，那我去就是了。

正当我沿梯子往上爬时，那种熟悉的惧怕死亡的感觉突然袭来，在我胃里翻江倒海。

那个问题又在我脑海中响起：我到底更怕日本人，还是更怕犯什么错误导致全船因为我而受难？

我暗暗告诉自己，可能二者都有吧，除此之外，我还怕什么东西扰乱了舰长的心神。

"驾驶舱，这里是指战中心，敌机消失了，消失前敌机出现在距我们三十三里的位置，方位是265°（西南方向80°），据预测一共有四架敌机在附近，但还不能确定。"

"驾驶舱收到，"我回答，"盯好海面搜索雷达，也要小心敌人从两翼包夹。"

"指战中心收到！"

我知道，此刻又到了做出战术安排的时候了，我向甲板军官说："把航向调到正前方，速度调到十五节，船前端的哨兵负责监视船头到船左舷，后端的负责左舷到船尾，我们现在要注意的是低飞的战机。"

说罢，甲板军官就开始对舵手和副舵手发号施令，我便走去左翼桥上，跟着哨兵拿出望远镜侦察敌机。如果遇到两侧夹击则是最差的情况，日军在二十里外把阵形分散，两架战机走南边，两架走北边，五分钟后它们就会从两侧朝着马洛伊号杀来。为了防备这种情况，我们也把枪炮组分成两队，这样就可以有效打击各侧敌机。

"天空一号，这里是驾驶舱。"我呼叫道。

"天空一号收到。"电话那头是马尔蒂。

"船上还有多少不定时爆炸碎弹？"我问他。

"副舰长，每个枪炮台大概有一百发，"马尔蒂对我说，"上次从维修船那边拿了一些，就算打完了还有机械控时引爆的高射炮。"

"好的，那就好，"我说，"如果日军把阵形分开夹击我们，我们可能待会儿得把枪手分成两组。"

"明白，"马尔蒂说，"如果确定敌军要夹击，记得转向东侧。"

"好的。"马尔蒂提醒了我，按照现在的航向我们就会把船的长边暴露在两侧的神风敢死队的火力下，这样肯定是不行的，而且我这时突然发现船只的航向是一条直线。

"现在把行驶路线改为大幅曲线行驶，但基本航向还是要对着北边。"我马上传令下去。

我们开始了漫长的等待，所有人都盯着前方的一片光亮，执行着标准的防空搜寻：举着望远镜，看右侧，往上看，看左侧，往上看，往复两次，再看下方，看右方，看回下方，再看左方……

51号控制台的雷达也在指令下做着同样的动作，只是更加短促，更加僵硬一些。在主炮台里，两个控制机枪的技术人员正盯着不同的示波器，在模糊的圆形屏幕上有一根绿色的指针在闪动着，看起来就像刚被修过的草坪。如果雷达探测到了敌军，指针就会从"草地里"升起来，也就是人们常说的锁定了敌机。四方形的控制台是由交磁放大机里的大型电机推动的，在操作员手持摇杆四下转动时，它会发出令人不悦的叫声，所以所有人都期盼着能早点锁定敌机。

"舰长在主控制室里。"全船广播向大家宣布道，听罢，所有在驾驶舱里的士官都迷茫地看着对方，舰长原来在主控制室。看来现在主动力装置是进入了低效运行的模式，不然我们现在的速度至少是二十五节。

突然，所有人都听到了51号控制台停下了搜索的动作，交磁放大机的声音本来是巨大而刺耳的，现在运行起来却是静悄悄的。我抬头看向驾驶舱上方的天空，控制台指向了西方。

太好了，那这样就不会是夹击战术了。

船前端的两挺五英寸口径机枪指向了船左侧，两支枪管随着主炮台里电脑传输到交磁放大机的瞄准位置和角度在移动着。我渐渐开始对五英寸机枪有限的射程感到厌烦了，以前我在防空轻型巡洋舰上服役时使用的是六英寸口径机枪，这种枪的射程可以达到将近十三里，虽然听起来差别不大，但实战中却很有效。

当五英寸机枪开火时，我们所有人都被吓了一跳，巨大的噪声让我耳朵剧痛，一股含着硫的硝烟笼罩了驾驶舱。前方还是一团模糊，我什么都看不到，但还好神奇的雷达可以替我们看。全船前后三个枪炮台全部开火，五十四磅的弹药全部准备就绪，朝着海面上一百英尺敌军闪转腾挪的位置打出，我甚至能感觉到船身在颤抖。敌机把速度保持在三百五十节，带着自己的机身、全部航油、机腹上重达五百磅一触即发的炸弹，向着我们冲来，想要置我们于死地。

我努力地想着，在机枪震耳欲聋地开火的同时我还能做什么。我们已经完全无误地让所有机枪准备就绪了，所以现在没什么能做的，马洛伊号已经进入全速前进模式，仅剩的两个锅炉也在全力运转，枪炮部门也是全军出击，声能电话里不断地报告着敌军的方位和升高的角度。操控五英寸机枪的水手们忙得轮轴转，在这六支枪管之间挥洒着汗水：拔出枪栓，取出还在冒烟的弹夹，把新的一盘弹药塞进弹夹，把新的弹夹放进枪栓，合上枪栓关闭保险继续开始射击。

不一会儿，子弹打完，发出"嘭"的一声响。

他们又重复一次装弹步骤，等着听到枪内的气体被排出以后又拉出枪栓。船两侧的枪手们似乎在竞速一样，都忙得汗如雨下，把枪膛里所有子弹都打光，打到枪管冒烟，便用力敲下液压阀，取出打空的弹夹，又填满新的弹药，按上阀门，合上枪栓，关掉保险，一轮接着一轮。

"嘭！"

这时，我想我看到敌人了。我们打出的不定式爆炸碎弹正在空中四下寻找着击打的目标，敌机像一团黑烟一样，逐渐靠近水面，先是一团，靠近以后分成了五个，更多……更靠近之后敌机就变成了一个个黑点，在水面上忽上忽下绕着圈子，试图躲过周围风暴般的金属碎片，它们越飞越低，可以想象几个吓破了胆的十九岁少年坐在机舱里，冲着美军的驱逐舰杀来，自己虔诚地默念着对祖上的祷告，不一会儿后，我军船上的五英寸口径炮弹就会击穿敌机的顶棚，飞行员们马上就会和祖先见面，带着他们的战机消失在人间。

搞定一架。

紧接着，第二架敌机也葬身大海。如果主炮台里的人没有放掉开火总阀，五英寸机枪将会持续射击，而这两架敌机都是在五英寸口径机枪的连续射击之下变成了一团团火球，四散在海中。

机枪熄火后，四下一片沉寂。

剩下那两架呢？它们连四十毫米口径机枪的射程范围都没穿过就消失了，肯定是哪里不对。

突然，只听船中部的四十毫米口径机枪开火猛射，但这次是在右舷那边。

妈的！是夹击战术！

51号枪炮台就好似疯了一样绕着右舷扫射，接着三台五英寸口径机枪也加入了它的行列，四下盲目地射击，却没能锁定任何敌人，我们也没有时间了。我飞也似的从驾驶室里跑去了右侧的驾驶室翼桥，正好看见另外两架零式战机出现在了东边距我们不足二十英尺的位置，用它们机头下方的二十毫米口径加农炮朝我们开火。它们距我们太近，五英寸机枪已经无能为力了，只有靠二十、四十毫米口径机枪来退敌，它们朝着水面上打出几条白热化的弹道，高出敌机所在位置不少，最后却正正地迎面击中敌机。但为时已晚，敌机的二十毫米口径加农炮已经击中了马洛伊号的上层前端，我用余光看到站在我旁边的哨兵被炸飞很远，狠狠地撞在隔板上后一动不动地躺在甲板上，所到之处皆被其鲜血染红。

敌军已经离我们很近了，太近了，近得让二十毫米口径机枪的几条弹道都交汇在一起，把飞机打得七零八落。虽然五英寸机枪还是在顽强地瞄准敌机，但是因为它们离我们太近，五英寸机枪根本来不及装填。这时，我突然感觉右腿膝盖以下被什么东西击中了，果然不一会儿，我身后舰长室的一个舷窗就被击碎，碎玻璃就像天女散花一般撒在我身后。两架敌机现在已经会合了，它们都拖着长长的蒸汽尾巴和引擎产生的油烟，就好像在比赛一般地狂冲。它们就在我们周围不到一千码的地方，马洛伊号上的二十毫米机枪可以清楚地看见左侧那架零式战机腹部搭载了一枚五百磅的炸弹。就在这时，那枚炸弹上燃起了黄色的烈火，把飞机引爆了，机上的飞行员被炸飞了老远，还带着另外那架战机的机翼进了水，随后便在水面上炸得"碎尸万段"，有一半的机身还落在了马洛伊号的甲板和隔板上。它携带的炸弹在水面上弹了两下，我深吸一口气，大气不敢出地看着，只见它朝着船边飞去，经过了原来前端烟囱所在的位置，后又横跨我们的船，从另一端落入海中，在两百码外的海面上如惊雷般地爆炸了。

此时，全船停火，但我的耳畔还回荡着驾驶舱旁的二十和四十毫米口径机枪的轰鸣。在我们身后右舷船尾的位置，一摊航空汽油正在海面上熊熊燃烧，我本要转身走回驾驶室，但看到这副屠杀般的惨状后，还是驻足了片刻。船上到处都是二十毫米加农炮留下的弹孔，所有哨兵都去到了甲板上，而此刻的甲板鲜血淋漓，满地都是碎玻璃，船上只要没有受伤的船员都在尽全力照顾着受伤的同僚们。船上的两名接线员已经被弹片打得面目全非了，而甲板少尉高尔死相更惨，瘫在舰长椅下，喉咙的位置有一个拳头大的弹孔，脸上还留着死之前那种惊恐的表情；驾驶舱后隔板旁的海图桌上还在燃烧，原来放着海图的抽屉里不断地冒出白烟；舵手仍然牢牢地坚守在船舵后面，但他却双手紧抱着自己的铁头盔，呆滞地望着上面被二十毫米加农炮打出的裂痕；副舵手则和水手长在甲板上，一起照顾着一名正在歇斯底里哭泣的接线员，他的右腿被弹片击中，膝盖以下的部位都靠一层皮连在腿上，与大腿呈九十度。

　　船上的看护兵波比·沃克从指战中心走进了驾驶舱，他的制服已经浸满了鲜血，手臂上挽着一堆海军的战衣。他前脚刚踏上那血淋淋的甲板，一个军需官就把他叫住了，他便马上开始为伤员进行伤情鉴定，并命令其他还健全的水手去给无法行动的人分发绷带。

　　吉米·恩莱特从指战中心里走了出来，手上还拖着一条声能电话的线，他的卡其制服上也是血迹斑斑。他才走了几步，看到驾驶舱里的状况便停了下来，里面简直就是一幅大屠杀后的场景，看护兵四下命令着其他人，血淋淋的绷带漫天乱飞。吉米看到了我，但还是呆滞地站在舱口。

　　"你现在扶不起那个接线员，"他对我说，声音听起来比在声能电话中要高一些，"副舰长，你得先把自己包扎好。"

　　"什么？"我回答他，然后低头看了看我的腿，我右边裤腿被血浸得通红，走起路来右边鞋子咯吱作响。我弯下腰，卷起裤腿，这才看到小腿右上方有一条很大的伤口，我才回想起来这是之前被什么东西刮到了，不想起来还好，现在疼得要命。

　　"妈的，"我说，"这只是擦伤，应该没事吧？"

　　吉米嗯了一声，他知道我说的是什么意思，与周围这些血腥的场景对比起来，我腿上的小伤很容易处理，"没事倒没事，"他边说着，边从甲板上那堆战服里拿起一件，"但还是得处理，把腿放上来。"

　　这时看护兵沃克走了过来，看到吉米笨手笨脚地试图包扎我的伤口，呵斥了他一句，便把他挤开了。我强忍着痛让沃克帮我包扎，还帮我上了一点硫氨药剂。这时我才反应过来，沃克可能已经顺着整个船巡视了一遍，寻找着手上的船员，他可能知道有多少人受了伤。

　　"伤兵有多少？"我问他。

"死了一个无线电接线员,不少无线电装置也坏了,据我所知船上其他部分都还好,我的手下也都出去巡视去了。但我们在驾驶舱和指战中心里大概发现了十几个伤兵,这才比较麻烦。"他说罢站了起来,看了看有没有包扎好,确认之后点了点头。

"医生,"我低声说,"看见舰长没有?"

只见他脸上多了几分与年龄不符的老成,抬头看了看我,再四下环视了一遍,看舰长没有在,便摇了摇头。突然,驾驶室另一侧的两个水手焦急地呼叫着医生,原来他们照看的那个伤员突然剧烈地抽搐,双腿像是在垂死挣扎一样猛击着甲板。医生见状,无奈地叹了一口气,便又开始了他的工作。

吉米站在驾驶舱上,直愣愣地看着这幅血腥的场景。

"敌机都干掉了吗?"我问他。

"我出来的时候雷达上没有显示敌机了,"他告诉我,"指战中心里死了两个伤了七个,七个伤员里有两个重伤,其他都没事。这趟空袭把我们搞得挺惨,死了一个战机指挥员,但还好,雷达控制器居然没事。"

"你就应该出来看看那个五百磅的炸弹是怎么从前端烟囱的废墟那里飞过去的,"我告诉他,"我差点吓得屁滚尿流。"我犹豫了一下,对他说:"吉米,我现在都不知道舰长在哪。"

我本不想说的,但这句话却不由自主地从我嘴里蹦了出来,退一万步说,吉米·恩莱特是一个老到的部门头领,让他知道现在的情况也没什么问题。之前在甲板上抽搐的那个水手突然身体僵直,从嘴里吐了一摊血,然后就如释重负般地喘着气,周围看护他的某个水手一直在骂娘。

吉米从前窗望了出去,说:"我们现在是不是该减减速?"

"你先回指战中心,把雷达定位到冲绳岛,我得看看现在离指定位置有多远。"我告诉他。

吉米点了点头:"好的,我这就去,你去把舰长找出来,肯定是有什么问题了。"

"好的,"我告诉他,"真烦人,水手们开始议论他了吗?"

"没有,"他说,"他们都被吓坏了,空袭来临的时候他们就像一群被打捞起来的鱼似的无路可逃，被吓得不轻，就算没有击中也在鬼哭狼嚎，现在回想一下，真的被击中的那些水手倒是一声没吭。"

说罢，吉米回到了指战中心。

"甲板军官！"我叫道，"快进入警戒模式，设置到二号状态，叫伤亡控制中心给我发一份伤亡报告，把船减速到十节，大幅曲线行驶。另外，去找伤亡控制中心的人把驾驶舱打扫干净，把哨兵派到指定位置，还有两个小时才天黑，给我撑住了！"

"遵命！长官。"甲板军官杰瑞·莫里森用颤抖的声音回答我。我随即转向舵手，对他说："全部引擎负荷降到三分之二，减速到十节，收到了吗？"

那个年幼的舵手仍然双手捧着他损坏的头盔，目瞪口呆地看着我，看得出他在尽量不让自己看到船上那些血迹和刮痕。

我对他吼道："把你手里那个破玩意儿给我放下，去掌舵！大幅曲线行驶，现在就去！"

"遵命长官，大幅曲线行驶，"他回答我，"但是……长官，我的上帝啊……"

"对，是很恐怖，"我告诉他，"但我们还活着，天杀的日本人也还活着，所以现在我们要大幅曲线行驶，主舵手副舵手都由你当，直到有人来替你班才能休息！"

我离开了驾驶舱，往下走进了船内部。敌军炮击造成的伤害真是无所不在，隔板上被炸出了大洞，灯架上挂着一堆碎了的树脂玻璃，还有一个被打穿了的二氧化碳灭火器躺在地上四处喷着白粉，还有"饮水缸"（海军常说的公共饮水器）也在漏水，漏出来的水已经淹满了整个甲板。现在全船又进入警戒模式，便不断有人在走道上来来去去，他们大多看起来都还处于被吓蒙的状态，我边往船尾走边想，谁见到那个五百磅炸弹都会这样吧。往前走着，只见几缕阳光从外层的隔板间射进来，与周围的布景格格不入。

我顺着检查了住舱甲板、士官室、士官休息室，然后去到了船尾附近的主甲板，跟那边惊魂未定的水手们打了招呼，假装一切安好，但当他们看到我右腿上的伤时就暴露了。虽然绷带还捆得很紧，但我卡其裤的下半部分已经全被血浸湿了，我只能努力试着不要一瘸一拐地走路。

虽然自己还心有余悸，但我还是告诉他们一切顺利。但舰长呢？他会在舰长室里吗？也许吧，我还是走回了甲板室，途中看到不少水手都在过道上匆匆忙忙，在主甲板上忙着搞修理和清洁，善后小组在重新装填着他们的伤亡控制器具。此时船已经减速到十节了，仿佛在这银灰色的海面上静止了一样，只是随着舵手往左或往右打方向时倾斜，大幅曲线行驶以免停滞在海上。

"副舰长。"在我走过炊具存放处时突然有人把我叫停，仔细一看原来是军需官皮特·丰塔纳，在船上大家都叫军需官"肉排"，因为他们总是在左边领子上戴一个猪排状的徽章。

"肉排，现在有吃的吗？"我问他。

"当然了，副舰长，"他回答我，"我已经让厨师们忙活去了，煮上了牛肉和米饭，您一发话我们就上菜。副舰长，我们今天应该忙活完了吧？"

"我祈祷上苍一切都完了，"我对他说，"但还是等到下午的警戒过了以后再吃饭吧，到时候我会叫你的。"

"那个，副舰长……"他支支吾吾地问我。

"怎么了？"

军需官四下看了看，确认周围没人之后对我说："舰长怎么了？他之前在前端的冷藏室那边，我们这边一个厨师看到之后过来跟我说的，他就定定地坐在那里，还让这个厨师把门锁上。副舰长，他到底……"

"肉排，我也不知道，"我告诉他，"可能是出什么事了。"

"他是个好人，"皮特说，"他在乎别人，你知道吗？比起他的事业，他更关心手下的人。求你告诉我他没有……"

我举起手示意他不要再说了："皮特，你自己知道就好了，把冷藏室的钥匙给我，我自己去找他。等等，我改主意了，我们准备三十分钟以后开饭，今天很辛苦，大家也很难过，而且今晚我们还得忙着处理死去的兄弟们。"

我说罢，便从主楼梯爬到二层甲板的舱门口，那里就是船上的冷藏室，我不知道怎么办。现在我们来到了冲绳岛外的雷达包围圈，打了一仗，全船都吓蒙了，速度还降到了十节，而且主火炉还处于交叉连接的状态下，等着引擎室的人想办法，怎样才能在只有半个烟囱的情况下恢复前面火炉室里的锅炉运转，而且舰长到底在哪？他是不是去了第八区？

我打开了舱门，朝着冷藏室的隔间走去，那个厨师竟然把舰长锁在里面了，虽然他也是按命令办事，但我心里还是忍不住咒骂了几句，事后要找出这人是谁，得教育教育他。

进去以后我看到里面灯还开着，舰长孤身一人坐在冷柜前的一把折叠椅上，看到我之后冷淡地笑了笑。

"舰长。"我刚开口，却欲言又止，不知道要跟他说什么。

"副舰长，我没事，"他对我说，"坐在这儿挺舒服的，又安静又凉快。我之前叫那个小伙把我锁在这里，跟他说我是在做实验，哈哈，你懂的，这是我以幽默服人的方式。"

在这个隔间的前端有两个冷冻剂压缩机，一个在运作，一个处于待机状态，我靠着那台待机的压缩机坐了下来，对他说："舰长，你一五一十地跟我说，到底怎么了？"

"副舰长，其实说起来挺简单的。"他跟我说，"我尿了，一听到警报铃声响起我就想逃避，要我待在看得到海的地方我受不了，我得找个地方，找个在驾驶舱旁边可以躲起来的地方。最后一波攻击的时候，我在这昏暗的房里坐下，抖得像筛糠似的，差点就尿裤子了，只敢紧闭双眼，咬紧牙关，我感觉我刚才好像是真的哭了。对了，上面情况怎么样，我好像听见有敌军……"

情况怎么样？我强压着心里的情绪，给他记流水账一样地说了说下午的行动，当他听到伤亡人数的时候脸上露出了逃避的神色。接着，他点了点头，又陷入了沉默中，静静地盯着房间里的某处。

我也不知道要怎么接着说了。

"我也没傻，你知道吗？"他对我说，"我知道情况大概怎么样，只是有点麻木了，我觉得现在你得接替我的工作了，还要向第58特遣队汇报一下。"

"但我不想接替您，舰长，"我说，"你才是舰长，你比全船上所有人加起来懂的都多，我觉得你只是需要歇会儿。我去叫医生给你拿点什么药，别担心，我们都支持你，你休息个一两天就好了，大家都需要你。"

"你有跟上面请求说让我们暂时离开指定位置，去医疗船休整一下吗？"他问我。

我回答道："没有，舰长。他们现在没有其他可以派来这边的驱逐舰了，现在我们得自己处理死去的弟兄们，还要给伤员治伤，我们现在也只能这样了。"

"叫上面派一艘濒海战斗艇过来，或者那个类型的都可以，只要上面有医护人员和补给物资就可以了，上面会同意的。"舰长吩咐我道。

我差点没忍住长叹一声，确实，眼下我们还可以这么做，但我怎么就没想起来呢？我不懂的还是太多了。

此时除了说"遵命，长官"以外我什么都不知道了，舰长站了起来，拍了拍裤子上的灰，随后看到我浸满鲜血的裤子，皱起了眉头，问我："你怎么没和我说……"

"擦伤而已，没什么，"我告诉他，"我挺幸运的，虽然比我想象中要疼一些，但也没什么事，和其他人比不了……"

舰长点了点头，打断了我，用近乎耳语的声音对我说："我曾和昆西号一起经历了萨沃岛战役，完全是一场大屠杀，我现在还会做噩梦梦到那幅场景。在那之后我又上了朱诺号，你能想象我是七百多个海军中幸存的十个之一吗？在那场夜战中，我们被敌军的长矛鱼雷击中了，第二天才跟着三番号出来的，一群人划着一艘破平底船，以十二节的速度逃生。"

他说罢，停下来吸了口气。我继续保持着安静不敢打扰他，他已经不在这里了，他陷入了瓜达康纳尔岛的回忆中。

"我们被一艘日军的潜艇发现了，我和另一个人一瘸一拐地在船尾，但我们还是努力地求生。接着我们的船就吃了他们一记鱼雷，幸好我没站在被击中的那个地方，只是那枚鱼雷引爆了前端的弹药库。当我醒来时我已经泡在水里了，身边还有一百多个幸存者，但是等了好几天救援部队才找到我们，那时我们只剩十个人了。"

"只剩十个人？"

"对，官方没有公布这个数据，对吧，他们是没有。那是1942年11月，我在那之后本应该回家的，回到东海岸，养几只鸡，给自己盖个小庄园，但我没有，我请求留队了。现在你再看看，我六个月前就应该自觉退伍，但我当时就想着战斗还没结束，我也还能继续战斗。接着我就到了一艘驱逐舰上做了副舰长，主要负责跟着哈尔西和斯普鲁恩斯攻击敌军的空军，在那之后我就接手了马洛伊号，去了一个又一个岛，做了不少抢滩登陆、护卫战机这样的奇怪的任务，而这次也就是又去一个岛，再登一次陆而已，能有多难呢？但这次这些神风敢死队……副舰长，这次它们数量真是太多了，你一定要替我干下去，我不行了，现在才意识到自己干不下去了。"

"舰长，我们一起想办法啊，"我对他说，"但同时我也请求你和我一同回甲板，大家都需要看到你在那儿啊，之后我们才能把医护人员叫过来。"

"当然，上去还是没问题的，"他说，"但现在离天黑还有多久？"

随后，我们两人便走上了船顶部的甲板，要在剩下的四十分钟内看着水手们在露天甲板上收拾残局，也需要让他们看到我们俩都在。舰长表现得还不错，但一到太阳落山后，他突然就重拾了自己原来的模样，我一路跟着他，他和很多水手打了招呼，直呼他们的名字。随后，船上便有人开始传播舰长在船顶部的消息，而拉蒙特士官在消息传开五分钟之后便找到了我们，我虽然不知道他是怎么知道消息的，但消息灵通确实是他的独门绝技。

医护兵沃克在一层船中部找到了我们，告诉舰长船尾那边已经准备好了。我很疑惑，准备好什么了？我便随他们走向船尾，下到主甲板上深水炸弹的轨道旁，穿过了后甲板之后来到了船尾。靠近一看，才发现地上放着两排我们阵亡士兵的尸体，大多数都用黑色的塑胶装尸袋封了起来，但还有六具体露在外面，晒着夕阳，旁边站了两个身着工作服、系着安全带、穿白裤戴白帽的水手看着他们，每个人肩上随意地扛着一把M-1来复枪。我站在一旁，医生带着舰长去看看每位烈士，拉开装尸袋，把他们的脸露出来，告诉舰长谁是谁，家是哪里的，在自己的部门最擅长什么，讲完以后就走向下一个袋子。

不一会儿，我才想明白，舰长了解他们的个人信息是为了之后给烈士家属寄慰问信。

我们离开船尾时他轻声告诉我："这次你帮我一起写，你负责起草，我负责给你关于各人的描述，我是说真的，不开玩笑。"

我也不知道要作何回答，那天黄昏时分，太阳刚刚落下，但仍还留有一丝光芒时，我们把这些在空袭中丧生的烈士安葬了。我们没有把全船水手都召集过来开追悼会，因为冲绳岛方面还在与我们联系，必须留些人手，但任职于船尾枪炮台的士兵们都列队站在白天奋战过的机枪旁边，充满敬意地出席了同僚的追悼会。舰长和我换上了海军正装，他念着葬礼流程中的套话和赞歌，旁边站了三个水手作为仪仗兵，他们也身着白衣，朝天连开三枪致敬，接着，一具具尸体便被顺着抛向了茫茫大海。仪仗兵把国旗折了起来，待会儿会把国旗打包，连同慰问信一同寄回烈士家中。整个过程中，塔尔梅奇舰长表现得温文尔雅、庄严肃穆而又颇有权威，根本不像之前他濒临崩溃的那副样子。

　　我想，他既然能够做到不显露一丝悲情地把熟知的战友送进深不见底的太平洋，那我相信他肯定也能克服心里的难关，我需要做的就是想出办法来帮助他。

第五章

第二天早晨，迷雾四起，海面平静得像一面广袤无垠的镜子，一直蔓延到天际，四下空气仿佛凝结了一般，只有船只在海面上的游动在轻轻拨动着大海。如往常一样，在日出前我们就进入了警戒状态，只要指战中心没有观测到敌人的踪影，马洛伊号就以既定的警戒模式前进。之前舰长坚持要在驾驶舱熬一通宵，所以我只能把四个部门头子叫到我的房间里开个小会，我坐在我的床铺上，而他们几个只能挤在这狭小的房间里。

我坐下后，长叹一口气说："各位，我估计你们都察觉到了，舰长最近有点不对劲。"我抬头顺着看了看他们几个，吉米·恩莱特、马里奥·坎波费诺、马尔蒂·兰多夫和皮特·丰塔纳纷纷点头。这时，房间里的声能电话响了，我不耐烦地叹了口气。

"这里是副舰长。"

"副舰长，这边是指战中心，冲绳方面发来信息，他们派出了一艘搭载了医疗队的中型火箭炮登陆舰前来支援我们，预计正午到达。而且现在还有两个战斗空中巡逻分队前来保护我们，如果你听到天上有飞机引擎声，那就是他们驶向前方的防卫地点，经过的时候会亮明友军身份的。"

"好的，谢谢你。"说罢，我挂了电话，并把这个消息转达给了各部门部长。"那现在我们接着聊舰长吧，"我接着说，"我想舰长最近肯定是累坏了。"

"你是说对比他在第八区时的表现吗？"马里奥问道。

"他又不是疯子，"我说，"他也没有疯言疯语或者行为怪异，只是在那破事儿开始的时候躲起来了。"

吉米·恩莱特举起了手，说："对不起副舰长，但我觉得对于一个战舰的舰长来说，这已经够古怪了，尤其还是在海上的时候。我倒不是想批判谁，只是我觉得我们应该要把现在这个情况报告给准将，然后申请在上面下达下一步指示之前，让您来暂时指挥。"

我又一次叹了口气，说："严格意义上来说，你说的肯定没错，但是如果我们这么做了，上面肯定会把舰长给撤了，遣送回家，对于他来讲这可够丢脸的。你们跟他的时间比我要长，但就我的印象而言，他绝对是个出类拔萃的舰长。"

"副舰长，"马尔蒂说，"你想想海军准则上是怎么规定的？如果舰长失去主持工作的能力，在向中队的准将上报情况后，副舰长有权将其替代，对吗？我的意思是如果你不照做，万一他出了什么事，在舰长室里遇难了，上面肯定要责罚你。"

"船上大伙儿是怎么议论的？"我故意向他抛出这个问题，回避了他的提问。

马里奥说船上是有一些关于舰长的议论，但到现在为止还没有什么恶毒或是值得注意的言论。说罢，他也加入了之前话题的讨论："那为什么我们不直接让医生给他开点药，让他昏睡个几天，看看他醒过来以后会不会好些。"

"我赞成，"皮特说，"有时候我们会感觉人生都灰暗了，但我们仅仅是累了。毕竟我们是在讨论我们的舰长，他又不是全能的布莱舰长。"

"我跟你们说，"马里奥说道，"那艘中型火箭炮登陆艇上至少会有一个医生，到时候一定让他去给舰长看看病，让他跟舰长聊聊。再告诉医生，让他把船上伤员的情况报告给舰长，到时候看舰长的反应，如果他又神经兮兮的，那我们就别无办法了。"

"但这还不算完，"我说，"只要警戒铃不响，神风敢死队不来，他就跟正常人没两样。昨晚的追悼会你们都看到了，他表现得受人尊敬，虽然悲伤，但念那些词的时候他就像个主教似的，而全船水手在那种情境下想看到的人只有他。"

"但是……"马尔蒂说。

"确实，还是有个'但是'，昨天他对我说，他已经厌了。我觉得最恐怖的不是他害怕了，而是他竟然认识到，并且愿意承认自己尿了，看起来他就是一副手足无措的样子。"

"副舰长，我觉得他是真的不知所措了，"马尔蒂说，"如果他还清醒地知道自己尿了，日军攻来时他会害怕了，那他就应该命令你继任，自己去找准将，要求下岗。你以前也在母舰上干过，当飞行员不敢再登陆时他们难道不也应该去找上司请求卸任吗？"

尽管此前舰长确实这么提议过，但我还真没从这方面想，但舰长也只是提议，而不是命令。马尔蒂说的是对的，但是……

我只是不能亲自逼宫，马洛伊号之所以能成为一艘训练有素的战舰，都要归功于塔尔梅奇舰长之前八个月的管理与指导，如果那几个一直跟着他的部门头子跟我说的是真话，之前那个舰长可没能把马洛伊号训练成这样。塔尔梅奇舰长也比整个中队中其他的舰长年长一些，因为他是在大学二年级之后才进的海军学院。与日本人战至今日，战况也将在不久后被推上高潮，整个舰队中很多人都怀揣着极大的野心和抱负，企图抓住战争的尾巴，当上指挥，在还有机会建功立业的时候努力一把，但我在塔尔梅奇身上就没有看到这种追名逐利的心态。明眼人都知道，在不久的战争中航空母舰的正面对决，或是船与船之间的碰撞都会越来越少，因为此前浩浩荡荡的日本海军现在大部分已经沉睡海底了，一旦冲绳岛被拿下之后，日本本岛就唇亡齿寒了。

在我登船上任之前，舰长提醒过所有部门头领，说攻占冲绳的战役与此前任何的战斗都不同，不仅是因为日本人把冲绳当做本岛的一部分，而且之前得到信息说神风敢死队是全副武装，并精心计划过作战方案，也就是说我们海军就和他们岛上驻扎的步兵一样，同样面临着被轰炸的危险。

"飞行员开着飞机向你投弹是一回事，"他预言道，"但当他们视死如归地朝着你来就是另一回事了，这种情况更糟糕。"

我边揣摩着马尔蒂的话，边忍不住想，我们受人爱戴的舰长在战时选择逃避躲藏，实在是不合适。

"好吧，"我说，"我一定保证让中型火箭炮登陆艇上的医生与舰长会面，同时，这个问题我们也不要声张，等到今晚中型火箭炮登陆艇离开之后，我们再会面详说。马里奥，给我一份新的伤亡情报，里面要包括已修好的设施、哪些部件正在检修、哪些是我们自己搞不定的。马尔蒂，你还是一切照旧，操持好枪炮部的工作。大伙儿记住，我们现在仍身处险境。"

正午过后三十分钟，那艘中型火箭炮登陆艇进入了我们的视野，它的引擎似乎有点问题，一路过来带起了很大一股燃油废气。这种船看起来像一艘大号的坦克登陆舰，外形像一个巨大的鞋盒，前端翘起仿佛一把钝了的弓，它的任务就是停在海边，在激战区作为五英寸机枪的壁垒。由于船体太小，这艘船没有被派到雷达包围圈去，所以它上面的火箭发射器基本没有动过，而船上唯一可以看出的就是顶部略被修改了一下，设计成临时床铺，可以暂时安置需要从战舰上转移到停在庆良间群岛旁的医务船或是维修船的伤员。在船两侧和主甲板上各画有一个巨大的红十字，但神风敢死队好像对它不感兴趣。今天清早雷达包围圈上格外安静，上空没有任何敌军的动向，日军甚至连侦察机都没有派出来。所有人都期盼着日本人因为什么原因今天放假了，但我觉得不然，他们可能集合到某处，准备着什么针对包围冲绳岛的美英联军的作战计划。

我和医护兵沃克一同去见了船上派来的医生，他从登船梯爬上来，沃克把伤亡总结递给了他，上面还有基础诊断的结果。这名医生看起来很年轻，双眼有两个大大的黑眼圈让他略显憔悴，他扫了一遍报告，便叫我们带他去伤员集中的地方，他要搭起工作的设施开始干活。随他从船上过来的还有四个医护兵，和我们船上的大群医护兵站在一起，他们带来了很多笨重的医疗器械和几大包医药用品。在这些医疗小组的人上了我们的船后，他们的船就走了，赶去距马洛伊号一千码外的指定位置。那艘船上只有一对四十毫米机枪和三挺二十毫米机枪，走之前我们船上的甲板军官还提醒他们的舰长，要随时准备好这些武器，叫人在旁边待命，但那舰长不以为然，轻蔑地看了他一眼，说包围圈又不是神风敢死队常来骚扰的地方，而我们的甲板军官又只是一个少尉，他只能毕恭毕敬地忍住要讲的话，向那位感觉被惹毛了的中尉舰长敬礼。

我叫那位医生借一步说话，告诉他我们的舰长看起来得了急性衰竭的病，他问我是想让他先医治伤兵还是舰长，我告诉他先医伤兵，但还要麻烦他在走之前去见一下舰长。

"急性衰竭的话,"他说,"最近倒是听说发生了很多起,尤其是在包围圈上的驱逐舰上,那你呢,你怎么样?"他边问我边瞟着我破裤子上的绷带。跟他说话时我又近距离看了看他,这么看来他也似乎不那么年轻了。

"我要比他好些,"我告诉他,随后指着我的右腿说,"腿有点疼,但我吃了点阿司匹林,好像缓解了剧痛。"

他随后告诉我,他会尽快去看一下舰长,跟他说完话之后我就去找了总工程师,向他询问主动力室的情况。据他所说,下面的人已经忙了一整天了,在只有半根烟囱的情况下点燃了两个前进的锅炉,现在船只可以全速前进了。了解过后,我就动身去舰长室,向舰长汇报现在的状况,他记录下来之后就问之前我和几个部门总管开会的事,他那时通过总通讯系统听到了我们在说什么。我没有想要回避,直接告诉了他我们开会的内容以及其他船员的想法,他听罢笑了笑。

他对我说:"副舰长,你真是个好人,我很感谢你的坦诚,我确实可能是比我想象的要疲劳了,但也希望你能理解,只要警戒铃一响,我整个人就开始慌了。"

我不知道要怎么接他的话,他便接着说:"我觉得马尔蒂和吉米说的也许是对的,我应该上去给总部写份报告,告诉他们我已经无法完成任务了,命令你接管马洛伊号,这样的话就不存在抗命或者其他罪名的说法了。"

"舰长,船上没有一个人想要推翻你,"我对他说,"其实我们都想着要帮你打掩护啊,因为大家都需要你来掌舵,需要你的经验。每次我做出战术决策的时候你都会客气地说'嗯,还不错',然后你再指出几点我从未想到的东西。我想活命,大家都想,但多在这里困一天,我们就越危险,沃尔瑟姆号已经是这三周内被击沉的第四艘驱逐舰了,我们都需要你来为我们指引方向啊。"

"马洛伊号福大命大,"他说,"在战争中,运气永远比任何长官所谓的英明决策要重要。"

"我们的好运都来自于你平时的训练啊,而且每次神风敢死队袭来你总是第一个察觉的。"我与他争辩着。

"副舰长，以前是这样，但以后不会了，"他叹道，"就现在而言，你的水平早就超过我了，我现在要么被吓得拉肚子，要么就是怕得吐一地。副舰长，你已经准备好接替我了，我觉得我真不行了，我们还是得为这艘船考虑啊，对吗？这艘船搭载着三百多条性命啊，虽然昨天已经走了一些，但还是一个不小的数字。"

正当我绞尽脑汁想着如何回应他的时候，警戒铃突然响了，甲板军官在通讯系统中嚷道："大量敌军来袭！还有六英里抵达，现已进入监控范围，但似乎只是从我们上空经过。"

我下意识地转过头看向舰长，他的表情又变得狰狞起来，眼睛也变得越来越无神。

我暗暗叫苦，天啊，他真的是不行了。

"替我去吧，"他说，"求你了。"

我叹了口气，用手拍了拍他的肩膀，捏了一下，便转身前往驾驶舱。

"现在我们得让医疗组回到他们的登陆舰上，"我走进驾驶舱，边对甲板军官说着，边费劲地套上我的战斗装备。

"遵命，长官！"甲板军官说，"我们还有时间吗？"

"根据雷达显示，他们只打算从我们上空经过，也就是说他们应该是要朝着冲绳岛周围的总舰队去的。把登陆舰叫回来停在我们旁边，把他们的人，还有我们的重伤员转移出去，再让船走。"

甲板军官听罢，就拿起了无线电，呼叫了信号塔，不一会儿，我们就听到了信号灯啪啪作响。那艘中型火箭炮登陆艇上的舰长估计也明白了为什么我们顶层的枪炮台一瞬间就挤满了人，因为我看到在信号灯亮起之后一小会儿，他们笨重的船身冒着油烟，马上向着我们这边转弯了。

"冲绳岛来的医疗组马上在右舷集合，站成两排，神风敢死队来了！"我在总通讯系统中呼叫着，我想这样通知应该是够了。这时，我突然想起，我应该让医生去看一下舰长的。

但现在我就面临抉择了：如果我让医生去看了他，他就得跟他们一起回登陆舰，可能还得用药物控制住他的情绪；如果不呢，我们就没有机会实施之前说的让他休息一段时间的计划了，我不愿意连机会都不给舰长，就直接粗暴地把问题解决了。我深吸了一口气，走向了右舷，医疗组和担架上马洛伊号的五个重伤员已经在那边的梯子旁集合完毕，登陆艇也快停到附近了。

"等他们都走了以后把沃克医生叫过来，然后把船提速到十五节，绕弯行驶。"我下令道。

"遵命长官！驾驶舱人员已经到位，可以进入警戒状态了。"

"好的，麻烦在日志上把今天这些都记下来。"

接着，我去到指战中心，想看一下天上的情况。敌机已经飞出四十里了，在雷达上看来它们确实是朝着南边去的，然而我们还是假定它们中的几架会折回来，偷袭包围圈上最近的几艘驱逐舰。

"大部队那边知道有空袭了吗？"我问道。

"报告长官，我们刚监测到的时候就通报他们了。他们派出了增补的战斗空中巡逻部队了，派给我们的也在我们上空十里的位置，等着第一次拦截敌人。"

"注意观察海面，小心低空飞来的敌机，"我说，"别只知道盯着望远镜，除非是你们看到敌机朝着我们这边来了。"

吉米点了点头，说："早就准备好了。"然后四下看了看，悄悄问我，"舰长还是不行，是吧？"

我叹了口气，摇了摇头说："待会儿再说吧。"我支支吾吾只能说出这几个字。

吉米哼了一声，回到了他在描绘仪前的指定位置。

这时无线电响了："指战中心，这里是驾驶舱。中型火箭炮登陆艇已经在右舷附近了，正以十五节的速度靠近。"

我对着吉米点了点头，他便告诉驾驶舱我们已收到信息。正当我准备去驾驶舱时，无线电又突然响了起来。

"驾驶舱，这里是声呐部！我们好像探测到了什么东西，方位是340°（西北方向二十度），距我们还有一万五千码。"

什么？！

我马上跑到无线电旁，问道："回应强度高吗？"

"很高，有一点点像上行多普勒，反应很强。"

突然，无线电另一端又发来警报："驾驶舱，这里是指战中心！在340°（西北方向二十度）方向有间断雷达反应，距我们还有一万八千码。"

"是低空飞行的战机吗？"我问道。

"报告长官，不是敌机，是海面上的，现在又不见了！"

糟糕了！那是潜水艇的潜望镜，快逃啊！

"紧急情况！马上左满舵，往侧面躲！"我大吼道，叫声吓到了舵手和副舵手，但他们好像被吓得没正常反应了。只见舵手都快把铜舵给掰下来了，副舵手则急忙抓起两个发送引擎指令电报的铜制把手，推到往侧翼移动的那一挡，又马上拉回全速掉头的挡位，在急促的铃声中，又调到了往侧翼移动。下层引擎室的水手们马上就明白了这个侧翼移动的指令，随即打开了大进气阀，瞬间马洛伊号的船身就随着船尾传来的一阵轰鸣而颤抖起来，这是因为活塞正在大力推动，船上那一截半的烟囱又开始噗噗地吐起了烟雾。

在向舵手发出指令之后，我自然而然地接管了船舵："保持着340°的方位，指战中心，告诉声呐部做好用深水炸弹的准备，瞄准深度为二百五十尺的位置！"

"两百五十尺，指战中心收到！"

在接下来漫长的六十分钟里，我们静静地候着马洛伊号加速，突然，我早些时候预料到的电报果然来了："驾驶舱，这里是声呐部！290°（西北方向70°）方向监测到鱼雷！"

这时，马洛伊号急剧左转，这样的话我们的船尾应该是能躲过鱼雷的攻击了。开火之后，日军潜艇现在应该已经潜入更深的水域，准备掉头离开，他们知道我们接下来会做什么。虽然我们的紧急避让措施使我们幸免于难，但是船身和翼侧螺旋桨的噪声让声呐无法工作，我们只能随机应变了。

"指战中心，减速至十五节，开到你们最准确的预计位置，把炸弹投下去，并且向上面报告情况。"

"最佳位置投弹，指战中心收到！"吉米回答道。

不一会儿，只听到一阵惊天巨响从右船尾附近一里的位置传来，打破了午后沉静的空气。我立即赶到驾驶室右翼桥，正好看到那艘中型火箭炮登陆舰变成了一团熊熊燃烧的火球，要知道，它上面可是装满了五英寸火箭炮，还搭载着马洛伊号的伤员，可现在统统都冒着浓烟，变成了一片燃烧的废墟，船上的十几个对岸射击火箭炮也在四下乱射。渐渐地，笼罩在登陆舰上的黑烟越来越大，大到我们这边已经无法看到他们了。我们站在船上，目瞪口呆地看着，还没能从这突发的爆炸中回过神来，也为不幸丧生的几个船员而扼腕。

这时无线电传来声音："指战中心呼叫驾驶舱，现在转换到搜索模式。"

"鱼雷的噪声现在是静止多普勒，"声呐部发报说，不一会儿又说，"鱼雷现在是下行多普勒。"这是个好消息，下行多普勒就意味着他们在朝远离我们的方向去，我们的战术成功了！随后，两个哨兵前来告诉我们，观察到船尾后方有水纹流过，听到这个消息后，我和其他驾驶舱的水手才长舒了一口气。转念一想，那艘登陆舰到底……

我慌忙甩了甩头，让自己从紧闭嘴唇的神游状态中回过神来，继续集中精力解决眼下的危机。现在马洛伊号已经驶过了之前的最佳投弹位置，并从船尾投下了数枚深水炸弹。虽然能击中敌军潜艇的概率很小，但尝试一下也无妨，由于我们抛下的五百吨炸弹，敌军只得越潜越深并且保持在那个深度。我命令指战中心和声呐部继续进入到搜索模式，只要空中没有神风敢死队，我们就先着眼于解决这个问题。过了片刻，那熟悉的水下爆炸的感觉又传到了船尾，即使是在水下两百五十尺的位置爆炸也把我们震得摇摆不定。

我心中叫苦不迭，这该死的潜艇，我们一直都只小心提防着空袭却全然忘了水下的敌人。我再次命令指战中心向上面报告，告诉他们包围圈上有一艘日军潜艇，而且前来支援的登陆舰已经被击沉了。指战中心在与声呐部密切合作之后，向甲板军官发出了航向和速度的指令，声呐部在指战中心的一角，努力搜寻着水下敌军的身影，借助深水炸弹制造的波动不停地侦察着。

"周围没有共振。"声呐部发回了报告。

我便给指战中心打了电话，说："在我们周围扩张搜寻范围，但还是保持在包围圈指定位置的方圆三里以内。"尽管我难以按捺击杀敌军潜艇的欲望，但上司的指令却是很明确的：你们的任务就是尽早向我们提供警报，一定要留守在既定位置。

随着时间一点点过去，我们进入了反潜艇搜寻模式，在扩大声呐搜寻范围的同时，我尽量把船稳定在一个相对缓慢的速度，先向东走了一千码，续而转向北方走一千五百码，再朝西边走两千码，以此类推，等到我们抵达距驶出点六千码的位置，我们就调头回去。从雷达显示器里看，在方圆五十里内，我们的行驶轨迹在有一段三里的路程中是毫无规律的，这也就说明我们在好几分钟之内都没有沿直线行驶过。

在进入搜寻模式的第一个小时里，我一直在驾驶舱里等着，如果我们的声呐找到了敌军潜艇，我们就会上前去第二次投掷深水炸弹，但这样就有个问题了，那艘潜艇在遭到了第二次攻击之后很有可能会潜入深海，悄悄溜走，在海底避过风头后再去骚扰包围圈上其他的船只。我想了想，我们得一直吊着它的胃口，便让船尾的水手在搜索的过程中，在水上任意位置，朝着任意深度投下两枚深水炸弹。

我察觉到现在是和舰长好好谈谈的时机，枪炮也消停了，眼下也没什么威胁。我便告诉吉米·恩莱特说我要下甲板去了，至于原因，他没有问，我就不说。

经过厨房时我想倒杯咖啡，但却发现咖啡壶里早已空了，便匆匆走过前方的通道，敲开了舰长室的门。

"副舰长，"他看到我走进房间，便向我打了招呼，"你们都忙活了一整天了吧，这些日本人就是神出鬼没，你觉得他们不会出现了，他们偏偏就这个时候来，跟在珍珠港那会儿一样。"

"来支援我们的登陆舰被击沉了，"我告诉他，"我们船上的一些人也遇难了。"

听到我给他带来的噩耗，他脸色惨白，我在想自敌军潜艇出现以来他是不是就一直躲在这里，还是上顶层去逛了逛。

"这我倒是不知道，"他说，"我听到发射深水炸弹，也听了通讯系统，但我对这件事还真不知道。"说罢，他便一直低垂着脑袋。我想他是不是感到后怕了，自己差点就上了登陆艇。"之前空袭的那批敌机呢？"他问道。

"朝着冲绳方向飞去了，"我告诉他，"但我们还不知道那边的情况。"

"我除了悄悄听了通讯系统，还去了指战中心一趟，让他们就当我不在一样，然后在一边坐着看了一会儿，他们的合作似乎还是很有效率的。"他对我说。

我接着说："我们之前突然发起的进攻可能威慑到敌军潜艇了，但我觉得也仅仅是吓了他们一下，水下情况太复杂，声呐探测不出敌军的位置。"

这时，突然有人来敲门，原来是沃克医生。

"副舰长，"他在门外说，"是您叫我过来吗？"

我和舰长对视片刻后，舰长看向他，说："我们俩叫你来的。"

在黄昏时分，海面上已经没有了任何空袭或潜艇攻击的迹象。我们驶过了登陆艇沉没的位置，但一番调查后一无所获，只有一小片油斑和一些木头碎片，却没有尸首，也没有幸存者。不得不说，在海战中，目前最强有力的武器还是日军的鱼雷——满载高爆炸药，以每小时五十里的速度前去索命。而且鱼雷不仅仅只是击打在船上，而是要在船身上掏一个大洞，再打穿背面出去。

我不禁猜想，上面的人到底在想什么呢？怎么会把一艘满载的中型火箭炮登陆艇派到包围圈上来？过后，我就回想起了好像在水陆交界区域，这些登陆艇在满载状态下四下巡逻就是他们的日常任务，也就解释了为什么他们会被派到这里。当海军或陆军地面部队需要精确的火力支援时，他们就会呼叫炮兵团，但要是炮兵团自顾不暇，他们就会呼叫驱逐舰，驱逐舰在有侦察兵纠正弹点的情况下瞄准精度也是很高的。但当他们深陷困境，需要有壁垒掩护的时候，他们就会呼叫中型火箭炮登陆艇，而当他们呼叫的时候，登陆艇可不能说："等一下，等我们整顿一下军备就来。"所以时常要满载出行。

我心中暗想：直面事实吧，只要神风敢死队没有被根除，这片海上就没有哪里是安全的。根据舰队情报中心最初的预计，日军大概还有几百台可以运作的飞机留在台湾岛和日本本岛最南边的九州岛上。做出这样的估计一定是预计的人没搞清情况，日军的飞机总是接连不断地来，在开战之前所有人都说冲绳岛是我们向日本本岛发动总攻前的最后一块垫脚石，但随着战况的发展，现在看来冲绳岛更像是一块为我们准备的墓碑。

傍晚时分，我们进入了警戒模式，天黑之后才给水手们开饭，并且召集几个部门头领在八点的报告结束之后来军官室开会。而舰长还是待在他的船舱里，刚吃完晚饭安逸地休息着。

"副舰长，"他对我说，"刚刚医生给了我一把蓝色的小药片，我全吃了，按他的话我马上就会入睡了。"

我嘴上虽然没说，但我心里却嘀咕着："你基本二十四小时都在睡着吧。"

"好的，长官，"我对他说，"外面天全黑了，应该是不会再有神风敢死队了。"

"船上的油量怎么样？"他问我。

他这个问题问住我了，他又一次提出了一个我本该随时都清楚，但又没有在意的问题。驱逐舰的油耗量是异常惊人的，只要油量降至百分之五十我们就一定要向上面汇报，他们要么派艘运油船过来，要么把我们叫回到水陆交界区域去，用驳船给我们做油料填充。

"我这就去查，长官。"我不得不对他说实话。这句话是以前海军学院里一年级的新生毫无头绪时会对长官说的话。

"还有百分之五十二，"他面带倦容地笑了笑，"但我作弊了，刚才才给锅炉室打了电话。"

我叹了口气，说："我早该想到去问问的。"

"你慢慢就会了，副舰长，"他说，"尤其是在我离任以后。"

"你现在要先歇上几天，"我对他说，"然后你就恢复过来，上顶层继续指挥我们。"

他神情复杂地看着我，说："可能吧，但也可能不会了。对了，还要准备好一些重油。"说罢，他打了个呵欠，笑着对我说，"我可是在对你下命令哦！"

"遵命，长官！"我回答道，故意摆出一副新兵蛋子的模样给他看。他大笑不止，但是他自己也知道，这笑声里多是悲伤。

"你得给准将范·阿纳姆发报告了，"他对我说，"告诉他，马洛伊号的舰长无力胜任工作了，副舰长请求暂时接过指挥权之类的东西。"

"他看到以后会怎么说呢？"我问他。

"范·阿纳姆这个荷兰人是个不错的家伙，"他说，"他一直都在驱逐舰上服役，通常给人一种粗暴又严肃的印象，但他其实是刀子嘴豆腐心的人，头脑也比大家想象的好，也许这就是他之所以是准将的原因了吧。"

"那他为什么不带着自己的中队来这里呢？"我问他。

他向我解释道："因为斯普鲁恩斯的人认为把他留在朝鲜那边更有用处些，让他协调驱逐舰的后勤事宜。而且要他上来做什么，舰长都把他的工作做了。"

听罢，我倒是觉得他要是来这里陪我们也没什么。看到舰长又打了一个呵欠，我也不宜久留，便告辞而去。

19点45分时，我与几个部门头领在军官室会面，与此同时马洛伊号还在继续扩张搜索区域，不过也就是为了让指战中心的人有事可做而已，毕竟只有战机指挥官们会二十四小时保持长距离空中搜索，指战中心其他的人就没有什么事可做了，因为这个时段神风敢死队是不会来的，至少至今还没发生过。在冲绳岛附近的两艘母舰上有一些新型雷达夜间战机，但目前还从未派上用场，如果日军想摸黑来给我们点惊吓，那么我们也是毫不示弱的。

我给他们几个大致讲了一下舰长的状态，以及他现在服用了镇定剂的事。我随后问了吉米·恩莱特在我们与潜艇交战期间他有没有在指战中心见到舰长，他听后大为吃惊，告诉我："没有，长官，绝对没有。"

"但他告诉我他去了啊。"我接着说。

吉米坚决地说："副舰长，指战中心也就是一个二十乘二十六的小地方，里面还摆满了机器，挤满了警戒的水手，我敢保证他今天下午绝对没有来过。"

那这样的话就意味着要么舰长产生了幻觉，觉得自己去过指战中心，或者他就是想忽悠我一下，让我觉得他好像也不是完全废了，不过不管怎样都不是什么好事……我也不用告诉他们我的分析，大家心里都清楚。

"副舰长，"吉米对我说，"现在是你来接管的时候了，尤其医生还让他吃了镇定剂。我建议你正式地提出取缔舰长的提议，我也建议我们大家都向准将发一份信息，说我们要去庆良间群岛附近填充油料，然后……"

"你还建议?!"我勃然大怒,"如果那天我按你的'建议',把舰长送去登陆舰上,他现在就跟着那些伤员一起走了!"

突然,整个军官室陷入了尴尬的死寂,四个头领就像在认真研究眼前的绿色桌布似的低着头。我也没想搞到这么难堪,毕竟只有他们四个是我在船上可以依靠的人,他们中有两个想要我做舰长,两个想等着再观察一下情况,但他们也全力支持我来解决这个问题。现在想来,支持我做舰长那两个人无疑是正确的,就连舰长本人也叫我这么做。

"吉米,对不起,我不该这么跟你说的,"我对他说,"这样太过了。"

"副舰长,我也难以反驳你的说法,"他满脸悔恨地说,"但我也能体谅你的忧虑,所以现在我们到底要怎么办?"

"马里奥,"我看向他,"我们现在油量是不是快到一半了?"

"相当接近了,副舰长。"他告诉我。

"好的,"我说,"吉米,去向第58舰队请求油料补给,我们先保持在反潜艇模式,现在外面黑得伸手不见五指,我很担心那艘潜艇还盯着我们。吉米,你已经给上面报告了潜艇和登陆艇的事了吧?"

"是的,长官。"

"他们有回话吗?"

"他们只说了收到。"

当上面回复"收到"的时候,也就意味着他们收到了,其他什么都没说,就像是对我们说:"感谢你为舰队的防御做出贡献,现在你们就自求多福吧。"想必今天冲绳那边一定也是手忙脚乱,我现在都开始动摇了,到底要不要去血淋淋的冲绳岛?然后又杀到日本本岛?这场天杀的战斗到底有没有个头?这些日本人到底是有什么毛病?难道这场战役的意义就只是杀掉几个美国人吗?

"不要跟他们请求离开战术位置,"我说,"就说我们要补充油料,如果他们说派运油船过来的话,包围圈上其他的船也可以填充了。"

"那如果他们叫我们去庆良间呢……"

"如果这样的话我会处理的,但现在我只想抽支烟,呼吸点新鲜空气,我这就去顶层。"我告诉他们。

"但是副舰长,你从不吸烟的……"马尔蒂对我说,他似乎没注意到吸烟和呼吸新鲜空气是矛盾的。

我回答他:"平常不抽不意味着现在不可以抽啊,你们去找医生,让他来找我一趟。"

半小时过后,我来到了驾驶舱,在舰长的座椅旁边驻足片刻。此时天色已是一片漆黑,我们也不再作出一副在搜寻日军潜艇的模样,改回了大幅曲线行驶的模式,在冲绳岛以北平静的海面上游荡着。在这深夜里,海面上一排排弹簧雷达仍在侦察着敌人的动向,马洛伊号进入了半速前进的模式,也就是把舱盖开到足够的大小,足以让空气流入船下层。尽管现在可以稍微放松一些,在船上的两挺五英寸机枪还是驻扎了枪炮组,他们就睡在旁边,船尾的四十毫米机枪旁边也是这样的配置。厨房那边之前通知了大家今晚一直都会供应高汤和"马鞭三明治"——"马鞭三明治"是水手们给博洛尼亚大腊肠取的一个奇怪的绰号。船上的伙夫心里也明白,给全船提供食物和咖啡就是他在包围圈上的职责所在。

我想坐一坐舰长椅,但是海军对等级的规定还是很严格的:只有舰长可以在驾驶舱里坐下,其他人都必须站着,这也就是为什么在驾驶舱值日的士兵都叫做"站岗兵",而且我现在困得只要坐下三十秒就能睡着,但不得否认,我还是很想坐在那把椅子上。

"副舰长?"医护兵长突然出现在我身边,叫了我一声。

"你好,医生,"我回答了他,"伤员们怎么样了?"

"伤得不轻,"他说,"尤其是那四个最严重的……"说到这里,他说不下去了,也没必要再说,那四个伤得最重的已经沉入海底,可能被海鱼分食了尸体。片刻过后,我向他提议说我们去翼桥上借一步说话。

"你去看了舰长,"我说,"他的病情你怎么看?"

"副舰长,我还不够格给他做出诊断,"他说,"我毕竟只是个医疗兵,又不是个医生。"

"跟我没必要搞海军法规那一套了。"我告诉他。

虽然天色昏暗，但我还是看到他窃笑了一下，说："好吧，我认为他确实精神有点不正常。你走了以后我和他聊了一会，然后我就给他打了镇定剂。"

"打了镇定剂？他跟我说是吃了小药片啊。"

"所以说他不正常啊，"他接着问我，"你知道他的履历吗？"

"嗯，我知道，他跟着昆西号去了萨沃岛，然后去了朱诺号。"我回答他。

他接着说："其实上面就不应该让他当舰长的，我曾经做过八年的甲板长，然而作为跟船医护兵，我是跟着副舰长您办事的，但我却得跟舰长交接工作，所以我大致对这两项工作有所了解，完全就是两种不同的工作。副舰长，你现在决定要取代他了吗？"

"嗯，我必须这么做了。"

"就这么做吧，我一定会支持你的，舰长已经疯了，虽然我很喜欢他这个人，但是他现在就是疯了，而且现在距天亮只有七个小时了。"

"我倒希望他昏迷二十四个小时以后问题就自然解决了。"我说。

"他有时候也会掩盖住他的紧张性精神病，就像一个正常人一样，"医护兵对我说，"但只要他心里的恐惧占了上风，他就会下意识地释放出他梦游一样的状态。"

"你也知道这个情况？"我有点惊讶地问他。

他告诉我："不，副舰长我不知道，但是我是个医护兵啊，我曾经也处理过患了战斗疲劳症的病人。我以前参加过瓜达尔卡纳尔岛战役，而且我在马洛伊号服役之前也在塞班岛那边干过一段时间，见过不少这样的人，我也很肯定他那是什么症状。"

"但是你知道吗，我真的不想顶他的位子。"我无奈地说。

"副舰长，这和他被一炮打中头部然后不能继续干下去没两样啊，"他倒是提出了一种新的见解，"现在他已经是无力担起重任了，就像我之前说的，我不知道他会不会，或者怎样在大家面前失态。这样吧，你在航海日志上写下来，我也在上面签字保证，如果之后出了什么问题，你就说你已经尽可能地获取了最靠谱的医疗方面的建议了。等到天亮以后，我们总得有个舰长吧，那些该死的日本人可不会放过我们。"

我点了点头，他说的确实有道理：我确定自己在这个事情上想得太多了，无论我怎么想，舰长已经不能胜任工作了，现在船上也确实需要一个能够主持工作的舰长。我决定了，我这就写下航海日志，向准将请示，然后专心面对几个小时天亮后医护兵所说的危机。如果上面能够在较短时间内忽悠一个不了解情况的少校上来当舰长，那我也是张开双臂欢迎的。

"好吧，"我说，"我就这么办吧，你现在再去看下舰长的情况。"

"遵命，副舰长，"他回答我，"我一会儿就回来。"

我走到描绘仪旁边，坐了下来，摊开甲板日志，冥思苦想着要怎么措辞。这时，我突然想到也许查阅一下海军规章会有点用，我便叫来了驾驶舱值班的哨兵，让他给我把规章拿过来。但翻来覆去看了几次以后，我发现根本没有用，虽然第八章上列出了一堆关于指挥官的规定，但没有一条提及当舰长无法胜任工作时怎么办，也许太平洋舰队的规章上会有相关文件，但现在我仍受困于自己的优柔寡断。这时，医护兵回来了。

"舰长睡得很熟。"他向我报告道。

"如果我们黎明的时候被攻击了，他能起得来吗？"我问他。

"我觉得可以，"他说，"我给他打的东西不会让他昏迷不醒，只是会让他镇定下来，只要枪声一响，他就醒了。"

我突然想起了他早些时候对我说的关于战争的话，便下了决心，在甲板日志上简单地写下：因接受了治疗，美国海军马洛伊号舰长卡尔森·R.R.塔尔梅奇暂无能力主持工作，我将暂时顶替他，指挥马洛伊号。写罢，我落上了我的名字，医护兵也签了名，随后我又把每个部门的总管叫到了驾驶舱，叫他们也签了名。我回到房间，写了一封给我们驱逐舰中队准将范·阿纳姆的信件，向他汇报了情况，并在信中把舰长"用药后无法主持工作"改成了"因精神疾病无法主持工作"，写完之后，我下令让通信员把该信件作为加急件加密发送。

我想，这样一来上面应该会给我们派一艘运油船过来，也许还会有准将来视察。

第六章

第二天的清晨天气晴朗却有一丝凉意，但不幸的是这样的天气对飞机飞行十分有利。我进行了观星测位，然后组织全船进入了日常的警戒状态。医护兵再次检查了舰长的状况，他仍然在昏睡着。见状，医护兵建议指派一名信得过的士官去舰长室外待命，如果他的安全得不到保障时得把他叫起来，我向他提议让拉蒙特士官去做这个工作。

这是近两周以来我们第一次进行早晨警备，在警备中，我下令让每个部门的负责人通知手下我已经暂时接管了舰长的职位，等到他可以接受治疗恢复正常时再由他接任。马尔蒂问了我一个尴尬的问题，他们应该怎么称呼我？我还是让他们叫我副舰长，毕竟这也只是一个临时的岗位，最后要么舰长恢复职位，要么上面会派一名新的舰长下来，不管怎样，我都还是做副舰长，当然，如果有人因为此举把我告上军事法庭那就另当别论了，所以叫副舰长是最合适的。

早上晚些时候，我们在包围圈外七十里的位置发现了一架单独行动的敌机，由此猜测它可能是一架大型飞机，也许是一架多引擎轰炸机之类的。当它飞到距包围圈五十里的位置，便开始在上空盘旋，包围圈上另外两艘驱逐舰也定位到了它。然而它没有贸然靠近我们，当离它最近的一艘驱逐舰派出战斗空中巡逻部队去追击它的时候，它沿着西北方向往台湾岛撤退了，不一会儿便逃出了我们的监控范围。在它飞走以后我立马叫来了船上的医护兵，他告诉我舰长还在沉睡，而且睡得不是一般的平静。我心里既因为我们不用为了一架单独的敌机而进入警戒状态而高兴，又忍不住暗暗担心接下来会发生什么。

正午时分，无线电中心呼叫我下去，他们接到了中队指挥官回的私人信件，他在信件上确认了我的信件已经送达，并且会在今天亲自搭乘驱逐舰北上，来马洛伊号暂时主持工作，并处理一些战术上的问题。

我突然一下才意识到这是长官要过来了，他可是舰长的顶头上司，包围圈上所有的驱逐舰都要向他汇报情况。在包围圈刚刚形成的时候他曾过来视察过一段时间，但一艘驱逐舰上的空间和设施并不足以让他和他的手下施展拳脚。但正如舰长头天晚上说的那样，船上要做的任务并没有很多：一旦自杀式袭击飞机攻过来，这场战斗就变成了战机与驱逐舰的短兵相接，要么是被瞄准的驱逐舰干掉了神风敢死队，要么就是神风敢死队撞上了驱逐舰。如果战争发生时他还在包围圈上，准将也只能袖手旁观，而且鉴于最近三周内包围圈上已经有四艘驱逐舰接连被击沉的情况，他估计也难逃一劫。所以他就干脆在庆良间群岛附近的一艘维修船上安营扎寨，这样他就能起到点作用，负责填充油料、食物、弹药、维修及更换船只、搜救、医护等后勤事务，就和之前被击沉的那艘中型火箭炮登陆艇的效用一样。然而舰队停泊的地方经常会被神风敢死队骚扰，所以他在后方活得也不安全，只是把自己和手下放在了最能为前方将士服务的位置。而他对我的信件做出的反应却一反常态，竟决定冒着风险来到前线，亲自处理这个问题。

我们在包围圈附近四下搜寻着残留的敌机，这时从另一艘母舰上派来的战斗空中巡逻部队也出现在一千四百尺上空的位置，我们之前的母舰遭受了攻击，不得不去东边进行修补。我命令医护兵每两小时去检查一次舰长的状况，但直到现在他还处于昏睡状态。就在下午晚些时候，我们在包围圈外五十里的地方又探测到了今天的第二架敌机，紧接着第三架也来了，但每次只要有驱逐舰派出战斗机去追击，他们就后撤到雷达监测不到的地方，这让吉米·恩莱特很是不解，他们是怎么得知战斗空中巡逻部队在追击他们的，这些阴险的家伙一定是在密谋着什么，所有人都陷入了这样的猜测中。

紧接着雷达上就探测到了一艘从水面上高速驶来的船，后来发现原来是弗莱彻级驱逐舰科格斯韦尔号。这艘船自战争开始以来就是包围圈上的主要火力点，它动作敏捷，船上搭载了五挺单管五英寸口径机枪和十门甲板防空鱼雷炮。马洛伊号是属于基灵级驱逐舰，这种驱逐舰船身更长自重更大，行驶速度虽慢但却搭载了重型武器，把弗莱彻级上面的鱼雷炮换成了四十毫米防空机枪，而且操控装置也更为现代化。但如果是要快速地赶到目的地，乘坐弗莱彻级驱逐舰是最合适的，它简洁的船身里安装了四个锅炉，足以提供强大动力，让船只以三十六节的速度全天运行。

我们再三地查看雷达显示屏，确保没有敌军滥竽充数混过来，接着就在船侧搭起了人员交换用的高架桥，船顶部的四个铃同时响起，接着就发出了报告："驱逐舰50中队到达。"

对面船上第一个下来的便是准将范·阿纳姆，后面跟着他的医疗官阿特金森医生。我走到船中部向他打招呼，只见准将的身形像一名橄榄球后卫一样壮硕，一双蓝色的眼睛仿佛可以把人看穿，鼻子长得与《圣经》中的摩西有几分相似，而浓密的眉毛却与约翰·路易斯如出一辙。在战争伊始之际，他还是一名少尉指挥官，在波士顿军港负责监督船只的修理工作，然后在1942年早些时候作为总工程师跟着一艘轻型巡洋舰回到了海上。在1943年时，他便开始服役于一艘新的弗莱彻级驱逐舰，之后就越来越熟悉业务，在这方面发展了起来。我在主甲板上和他会面，向他行了军礼并做了自我介绍。

"去军官室，"他脱下救生衣，对我说，"叫上你的医护兵。"

在中队的医护官上船以后，中间的高架桥就收了起来，送他们来的驱逐舰也去两里以外的指定地点待命了，这让我们感觉很安心，周围又多了五挺机枪的保护，显然大家都被整天出奇的平静吓到了。

与准将和他的医生碰头后，我们就一同去了军官室，一进门我们就看到了不可思议的一幕：舰长竟然在里面和我们打招呼，看起来经过小憩以后他变得更加精神了。

"准将好，"他说，"欢迎登船！请问是什么风把您给吹来了？"

准将哼了一声，白了舰长一眼，他也知道没有哪个驱逐舰的舰长总是想被准将盯着，干什么活都得被监视着。"胖子，"准将说，"你看起来非常精神啊！"

舰长坐在桌子前端自己经常坐的主座上，而准将也不是个很强调上下级规矩的人，在桌子中部抽出一把椅子便坐了下来，两名医护官则坐了下座。

"长官，"舰长说道，"您这是要来接管马洛伊号吗？是不是在后方太安宁了，受不了了？"

范·阿纳姆说："在这儿确实是要舒服点，胖子你是不知道，水陆交界区域和大部队里就是个活地狱。根据数据来看，每半天那边就有一艘船不见了，是真的莫名其妙就不见了——看来在岸边也不是很安全。反正就我们所知来看，冲绳岛这边是完全不同的一副面貌。"

说罢，他转向我："所以，副舰长，你有什么想说的吗？"

我正视着舰长说："舰长，我昨晚在航海日志里写了要暂时顶替您的职位，因为您……用了药物，你还记得我们讨论过这个事吗？"

"完全不记得，"舰长说罢，我们迎来了一阵尴尬的沉寂，"你说我用了药物具体是怎么回事呢？"

我惊讶得目瞪口呆，我还以为他至少会流露出一点惊讶的神情，就好像说"你干了什么？"这样的，但他却表现得四平八稳，明显是睡了一大觉后精神多了。看到他这副模样，我既感到欣慰又有点害怕，欣慰的是因为看到他"恢复正常"了，害怕则是因为照这样看起来这就是我工作的极大过失。我往前踏了一步，说："你其实已经不能……"

"你先等一下，"准将打断了我，"沃克医生，你现在先出去可以吗？"

"长官，但是……"

"可以请你现在就出去吗？谢谢。"

沃克医生站了起来，看着我，似乎想要我告诉他该怎么做，然后他生气地把士官帽用力地扣在头上，便离开了军官室。

"指挥官，你接着说。"准将对我说。我想：指挥官？尽管他是个海军少校，但他还是用称呼副舰长比较正式的说法来叫我，军官室里的气氛一下就冷却了下来，但我还是看到中队派来的医生一直在近距离盯着塔尔梅奇舰长观察。

我引出了舰长已经不能胜任工作这个事情，正当我在陈述的时候舰长却摇着头说："没有啊，我什么时候这样了？"

我话音一落，准将就转向看着舰长说："胖子，照你的意思他说的这些都是编的？"

"长官，我从没这样过，我也不会……"

正当他讲到这里，警报铃突然响了起来，没有报告敌军袭来，没有突如其来的枪声，只是警报铃在"嘭嘭嘭"地响着，门外可以听到海军靴陆陆续续踏在过道上，还有舱门关上吱吱作响的声音。没有提前通知也就意味着我们是被袭击了，我料定随时都会有枪声响起，我的本能反应就是要马上去驾驶舱，甚至是去指战中心，而在军官室与舰长对峙的惨败就先搁置一旁。我马上从椅子上站起来，但我却突然停住了，因为我从舰长脸上看到了那熟悉的恐惧。

"准将，"舰长说，"我现在得赶紧去驾驶舱，我希望你能理解，嗯，我……得马上过去，不能待在这儿了。"

"当然，舰长，"准将安稳地坐在椅子上说，"你快去，这边先不要管了。"

舰长慌张地说："嗯，对，这边先不管……但我简直不能理解，呃，副舰长，你到底……为什么要这么……啊，我得赶紧去驾驶舱了。"

"好的，长官。"我说，"我一会儿就过来。"

"好的，一会儿来，当然可以，我……啊……"舰长越说越慌乱了。

他大张着嘴，却什么都说不出来，他开始四下张望，双手青筋暴起，紧紧地抓着桌子角。这时，马洛伊号突然提速，船前端的压力通风鼓风机大声地在轰鸣，军官室顶上的四十毫米口径机枪正从轨道上被拖出。这时舰长还是无法行动，他看起来就像一个被绑在铁轨上，眼睁睁地看着火车前灯急速逼近的人。他的表情开始失去了控制，这实在是太难堪了，我都不忍心看下去。

"副舰长，"准将沉稳地说，"麻烦你去驾驶舱主持工作可以吗？"

中队的医生站了起来，绕过桌子来看了看舰长，他这时候已经开始发出一种怪异的声音了，恐惧已经明显击败了他的意志，他身体僵硬地蜷缩在椅子上。我基本上是从军官室冲出去的，马上登上了船顶层，走进指战中心向他们询问到底发生了什么。

"我们什么都不知道啊，副舰长，"吉米告诉我，"你知道发生了什么吗？"

我并没有回答他，转身便跑向驾驶舱，这时驾驶舱里所有人都在天空中寻找着有没有小黑点，只有一个人没有——医护官沃克！

这么一看我就明白了。原来是沃克医生上了驾驶舱以后趁着没人发现打开了警戒铃，只要铃一响，全船所有人都自动进入了戒备模式，当然，舰长也会自然而然地开始畏惧。

"这样有用吗？"医生问我。

"当然了，感谢你为我这么做，不过我还是很不想看到舰长如此难堪。"我对他说。

"副舰长，我也是不得已而为之，有一部分患者就是很善于掩藏病情，但无论如何，看他即将退位我也挺舍不得的。"他说道。

他话音刚落，无线电就响了："敌袭！敌袭！敌军位于250°（西南方向70°），距离我们两万码。"

该死！我马上冲到了舰长椅的位置，打开了无线电："驾驶舱呼叫指战中心，快去提醒科格斯韦尔号！"

"副舰长，他们已经锁定敌人了，现在看来这些该死的日本人是要突袭我们了。"

日本人就是这么打算的，他们派出了两架瓦尔飞机，也就是他们的俯冲轰炸机，朝着我们这边蜿蜒曲折俯冲而来，可能他们想趁我们落单时来收拾我们，但过来才发现这边有十一挺五英寸机枪、二十四挺四十毫米机枪和十几挺二十毫米机枪等着他们，果然，他们在上空才飞了不到一分钟就被打掉了，两艘船全面开火的场面看起来就像一场烟花表演，不免有些大炮打苍蝇的意思。一阵激战过后海面上悄然无声，但这宁静不久就被枪炮台附近水手的欢呼声打破了。

我交代了警戒组的人在天亮前一定要坚守岗位，随后便下了甲板去找准将了。如我所料，他去了舰长室。舰长又被注射了镇定剂，不过这次是中队的医生给他打的。准将见我来了，向我长叹了一口气，拉着我离开了舰长室，走到了原先是前端鱼雷甲板的地方，现在那里被改造成了四十毫米机枪的枪炮台。

"好了，"他低声对我说，周围还有不少水手在四十毫米机枪枪炮台附近，他们正忙于收拾残局，"你确实做出了正确的决定，之前我还以为……"

"他之前也那么干过，"我说罢，便给他描述了那次在海上办葬礼的事，"准将，他是我见过的最好的舰长，关心船员，知识渊博，对事物的预见性总是比我强不少，我真的不想把我们的关系搞得太紧张……"

"但你确实该这么做，"他打断了我的辩解，"你也做出了正确的选择，我的医生告诉我在我们登船之前你们舰长一直都表现得很正常，直到紧急情况出现他才变了样的，希望我这么说能让你感到一丝宽慰，但他也不是第一个这样的人了。好了，现在你告诉我，他还会搞他的那出'帽子戏法'吗？"

"会的，长官，但是比我们刚登船时少多了，现在每天这边都面临着无法言状的恐惧，这些日本人倒是想要找死，但我们可不想。"我回答他。

范·阿纳姆接着说："对，这就是问题的关键，我们之前从未遇到过这样的情况。我以前也想过，会不会有一天能让机器自己来实行日军的这种战术，比如用无人飞机瞄准敌船，这样就只会毁了敌船而不会伤及人命。但神风敢死队这种组织简直是丧心病狂，我们一定要在他们得逞之前把他们都干掉。"

这时，我觉得以借此机会向他提出我那个不成熟的意见，就是多派几艘船到一个指定位置。"长官，您是说就像今天这样吗？"我故意问道，"日军本以为只有一艘驱逐舰，但过来却发现有两艘，马上就把他收拾掉了。那以后可不可以考虑就按这样的配置来布置包围圈呢？"

他听罢，盯着我看了一会儿，笑道："康尼，如果条件允许，我们至少会在每个位置派三艘驱逐舰的，但可惜并不能这么做，而且驱逐舰还是保护母舰的法宝。告诉你，在哈尔西接管了舰队以后，他做的第一件事就是在母舰周围加倍布置防空火力，但就算如此我们每天还是有很多母舰因为受损严重要回国去维修，有的伤得太重可能再也无法上前线了。我明白你的意思，但问题是驱逐舰的数量实在不够。"

"那大西洋舰队那边的船呢？他们那边现在基本是陆战了啊。"我追问道。

"现在仍然是世界大战，"他心平气和地对我说，"在大西洋海域还有很多敌军的U型潜艇，可别忘了上个月英军就在新加坡附近击沉了两艘U型潜艇。现在不得不说，德军气数已尽了，如果上面说的是真话，那他们随时都有可能完蛋。只要他们宣告败仗，我们当然就可以调用到更多的驱逐舰，但就算有了船，等他们开到这边至少要六周，到了以后他们又要学习太平洋舰队的这一套程序。他们在大西洋那边主要就是打打潜艇，做做运输，冲绳这边的情况他们是从未见识过的。"

"好吧，那算了，"我说，"那我们可以补点油料吗？"

"哈哈哈，你放心，这没问题，"准将笑着说，"我就把科格斯韦尔号先留在这边，你们带着我回那边去加油。"

"那我们的舰长怎么办？"我问道。

"副舰长，现在就由你来做舰长了，"他说，"你的报告我已经确认过了，别管那么多了，现在马洛伊号就交给你了。哦，对了，你们船上资历比较老的部门总管是哪位？"

"那一定是领航官吉米·恩莱特了。"我回答他。

"那现在就提拔他做副舰长了，你总不能身兼两职吧。还有，你现在所有行动都自己拿主意吧，就比如说吃饭睡觉什么的，你想打盹的时候就去，要是困得不行你就可以多睡会儿，你要是一直在指挥的话，睡觉这种事可没人能帮你做。好了，给我叫个传信员过来。"

随后，他就把这一系列好消息传到了科格斯韦尔号上，我们便又回到了警戒模式，朝着西南方向的庆良间群岛驶去。由于周围环境出现了一些异常，我们的防空雷达竟能探测到六十里以西在冲绳岛方向的大部队。眼看天色渐晚，在距庆良间群岛还有一小时路程时，我又让全船进入了航行模式，虽然现在雷达中只能探测到一直在上空盘旋的战斗空中巡逻部队，但大家还是忧心忡忡，从最近一个月开始每天都会有神风敢死队的飞机来骚扰，所以我们也怀疑日军的轰炸机会不会埋伏在舰队防御圈外围，谋划着在夜间发起突袭，用躲在外围的轰炸机来给神风敢死队进行无线电导航。

"月亮出现没有？"我问舵手。

"正在升起，已经出现了四分之三。"他立即回答我说。

这也意味着现在对于双方的飞行员来说飞行的能见度都很高，包围圈的夜晚总是危机四伏，我希望科格斯韦尔号能够担起重任，因为就如往常一样，晨昏时分是最容易发生空袭的时候。

不一会儿，我们驶进了停船区域，停在了美军维修船迪克西号旁，这艘船和之前给我们维修的皮埃蒙德号略有不同，皮埃蒙德号被派遣到冲绳岛东侧的另一个停泊处去了。那里还停了另外两艘驱逐舰，我们就停在了外侧，另外那两艘驱逐舰都已经损坏得很严重了，但从外观上看，我们断了半个烟囱，十几个二十毫米的舷窗上都塞着用"猴子屎"粘住的破布，我们也差不多和他们一样破败了。维修船派了几个船工，跨过中间两艘船，把维修船上的黑色油管塞到了马洛伊号空空的油箱里。在送油的时候，旁边有一艘装着弹药的驳船开了过来，在接下来的一个小时中，枪炮组就一直在把驳船上五英寸口径和四十毫米口径机枪的弹药往船上搬，另外一组人则把船上打空的弹壳全部用网兜装起来放到收集空弹壳的地方，放过去以后这些空弹壳就会被工作人员重新制成弹药。在所有后勤工作完成时，已经差不多晚上八点了。

这时，我看到舰长被看护兵们从维修船的伤兵处用担架抬了下来，他们在他脸上小心地盖上了一块床单。准将随着舰长一起从上面下来，他交代我在船做好补给工作之后就尽快回到指定位置，说科格斯韦尔号上搭载的雷达和我们的比起来有点老旧和低效了，所以不能在那边久留，我们一回去他们就要赶回庆良间群岛旁的指定位置。说罢，我向他行了军礼，他就下了我们的船，不像上船警铃响起时那般聒噪，只是悄悄地离去。全船人都在忙着搬运食物、油料和弹药，忙得不可开交，船上的官员们则在四处游荡，做出一副安全检查员的模样。搬运弹药的水手们已经累得气喘吁吁了，没有谁还有力气能把一包五英寸枪的弹壳扔下去。

在夜里十点时，我们从停泊着的驱逐舰群中驶出，军需官叫了几个正在理货的厨师，让他们赶紧去弄点饭菜，这样我们才能在回指定位置的两个小时中吃上东西。当科格斯韦尔号见到我们回来时，他们欢呼雀跃着，以弗莱彻级战舰的最快速度离开，仅仅三十分钟后就消失在了海平线上。不得不说，我很嫉妒他们能这样溜走。

整个晚上我们雷达上一直都有不祥的征兆，每隔两小时便有一个小光点在防御圈之外闪烁，但从我们的防空雷达中并不能辨识出它的飞行高度，战斗机指挥员一般把飞行高度在六十到七十里之间的称为高空飞行，而且这种飞机尺寸一般都是比较大的。包围圈上其他的船也监测到了这个亮点,但也都只能远距离模糊地观察,目前为止还没有战斗空中巡逻部队的战机朝它飞去,因为天色已黑,但在第十五警戒队里至少是有一艘母舰上搭载了夜间飞行的战机的。我们只能静静观察,等着事态的发展。

在回到包围圈指定位置后,我约见了几个部门总管,他们向我报告了船上的存货情况,还有弹药及油量的多少,我也向他们宣布了我会暂时接管马洛伊号,直到上面指派一名新的舰长上任为止。

"副舰长,上面是不是很快就会派新的舰长下来?"吉米问道。

"天啊,你这就开始不想要我当舰长了吗?好伤人啊……"我开玩笑地说。

大家疲惫的脸上也都绽开了笑容,但我还是察觉到了现在的情况有点尴尬,因为这种临时的指挥总是会让人有些不安。如果我是完全"接管"了马洛伊号,那大家是不是都该叫我舰长?这样的一种指挥系统就明确了舰长这一职位的作用,赋予了一种权威;而临时舰长则有点非驴非马的意思,当然,也没有人会质疑我下的命令。

"他们随时都可以从母舰上派一名海军少校来这边接管工作,"我接着说,"但派过来也就是换个人临时接管马洛伊号,我猜他们应该会派一名经验丰富的老船长过来,当然不能是从沉船或者在战争中被击败的船上来的。"

"我都可以想象到上面选人的场景了,"马尔蒂说,"肯定是在哈尔西的旗舰上开早会的时候,他说:'现在需要一名少将去包围圈的驱逐舰上做舰长,有没有人自愿报名?一个一个来,不要抢着举手……'"

"这可是军队里的头号任务啊!"总机师起哄道,"在驱逐舰上当舰长,给你过足枪炮的瘾,掌握伤亡控制的独门绝技,运气好了还有可能学会游泳呢!"

"扬名立万更待何时!"吉米立马戏谑地接过话茬,"可别忘了可以积累功绩这一点啊,积累在上帝面前可以炫耀的功绩,更有机会直接面见他老人家啊!"

"好了好了。"我笑着打断了他们,虽然这就是种黑色幽默,但他们能够把苦难笑着说出来也是件好事,可能也是因为我与他们年龄相仿,而且资历也差不多,不像和舰长那样有距离感。我想,也许正是这样的条件让我"完全接管"了这艘船,但我却不是名义上的"舰长",这也符合道理。

"吉米,你现在是副舰长了。"我说。

"哇!"吉米吃惊地看着我说,"这可是出乎我的意料了。"

"军需官,叫个人去换一下应急舱里的亚麻制品。"我说。

"遵命,长官,那舰长室呢?"他又问我。

我吩咐他说:"收拾一下舰长以前的东西,清点一下,把所有东西打包,寄回国去,把舰长室收拾干净,留给下一任舰长。如果你有时间了,就去把舰长室粉刷一下,新的舰长不一定会抽烟。"

这时,军官室桌下的电话响了起来。

"喂。"我接起了电话,那边是指战中心的执勤哨兵。

"包围圈上其他三艘船都发报称他们监测到了敌军单独的侦察机,似乎日军是想在我们防区的最边上都布置一台。第58特遣队已经派出了夜间战机,让他们充当战斗空中巡逻部队。"

"好的,辛苦了,我这就上来。"我回答道。

我向各部门总管说了电话的内容,告诉他们:"你们都去各自的部门找所有手下,把关于舰长离职的事情说清楚,告诉他们上面马上就会派一名新的舰长来这边,而这就意味着即使是在包围圈上,我们也必须换人来指挥了。我们也将在四个部门进行物品清查、行政清查、物件丢失的调查等等行动,方圆九码的区域都要这样。"

"就算有空袭也要进行?"马尔蒂问我。

"这是海军规定啊,大伙儿去读章程的第八章就知道了,上面可没说'战争期间除外'。来吧,我们这就操练起来,希望日军还没准备好开始夜袭。"

"必须的,"马里奥叹了口气说,"反正现在也没什么可做的。"

第七章

我现在十分需要休息,我突然想起了准将告诉我指挥全船以后睡眠时间会很少,要自己调整身体和心态,尤其是心理状态必须注意。每当我觉得有点晕乎,我就害怕曾经发生在舰长身上的心理疾病发生在我身上,直到现在我也还很忌惮这种感觉。我当然是很向往有朝一日能指挥一艘船在海上远航,哪个海军官员不想呢?但如果是如此折磨人的话,我自然是不想的。

想着想着,我就走到了指战中心,看了看上空监控的情况,只见敌军的那几艘侦察机还埋伏在监控范围的最边缘,除了他们就没有探测到其他东西了。我们与指定位置两侧的船都保持着良好的通信,和舰队的防空报告部门也联系密切,另外两条包围圈上都有两栖登陆艇的火力援助,我不知道为什么我们没有。

这边巡视过后,我走了出去,到翼桥上站了一会儿,刚从被灯照得红彤彤的指战中心出来,我的视野还没有恢复,眼前一片模糊,只隐约觉得明月当空,亮得晃眼。现在倒霉的是我们在水上移动的痕迹上有一点磷光现象①,这种现象我在去菲律宾战役之前都没有见过,磷光就好像一支绿色的弓箭,直直地指着你的所到之处。我曾想过让甲板军官把舵偏转三度,在海上绕一个大圈,曾经有人告诉我日本人在中途岛战役时就是像这样,画一个圈把母舰围住,以为这样就可以免于鱼雷的骚扰,但可惜,这个绕圈战术却让空军很容易地判断出了母舰的位置,空军只需要看看海面上的波纹就知道了。我便告诉甲板军官我要去舰长室里睡一会儿,在下次敌袭之前不要来叫我。

舰长室说白了就是一个在驾驶舱后面的铁皮柜子,里面放了一张折叠床,

---

① 海上的"磷光"现象,往往是大群甲藻受到机械干扰后留下的道道光痕。

一个铁皮做的马桶，一共就大约十尺乘六尺大小的地方，放了那么多东西。房间里只有一个舷窗，现在用胶带封上了，床头旁边还有一台声能电话，在床脚则有一个带放大镜的陀螺仪，这便是舰长室里的所有配置了。甲板军官如果要很快叫醒我的话，他只需要踏出驾驶舱的门一步，打开舰长室的门即可。两个房间仅隔着一道隔板，我可以清楚地听到那边人说的话，要是突然有一阵惊呼我应该是能听到的。

突然一下霸占了舰长的这个房间，还是让我觉得有点奇怪，但我也不得不这么做，其他下层的房间离驾驶舱太远，不能马上赶过来，但就算如此，从副舰长室搬到舰长室还是让我很不适应，会让别人觉得我有点以舰长自居的感觉，而且上面一周左右就会派一个新舰长下来，我到时候还得再搬回去。

蹬掉海军靴，我躺在了床上，连衣服都懒得脱了，我只把救生衣和铁头盔挂在门旁边的一个钩子上。躺下大概十五分钟后，我才渐渐入睡，隔壁的杂音巨细无遗地穿过了隔板，这边听得一清二楚。

大约十分钟之后，床头旁边的电话响了。我接了起来，脱口而出："我是副舰长。"

"长官，早上好，"甲板军官说，"还有十五分钟就要进入警戒了。"

"为什么要警戒？"我还没从睡梦中清醒过来。

"早晨例行的警戒。"

"天啊……这才几点啊？"我问道。

"六点一刻，长官，现泡的咖啡已经弄好了。"

我挂了电话，看了看表，确实是六点一刻了，自我上了驱逐舰以后，我已经想不起来上次能够好好睡一整夜是什么时候了。这时有人敲了敲门走了进来，原来是在驾驶舱做学徒的传信员，给我端了杯咖啡，说："舰长，给您加了两颗糖。"

"还是叫我副舰长吧，小伙子，谢谢你的咖啡。"

在全船进入警戒状态后，吉米·恩莱特便从驾驶舱里走了出来，目前远近之内都没有敌军出现的迹象，但是不能好了伤疤忘了疼，没有迹象不代表完全安全，顶层的水手们都在监视着上空。走进驾驶舱，我终于坐在了舰长的座椅上。

"昨晚一直没有敌袭吗?"我问吉米。

他递了一份舰队上发来的报告,指着新闻那一栏让我看,上面写着哈尔西带着所有的母舰去了台湾岛,突袭了日军岛上所有的空军基地,然后又挥师九州,照搬了台湾岛的突袭。由此看来,日军昨晚肯定是忙着对付他们了,我们才得以安睡。

"全部母舰都去了?"我有点惊讶。

"所有大船、战舰都去了,把护卫的母舰都派去冲绳战场和包围圈上做空中支援了。我想哈尔西是坐不住了,整天被神风敢死队骚扰得不行了。"吉米说。

"这就对了,"我说,"不过你也知道吧,日军还是会来的。"

"那是自然,"他说,"昨晚那些躲在远处的侦察机搞得我心神不宁的,他们肯定不是无缘无故地出现的。"

我接着说:"我猜日军是想用雷达指挥战机对行进舰队和包围圈夜袭了,准备先从包围圈下手,我们得商量商量对策了。"

"不过关键就在于上面必须得尽早派出夜间战机,这样我们就可以把他们负责指挥的那些飞机给干掉了。"吉米说。

"护卫母舰上有夜间战机吗?"

"可能没有,"他说,"所以在大部队回来之前……"

"我们就得自求多福了,"我接上了他的话,"今晚的月亮估计会更亮些。"

"副舰长,但就算这样我们在夜里也看不到天上有没有黑点。"

"我们带了多少照明弹?"我问他。

"这我得问问枪炮部了,少则一百发,多则一百五十发,你是想闪瞎他们?"

"有何不可呢?防空雷达只能探测到高空飞行的敌机,敌机要俯冲下来的时候就会脱离视野,所以我们就在它们下降的时候提前计算好位置,往那里打几发照明弹,再用不定式爆炸碎弹干掉它们,说不定还真能成。"我对他说。

"好主意啊!"吉米叹道,"我这就去给马尔蒂和枪炮部的人说,或许我们还能再干点别的呢。"

"行,你现在是代理副舰长了,白天我希望你能好好安排一下,让大伙儿尽量休息,吃好一点。如果哈尔西在那边告捷了,日本人也得恢复个一天,但是今晚我们就要做好准备。"

"副舰长,我不太明白,"他说,"情报部门不是说对方大概还有个五百多架战斗机和轰炸机吗?"

"他们的大母舰去年是被击沉了,"我说,"但要是他们一直在造飞机的话估计现在也能有个五百来架了。"

跟吉米说完话之后,我舒舒服服地洗了个热水澡,刮了胡子,换了一套新的水手服,吃了一顿丰盛的早餐,在十点左右,我召集了所有部门总管,叫他们给我报一下人力和物资的情况,比如现在有什么装备能用,什么不能用,子弹、油料、人手各有多少,哪些人是病号,伤员哪些能走动,哪些损毁的设施还没修复等等事宜。他们花了一个半小时才把这些情况报告清楚,从他们的报告来看,我们现在状态不错。

所有枪炮都正常运作,这种情况就连在和平时期我也没在任何服役过的船上见过,说来也有意思,这种连续的自杀式袭击对装备的运作情况竟然有如此的促进作用,船上的弹药基本是满载的,不定时碎弹也数目可观。上面之所以派我们去做长距防空雷达组,就是看中我们在战斗中这种灵动的特点,当然,我们的这种灵活应变一方面是战争的氛围造就的,一方面则要归功于电器技师每天二十四小时的辛勤工作,他们每隔一小时就会精心维护一次各种电子管道。

我们几个还商讨了应对夜袭的战术,之前我说的照明弹战术看起来是行之有效的,这样可以在日军冲向我们的时候干掉他们,这种照明弹内部是一个有排孔的罐子,里面装满了用镁粉和高氯酸钾混合而成的爆炸物,用一个微型的降落伞把罐子拴在照明弹里。引爆之后,照明弹内部剧烈反应,发出电焊般的白光,可能会刺瞎适应了夜晚环境的眼睛,而且可以设置定时引爆,从而在理想的位置让其爆炸。

这时，指战中心的无线电接线员又提出了一个新的办法：先主动搜寻日军控制飞机的无线电的频率，再用我们自己强烈的信号去干扰它。我问他们如何实现这个战术，他们告诉我要用持续的电波，即根据敌军的频率来匹配一套莫尔斯密码，然后让其记录下来。听罢，我没有告诉他们实情，这种持续电波是属于高频电波，而敌军控制空军的线路则是属于特高频或超高频电波，他们的战术肯定会落空，但我不想打压到他们的士气，便让他们按自己的意思来做了。

水手长则建议我们把剩余的救生艇都拖在船尾，打开上面用单体电池发电的小白灯，这样做就是为了误导神风敢死队，让他们瞄准我们的船尾后方冲下来。我心里很清楚，这些想法大多都会收效甚微，但想想让他们都去实践一下又何妨。

下午，我在无线电里把船员召集在一起，在里面说话时还是称自己为副舰长，我告诉他们舰长精神崩溃了，在上面派一名新的舰长过来之前将由我临时指挥马洛伊号。我还告诉了他们之前哈尔西带人去袭击了日本南部和台湾岛上的神风敢死队基地，这对我们既是好事也是坏事，好的方面就是似乎对敌军造成了很大的伤害，坏的方面则是哈尔西带着母舰队，还有现在极为稀缺的夜间战机离开了我们，还得等一天才能回得来。此外，我还提及了那些鬼鬼祟祟地躲在战斗空中巡逻部队监测范围外的敌军侦察机。

我对他们说：“依我之见，敌军的夜袭陆续要开始了，他们派出了一架搭载了机载雷达的大型飞机，打算用它来指挥零式、俯冲轰炸机这样的小型战机来攻击包围圈上的船。只要我们的夜间战机回到包围圈上，我们就可以靠它们和敌军作战，但今晚它们还回不来，我们就只有靠自己了。为此大家也想了不少对策，都是他们前所未见的，比如用照明弹战术，如果能定位到他们的话还可以用信号干扰他们的通讯线路。不管怎样，归根结底还是那句老话：目光所及之处，只要出现敌军，就给我往死里打，其他的听天由命吧。"

"但有几点还是与以往不同：日军现在明白了，攻打冲绳岛的主力是我们舰队里的母舰、两栖登陆艇、火力支援的船只、潜艇之类的，但只要我们还坚守在阵形的边上一天，他们就永远无法偷袭到这些重要的船只。还有，冲绳岛和别的岛屿都不一样，它不像硫磺岛或塞班岛那样，日本人是把冲绳看作他们的固有领土的，虽然他们心里也知道我们早晚会赢得这场战役，但他们现在显然是下了必死的决心，全力阻止我们，至少也要拖延我们的进程，而我们也别无退路，只有送他们上路。我也希望我能跟你们分享一点喜讯，但现状就是这样，我们必须面对。"

"军需官告诉我，冰箱里还有十盒牛排，我叫他全开了，今晚在船尾摆个炭火炉大家把牛排烤了吃了，我也希望能就着啤酒一起吃，但现在有可乐就不错了。"

说罢，我顿了一下，接着说："马洛伊号向来运气不错，我们已经逃过数劫，能活到现在都归功于大家尽职尽责。今晚大口吃肉吧！要知道，我们的敌人可是连花草蛇虫都能吃下去的日本禽兽，干掉他们吧！我就说那么多。"

我切断了无线电，回到了舰长室，吉米·恩莱特随我一同进了房间，说："副舰长，刚才说得真好！就把真相告诉他们，他们还会放轻松一些，磨亮他们的枪，这种流言通常都是很……有意思的。"

"我也希望哈尔西他们快来，"我说，"但事实就是这样的，也有可能他们好好地收拾了一下那些神风敢死队，搞得他们几天之内不能运作了。"

"你真这么想？"吉米问我。

我告诉他："鉴于远处的那些侦察机，我可不敢这么想。我倒想派一艘驱逐舰上去，把船上的无线电和雷达关掉，到敌人出没的位置盯梢，等他们一出来就把他们干掉。"

"副舰长，你知道吗？上面就应该把战斗空中巡逻部队派到冲绳岛上已经被我们占领的区域去，那样的话我们的战机就不需要依靠母舰来战斗了。"吉米对我说。

"吉米，你忘了一件事，"我无奈地说，"我们都只是小鱼小虾，上将和他手下的人都只重视母舰和战舰，我们只是被他们当做无线电警报一样，警告他们'嘿！敌人在这边，注意啊，他们要来了！'准将之前就说过，我们这边就像个活地狱一样。不过话又说回来，大部分神风敢死队的敌机都是冲着冲绳那边的我方部队去的，而且你知道吗，其实我们的陆军和海军都伤亡惨重，日军可是花了三年时间加固了冲绳岛的保卫工作，打地道、修战壕、建地下军火库，他们最后都会被干掉，但一定是会拉着很多我们的人垫背的，那边的陆军和海军可都顾不上吃牛排。"

"您说得对，但要是战况陷入胶着状态，他们也是可以先撤退的，先撤回来，重整旗鼓再杀回去！"吉米说罢，问我，"那我们现在怎么办？"

"吉米，现在让大家进入警戒状态，"我笑着说，"我得睡会儿，牛排好了再叫我。"

伴着炭火噼啪作响，牛排香气四溢，这一顿饭美味得有点不真实了，船上的厨师还试着用土豆裹上小粉来做个炸薯条，虽然味道不敢恭维但还是要对这些厨师表示支持，大家蘸上番茄酱，把薯条吃个精光。然而餐后甜点就让我们大饱口福了，船上有一位叫做穆奇·约翰斯的黑人，他是在夜间烤面包的面点师，这天下午他自告奋勇地给大家做了新鲜的帕克酒店面包，在船尾用黄油和果酱三下五除二就装满了一整个铁盘，当时所有人一拥而上疯狂地抢食美味的面包，我连一块面包屑都没吃到，其他几个士官也是，但单是闻着新鲜面包的麦香和热腾腾的浓郁黄油气息就足以让人满足了。不一会儿，已是黄昏时分，船上所有公有的、私藏的咖啡壶都煮上了新鲜的咖啡，饱餐一顿过后，全船都打起精神，投入到了夜间的工作，静候那些昼伏夜出，如同吸血鬼一般的敌机出现。

从无线电通信的情况来看，包围圈上的其他船似乎也猜测日军会在今晚发动夜袭，包围圈上有五艘船今晚的运动异常活跃。我个人认为，包围圈上的船应该聚到一起，拉一个直径有十里长的圆圈，等着那群杂碎来试试火力。但这也只是我自己想想，因为上面给我们的任务并不是构成一个由三十挺防空机枪组成的陷阱来诱敌深入，而是在所有神风敢死队基地与我军派出的轻型支援船只之间建立一道尽可能宽的雷达圈，从而为向冲绳发动的总攻提供支援。比起舰队，那些在庆良间群岛周围悬崖上的机枪炮台更加需要我们为他们提供警报，因为他们没有雷达，需要根据我们的警报来进行准备工作。但现在，母舰齐齐离开了我们，把"短吻鳄"（海军中两栖登陆艇的叫法）和包围圈上的驱逐舰都直接暴露在没有空中支援的海域上。再有，护卫航母在夜里是不能战斗的，所以在神风敢死队眼里，他们和我们一样的脆弱。让我比较担心的是我们缺乏随机应变的能力，冲绳那边的支援船被拴在了战地附近的岸边，而我们则被命令死守指定位置。

当晚的天气对我们有利有弊，这种天气对雷达监控十分有利，防空雷达运行得异常顺利，天上仅有的几片云和一些奇怪的风向影响对雷达并不能造成什么干扰；但不好的地方就在于月亮太过明亮，神风敢死队很容易就可以瞄准我们，周围躲藏的日军潜艇也更容易向我们投弹。我们防御潜艇的唯一方法便是任意地在海面上航行，不一定要很快，但要频繁地变更航向，这样才能混淆他们控制鱼雷的电脑，再加上海面雷达的严格检索，才能躲过他们的攻击，但现在海面如此平静，三里之内只要雷达有反应敌军都能锁定我们。

九点整，我去指战中心确认一下总体战术布局，竖直的绘图板上通常都是黄色油性笔画下的痕迹，标记出了我们战斗空中巡逻部队的位置，然而今天却一片空白，这让我有一种不祥的预感；平常在绘图板上反向写字的无线电通信员现在也闲坐在一个倒扣着的垃圾桶上，百无聊赖地抽着烟，等候着工作的召唤。我走到描绘仪旁边，坐在舰长以前常坐的那把只有三条腿的椅子上，拿起信息板读起来，信息板其实就是一份医院常用的剪贴板，信息更新工作都是由无线电中心的工作人员完成的，他们把来自总舰队广播的信息抄写在黄色的纸上，再夹到板子上面。在这些信息里，有的是来自美国联合通讯社的新闻，有的则是一些行动综述，这些行动综述的范围很杂，有台湾岛最近的空袭报告、西太平洋的天气概要、海军总部或是华盛顿五角大楼新建的军队总部发来的行政声明等等。我在这密密麻麻的信息中寻找着是否有关于给我们派一名新舰长的信息，但却没有一条与此相关的。我私自料定总舰队里肯定有想要抓住机会晋升，跑来驱逐舰上当舰长的海军少将，但转念一想，我便想起了那天晚上几个部门总管"表演"的讽刺喜剧，又觉得也许根本就没人想来接这个烂摊子。

这时无线电突然响起："雷达探测到敌机！方位是300°（西北60°），距抵达还有七百里，数量不定，但未靠近！"

吉米看了我一眼，示意我开始干活了。"是侦察机吗？"我问他。

"飞行高度为七十里，"他说，"也就是说敌机处于高飞状态，不敢接近就说明它在等着什么或者是在观察下方。"

我想他说的这两种情况都有可能，这时，报告空袭的那个接线员又说话了："包围圈位置'一狐'处发来报告称在005°（东北方向5°）位置发现敌机一架，距离六十五里，没有逼近！"

敌军这个套路和之前如出一辙，就是派出单独的飞机在远距离徘徊，也许是在根据我们雷达的位置来分析包围圈的所在。我希望我们能想出办法，探测并分析出敌军的雷达活动，如果能这样的话，我有把握，船下方两个引擎室里的四台功率为三百五十千瓦的巨型涡轮式发电机足以瘫痪他们的通讯系统。

在接下来的三十分钟里，接连有三个包围圈上的位置都报告称发现了相似的情况，离我们两个区以外有一名资深的驱逐舰舰长，他向总舰队发出了一份警报信息，说我们这边有即将遭遇敌袭的预兆。我脑海中不禁浮现出了准将接到信息后，踏上维修船甲板的身影，只能远远地眺望，却无法向我们伸出援手，见鬼，其实我们自己也束手无策。正当我想到这里，马洛伊号又柔和地在海上转了向，在指定位置周围漫无目地绕行着。

吉米问我："我们要进入警戒状态吗？"

"现在还不要，"我说，"先让大伙儿能睡就睡一会儿吧，对了，马尔蒂还没睡吧？"

"他在船顶，天空一号那边。"他告诉我。

"让他去检查枪炮的状况，"我说，"他肯定现在让手下在顶上休息着，但一定要确认好，麻烦你了。"

"遵命，长官！"他说着便拿起了声能电话。

我觉得仅仅是因为周围有几架侦察机在我们的监控范围边缘就把全船人叫醒是没必要的，因为一旦进入警戒状态，下甲板的所有换气扇都要关闭，还要合上所有防水的舱门，把三个维修柜里的抢险工具都拿出来，把每个部门的人都召集到狭窄的区域里，这样就可以精减哨兵的数目。

而且我们现在都还不知道，那些该死的日本人到底在那边干什么。

"吉米，战机指挥员在干什么？"我问他。

"副舰长，他们什么都没干，现在战斗空中巡逻部队没起飞，他们自然没事干了。"

"我们的无线电接收器能监听日军的频率吗？"我突然想到这一点。

"我这就去问他们。"吉米说罢便离开了，过了几分钟才回来，告诉我说："副舰长，他们那边可以监听到，但全都是没什么意义的信息，不过战机指挥员知道日军空军常用线路的频率。"

"很好，让他们开始接入敌人的线路进行监听，我猜远处那些侦察机就是用来控制空袭的，他们现在似乎在等着什么，一旦日军把神风敢死队派过来，那些用来发送无用信息的频率很可能就是他们的控制线路，我觉得这个思路值得一试。"我把我的想法告诉了他。

"确实。"他说，看他兴奋的模样我就知道他肯定很开心现在有任务可以做了。

"我现在要去顶层，去看看天空一号。"

他点了点头，便去找那两个正在执行监听任务的战机指挥员了。

我看他走了，自己也上到了顶层，去视察一下枪炮部的警戒位置——天空一号炮台。马尔蒂坐在一个装着声能电话的储物箱上，一手夹着一支烟，另一手端着一杯咖啡，他和其他人一样精疲力竭，二十八岁的人看着像五十六岁似的。他手下的接线员也是疲惫不堪，在他身后靠着枪炮控制台的底座睡着了。站在天空一号上面往前眺望，越过前排的五英寸机枪，可以一直看到船尾，我顺着前方一路看下去，依次看到原先船尾一号烟囱的残骸、替代了船中部原先的五门鱼雷炮的几个枪炮台、二号烟囱以及烟囱后面正在不分昼夜运转着的小型炮火指挥台、另一群防空机枪，二十毫米、四十毫米口径机枪以及最远处装备了五英寸机枪的53号控制台。

站在高台上，船在海面上转向时的偏转更加明显了，断掉的烟囱冒着滚滚浓烟，海风吹过了烟囱，吹过了炮火指挥台，把这股刺鼻的废气吹到了我跟前。今晚月亮亮得让人心慌，但周围太过黑暗，视野不明，海面也格外温柔，仿佛镜面一般波澜不惊，似乎也和我们一样，在等待着什么。

"今晚这是猎月啊。"马尔蒂说道，他好像知道我在想什么。

"真倒霉，"我说，"那些侦察机回来了，但他们也没有靠近，我在想什么时候进入警戒状态。"

马尔蒂笑了笑，说："舰长，我相信你要是去甲板上溜达一圈你就会发现其实所有人都已经在警戒状态中了，只是关没关舱门和防水门的差别，没人想在突袭发生的时候还待在甲板上。"

"我想也是，"我说，"我只是不想非要到不得已的时候才去关掉那些换气扇，这些部位都是不堪一击的。"

突然，无线电发报了："指战中心呼叫天空一号。"

马尔蒂弯下腰，拿起了无线电说："天空一号收到，请讲。"

"战机指挥员说，他们发现五分钟之前还没有动静的一个频率上突然开始出现很多杂音了。"

"收到，"我开始下达命令，"把这条信息通知到包围圈其他的船上，让甲板军官去拉警戒铃。"

几秒钟后，警戒铃响了起来，随即而来的是关上舱盖和防水门的回声。我下到驾驶舱里，拿上了我的战斗装备，在舰长椅上坐下，等着其他部门发来准备就绪的报告。我看了看表，十一点整，来得正好。

我暗自在心中盘算着，在敌军袭来之前，我们还有什么准备工作要做，全船已经进入了警戒状态，所有位置的水手都已就位，弹药都已到位，五英寸机枪装填了防空弹和不定时碎弹，炮台旁边还备了不少照明弹。无线电中明明能听到那些侦察机在和其他部门通信，通信的对象肯定是神风敢死队，但我们为何就是不能在雷达中探测到他们呢？

那就只有一种解释了，他们飞得太低了，肯定是按着侦察机指出的航向，冒着极大的危险从水面上五十英尺摸着黑飞来。天啊，这个时候才知道夜间战机的可贵。我拿起了全船通信的无线电，并向水手长点了点头，示意他通知全船注意。

"这里是副舰长，"我说，"根据我们的判断，六十里外的那些侦察机现在应该是和神风敢死队连上线了，他们正在指挥神风敢死队朝着我们和包围圈上的其他船飞来。但雷达上探测不到他们，说明他们正在快速地低空飞行，他们

第七章

127

的视野肯定也很受局限，只能在侦察机的引导下靠近包围圈。现在我们要围成圈，让他们难以瞄准，二十毫米和四十毫米机枪只要看到有目标就马上开火，他们可不会给我们什么警告，五英寸机枪可能不太会派上用场，所以你们就见机行事。随时给我记着哈尔西说的：'见日本人，格杀勿论！'我就说这么多。"

我把话筒放了回去，叫甲板军官把船提速到十五节，舵往左打五度，在我下其他指令之前保持不变。说到这里，我内心不禁发笑，我又一次发出了UNODIR（除非另有指令）信息。

这时，海平面远处有某样东西吸引了我的眼球，一道强烈的白光越升越高，之后颜色渐渐变深，由白变黄再变红，它点亮了东方的天空，之前我们无法看清的云层下方暴露无遗。一分钟后，那道红光变得衰弱直至不见，一阵巨响便从那个方向传来。

"驾驶舱呼叫指战中心，我们东边是哪艘船？"我拿起无线电问道。

"那个位置叫做'乔治九号'，"吉米回答了我，"穆雷号在那边，方位是095°（东南方向5°），距离我们二十里左右……"

"我们刚才看到那边发生了大爆炸。"我接着说。

"乔治九号那边的影像已经消失了。"他声音虚弱地说。

二十里已经是我们的海面雷达探测距离的极值了，就算今晚天气有利于雷达探测，但最远也就那么远了。

"甲板军官，请提速到二十节，船舵回到偏左三度。"我马上下令。

他得令后，马上传达下去："所有引擎满运作，加速至二十节！把舵回到偏左三度！"

舵手和副舵手回应了他，并马上执行了指令。这时，一个问题在我脑中疯狂地盘旋着：我可是舰长，现在要怎么做？想着想着，我打开了无线电。

"驾驶舱呼叫指战中心，侦察机与我们的相对位置是多少？"我问道。

"335°（西北方向65°），距离是五十五里。"

紧接着，我按下了接通天空一号的按钮："驾驶舱呼叫天空一号，对335°位置开始齐射，用防空弹扫射一万码外的地方，锁定到敌机位置就用不定时碎弹打。"

"天空一号收到！"马尔蒂回应。在他的指挥下，三台五英寸机枪三十秒之内全部就位，开始疯狂扫射，打出的子弹预计在离船五里的位置爆炸，如果我的推测没错的话，敌军若以三百节的速度飞来，弹道就会打中敌机。十五秒后，那个方位突然爆炸，燃起了一团火球，短暂地照亮了天空，我们看到了一幅令人毛骨悚然的景象：三架尚存的单引擎俯冲轰炸机肩并肩低空袭来，它们几乎贴在水面上，螺旋桨激起了一道道清晰可见的激流。见到这般阵仗，二十、四十毫米机枪在下一秒马上就对它们开始猛射，打出的弹道之密集让我们都无法看清敌机了。马洛伊号不停地转向将会让我们自己的瞄准更加困难，我大声朝舵手吼，让他把舵打到偏右十度。五英寸机枪现在可能已经锁定了敌机，持续地朝着那个方向射击，我看到了不定时爆炸碎弹在袭来的敌机之间爆炸，敌机接二连三地变成了大火球。

然而第四架敌机有如神助，撞上了51号炮台较宽的一面。它保持着每小时三百里的速度撞了上去，把炮台从轨道上掀了起来，破碎的机身燃着熊熊烈火，从船侧飞了出去。不一会儿，俯冲轰炸机上携带的炸弹在水下爆炸了，在水上变成了一团燃着绿色火焰的废铁，马洛伊号的船身受到了巨大的震荡，震得驾驶舱里的陀螺仪都发出了警报。

片刻之后，枪炮也停息了下来，船还在转向，两摊飞机航油在船尾的海面上熊熊燃烧。我紧闭双唇，深深地吸了口气，感谢上苍！

我们挨过了这一关，四架在侦察机精准导航下，擦着甲板飞过来的俯冲轰炸机都没有把我们干掉，而我们却击落了其中三架，都是靠着老天保佑。而第四架敌机却重创了我们，51号炮台已经被夷为平地了，周围的十人小组也随之灰飞烟灭，在船首楼甲板上留下了一个漆黑的窟窿，被炮台的轨道像相框一样包围着，一根光秃秃的空气管道暴露在外，裂缝中吱吱漏气的声音在夜里格外刺耳。战况虽然惨烈，但前甲板上却一点炮台的残骸都没有，这才是最令人脊背发凉的：前一秒还是炮台被自杀式飞机击中的紧张，后一秒甲板上就是空无一物的荒凉。

52号炮台位于51号后面一些，里面的水手都从舱盖里探出头来看个究竟，眼前的景象把他们惊得目瞪口呆。

其实何止是他们，所有人都无法相信，两座五英寸机枪的炮台竟然在眨眼之间就被掀飞了。

马洛伊号还在打着转，不过现在却有些漫无目的，我先下令让甲板军官把航向恢复到大幅曲线行驶，再仔细琢磨对策。这时，无线电响了起来。

"指战中心呼叫驾驶舱！刚才发生了什么？"

我在心里冷笑了一声，真是个好问题。天空一号听到无线电后，自己接进了线路。

"刚才副舰长让我们对着某个方位开始盲射，却碰巧打掉了神风敢死队的三架飞机，"马尔蒂说，"但付出的代价就是……51号炮台被撞飞了。"

我现在突然意识到一点，发生这种事以后一定要有人来稳定军心，这个时候只有我来承担这个责任了。

我下令让甲板军官把船速降至十二节，并保持大幅曲线行驶，命令马尔蒂去给船前端的弹药控制系统做个损伤程度的评估。随后，我又向指战中心询问了侦察范围内的另外几架侦察机的方位以及与我们的距离。

指战中心回答："敌机还是在335°，距离我们四十八里的位置。"

我心中盘算了一下我们现在的处境：关于51号炮台我们是无能为力了，现在估计它早已粉碎，沉睡在九千尺以下的海底了，如果徘徊在不远处的那架侦察机其实是一架远距离轰炸机的话，机上的飞行员可能还会保持耐心等上几个钟头，等着新的神风敢死队跟他取得联系，但我们要是想接近他的话，四十八里的距离用二十七节的速度我们只需要一个半小时就能溜到他的下方了。

我拿起无线电开始下令："驾驶舱呼叫指战中心，把所有雷达都调成待机状态，我想溜过去干掉那架侦察机。你们设定好航向，把速度提升至二十七节，朝着他飞行的轨道中心去，等我们离预计位置只有不到四里的时候你们再打开所有装置，锁定敌人，给我狠狠地打！天空一号，收到了吗？"

"天空一号收到！"

"指战中心收到！建议航向为330°（西北方向60°）。"

我让甲板军官按着指战中心给出的意见来航行，设定完毕之后，我们就踏上了杀敌之路。这次我们完全是擅离职守，没有向上面申请许可，但如果不主动出击的话，那架侦察机就会一直在那里等着指挥一拨接一拨的神风敢死队，直到把我们杀光为止。我想大部队应该也得到了日军今晚会有行动的警报了，但日军的行动意图绝不在于冲绳岛，而是想要拿下包围圈，从他们派出这种四架战机并驾齐驱的阵形就可以看出他们的战术目的，而且回想一下之前东方燃起的大火，便可推测出他们对包围圈上其他位置也发起了这样的攻击。他们在我军的监控范围外侧两万尺的位置布下这样一个指挥点，神风敢死队就可以肆无忌惮地低飞过来，绕过雷达的监测，只有在快撞上的时候才会被我们发现。

上面给我们下的命令就是要尽早地给出神风敢死队袭来的警报，因为要报告及时，所以坚决不能离开指定位置。但命令里可没说我们就算死也要死在这个地方，面对日军新制定的战术，傻傻地留守指定位置无异于是执行自杀式任务。

去他娘的，我才不想死。

这时候，枪炮部长上驾驶舱找我来了，他看起来还有点惊魂未定，对我说："没了……全没了，指挥室、弹药组和下甲板的人都不说了，关键是炮台没了啊！我们现在这是要去哪？"

我把我的想法告诉了他。

"妈的，隔着一万二千码我都能打中他，"他说，"只要瞄准了敌机，撞上不定时碎弹，他就死定了。"

"我们现在得摸黑悄悄过去，"我说，"在距离足够近之前都不能开雷达，如果日本人探测到我们溜过去的话，他肯定被吓得撒腿就跑。"

"没关系，"马尔蒂说，"只要离他四里远，我就可以干掉他！"他说罢，换了个话题："说起来，我们还没试过用照明弹呢。"

"没时间了，"我说，"但还是把照明弹放在炮台里，难说会派上用场。如果我们去维修船那边，叫他们给我们重新安个炮台，从一艘破船上取一个给我们，你说这样可以吗？"

"当然了，副舰长！"马尔蒂兴奋地说。

"那瞄准器和轨道呢？"我问他。

从他跟我说的话可以看出，他似乎忘了我曾在五英寸机枪旁奋战过数年之久。"嗯……副舰长，我不知道具体要怎么解决这些问题，但我相信我们一定能行。"他说罢，脸又垮了下来，"天啊，整整一队人就这么没了，就像被轰走的苍蝇似的。"

"马尔蒂，你换个角度想想，"我说，"如果我们不一直转向的话，那群杂种击中的就会是我们的前端引擎室了，想想他带着的那枚炸弹，你觉得那样的话你我还会站在这里讨论这些问题吗？"

"那之前东边那起大爆炸是什么情况？"他又问我。

我没有理他，只见他紧闭双眼，叹了口气说："好吧，副舰长，您说得对，我们这就去干掉他们！"

我们就是要去暗杀他们，在航行了九十分钟后，我们打开了防空雷达，看到那架侦察机就在射程范围内了。指战中心向51号控制台发出了开火指令五秒钟后，只见剩余的几挺五英寸机枪齐齐朝对方开火。约莫过了十五秒，夜空中突然燃起了一团大火球，那便是敌机被击毁的表现了，火球的火焰一直往上蹿，蹿到云层下方，然后又慢慢坠入海中。

"收兵！"我告诉副舰长，"这边没事了。"

第八章

舰队的上司隔天一早便收到了我们的伤亡报告,让我们离开指定位置,去庆良间群岛旁的迪克西号维修船那边进行修理。现在大舰队已经快回到附近的区域了,他们正在向我们这边派出战斗空中巡逻部队。随后我们得到消息,穆雷号昨晚几乎同一时间被三架从吃水线高度飞过的俯冲轰炸机击中,整个船体倒扣在了水面上,漂浮了近一分钟便带着船上的十三条人命一起沉入海底。当晚包围圈上受到攻击的还有三艘船,其中一艘被同样形式的夜袭击中,被拖往庆良间群岛,另外两艘虽然被攻击了,但却顽强抵抗击落敌机,自己仅是受了点小伤。自我们开始向后方撤退时海面上就再无空袭了,我便退回舰长室内,准备给在51号炮台被攻击时遇难士兵的家属写慰问信。我们趁着晨光在炮台被击落的区域附近搜索了一圈,虽然当时还处于警戒状态,但大家心里还是抱着一丝微微的希望,希望能发现有能从沉没的炮台中死里逃生的人,但明显是不可能的了。随着船上战死的人越来越多,在住舱甲板吃饭时空出来的座位越发明显,看得人心惶惶。

在船向东南方向航行的这两个小时里,我已经把慰问信写好了,基本按着一套很固定的格式来的,然后在部门总管的描述下加进一些关于烈士个人的描述,这样会让家属觉得这些慰问信不是批量生产的。在写下每封信时,我都字斟句酌,尽量写得让家属知道他们深爱的这个人死时干净利落,没有遭受任何痛苦。但事实总是与愿望相违背的,其实仔细想想就知道了,那架飞机撞上来的时候力量巨大,眨眼之间就能把炮台从轨道上掀起来抛出去,而且在警戒状态下炮台是全封闭的,也就是说有的人可能在那一刻就死于撞击了,而那些没有立即死亡的人就更加不幸了,在炮台沉入水中的前几百尺之内他们是无路可逃的，只有在太平洋深处，漆黑得伸手不见五指的海底，炮台才会被水压压炸。

我不禁对自己说，如果这场仗一直这么打下去的话，我们也快与他们海底相逢了，而这场战争何时会结束大多取决于敌军还有多少神风敢死队的飞机和飞行员，就目前来看，这个数字显然是比我国信息处所有人猜测的都要大。我想，这是我海军生涯中，第一次和其他人一样地感受到那种在极度危险的战争中的绝望与无助。包围圈上的驱逐舰一定是需要些保护的，但哈尔西就是不愿意把我们叫回去，回到舰队的保护范围内，我们完全被他当作了给敌军设下的绊网。

在印第安，王子会在邀请贵客打猎之前放几只羔羊进丛林里，这样老虎就会被吸引住，猎人也就更容易打中老虎，我觉得我们现在的处境就与那无辜的羔羊一样。虽然不想打这样的一个比方，但我也很好奇船上其他人是否也与我有着同样的想法。长期以来，布尔·哈尔西对日军的狂轰滥炸通常都是喜闻乐见的，然而这一次，我却对他的行动恨得咬牙切齿，真想把他拖到冲绳岛边的包围圈上来，让他值个夜班感受一下。

一阵电话铃把我从思绪中拉了出来，电话那头说："看到庆良间群岛了，那边发信号让我们与迪克西号并排停靠。"

"我这就上来。"我说。

我们把船停在了白金汉宫号旁边，它也伤痕累累，在前两天北上偷袭的任务中遭遇了攻击，从船头被撞到船尾，吃水线已经完全看不见了，主甲板仅在水上三尺左右的位置。我们刚一靠近它就闻到一股恶臭，那是一种混合了烧焦的尸体、泄漏的汽油、用过的高爆炸药和被海水浸泡过的残骸的气味，船员们都惊恐地看着它。这时，多尔蒂士官突然命令手下的五个人去把绳索拴到白金汉宫号上，如果他不下令的话这些行尸走肉般的船员都反应不过来要用这些缆绳干什么。

我站在翼桥上观察着周围，从高处我看到了维修船的驾驶舱，准将就在门口，我向他行了军礼，他随即向我回礼，无奈地摇了摇头，走回驾驶舱里。我大概能猜到他在想什么，肯定在念叨：这就是把船交给副舰长来指挥的后果。

这还不算完，等到他知道我为了歼灭敌机而擅离职守的时候才糟糕，不过想想也是，他还能拿我怎么样呢？不就是把我调回包围圈去吗？

与白金汉宫号拴在一起后，我下到甲板上，换了一套干净的制服，准备去面见准将。我手中攥着一份昨晚战斗的伤亡清单和受损部件的总计，全船三分之一以上的器械还没有损坏得太严重。临走前我还吩咐伙夫去弄点航油，让马尔蒂设法去搞点不定时碎弹过来。

"他们就准备把我们原模原样地赶回去？"马尔蒂问我。

"肯定是了，"我告诉他，"我们雷达是好的，而且还可以移动，又不像跟我们拴在一起的那坨废铁一样。"

白金汉宫号的副舰长与我是老相识，我真想知道他是否还活着，船上的驾驶舱和指战中心已经完全损坏，烧得无法辨识了。在白金汉宫号的船中部围着一群迪克西号上的维修员，正在检查着那五台巨大的汽油发动机驱动的水泵，船边有五根皮管一头连接着下层被淹没的主机械室，一头插到水中，扑腾扑腾地冒着黑漆漆的油水。

准将在舷桥上见了我，一般我们都不会在舷桥上打招呼的，但我们还是互行军礼，然后他伸出手与我握手。

"康尼，恭喜你熬过了如此艰难的一晚，"他说，"干得漂亮！现在我们没有穆雷号了，另外两艘随着哈尔西北上的船也受损严重，这还不算眼前的这艘白金汉宫号，它估计得报废了。来吧，给我讲讲你昨晚干了什么，是怎么活下来的。"

"呵，你问问题前能不能动动脑子！"我心中暗骂了一句。我们沿着维修船的左舷一直往前走，走到了通往士官室的梯子下面，正当我要踏上梯子时，一阵好似枪声般的声音打破了早晨的宁静，我转过身，正好看见第二根连在白金汉宫号和维修船之间的缆绳紧绷得像一根拧得过紧的吉他弦。片刻过后，那根缆绳迫于拉力，在发出一阵刺耳的摩擦声之后绷断了，重重地弹回维修船的船侧，似乎把船边上砸出了一块凹痕。紧接着，第三根、第四根缆绳也陆续断裂，虎虎生风地甩回船上，把船上的支柱和救生索都拉断了，掀翻了至少两个甲板水手，连同船上的救生艇也未能幸免，所有站在维修船露天甲板和白金汉宫号主甲板上的人见此惨状，纷纷抱头鼠窜，寻求庇护。我定睛一看，白金汉宫的下层甲板顶部渐渐冒出了几具被汽油和海水浸泡得不成人样的尸首，燃油不断地从下方渗出，在海面上漂起了一层泡沫，船身的碎片也陆陆续续地从白金汉宫号损坏的主机械室里漂了上来。

我这才明白发生了什么，原来白金汉宫号要沉没了，但最关键的是马洛伊号还和它连在一起。

士官长多尔蒂也几乎和我同一时间明白了事态的严重性，他立马从船上层的隔板上取下一把消防用斧，砍断了最近的缆绳，另外几个水手见状也纷纷拿起斧头，更有甚者用自己带的小刀，疯了一样地砍着棕色的缆绳，但同时随着白金汉宫号的沉没缆绳也在不断地紧绷，渐渐地把马洛伊号往右侧拉去。

准将忍不住开始骂娘了，但不管是谁，到了这个节骨眼上也都束手无策，在一旁看着。此时的白金汉宫号就仿佛一个举止优雅但却饱经风霜的老妇人一般，已经无法自如地控制身体，在维修船边慢慢地沉了下去，马洛伊号的桅杆在它的拉扯下倾斜到了一个让人看着胆战心惊的程度。就在白金汉宫号甲板行将沉入水下之际，我们船上斩断了最后一根与其连在一起的缆绳，马洛伊号失去了拉力，在几次仿佛抽搐一般的摆动之后回到了正中的位置。没有了缆绳的拉扯，马洛伊号在水上慢慢漂远，离开了白金汉宫号和维修船附近的位置。只见维修船和白金汉宫号的舷桥从碰垫上滚入了水中，白金汉宫号上残余的烟囱也被水淹没，水流灌入其中发出巨大的声响，不一会儿，烟囱连同着甲板上的几个大洞开始往上空喷出了污浊的脏水，白金汉宫号就这样消失在维修船旁边两百五十尺深的海中。

就这样，我们告别了白金汉宫号。

我看向远处的马洛伊号，它正在沿着船尾方向漂走。我们停船的时候是把总引擎关闭了的，但为了给发电机提供动力，几个锅炉还是在出着蒸汽，这样的话马洛伊号就还能漂回来。这时，驾驶舱里有人下令让水手把船锚从右舷抛下去，水手马上不留余力地锤开了铰链挂钩，船锚六百尺长的锁链应声而下，带着锈迹和灰尘钻入了海中，等到锚落到海底时，船身剧烈地抖动了一下，续而又往船尾方向漂出了一点，这是因为船锚上的锁链正在绷直，锁链全部绷紧以后，马洛伊号明显地摇摆了一阵，便定定地停在了海面上。按海水的深度来看，基本上柜子里所有的锁链都放了出去才刚好到底。

为数不多的几个水手还在一分钟前白金汉宫号沉没的地方扑腾，维修船上的水手们开始把救生衣和救生圈从我们所站之处下一层的甲板上抛到水里给他们。不凑巧的是，此时白金汉宫号的航油开始喷涌而出，就像黄石公园里的泥喷泉一样喷到几个幸存者的脸上，他们在水里挣扎着去够身边的游泳圈和救生衣，但被油喷得模糊了视线，仅仅几秒过后，他们连离自己仅仅三尺以外的救生衣都看不到了。几个维修船上的水手急忙跑到船边，抛下几个集装箱，让这些苦苦挣扎的幸存者们能浮上来，这番景象真可谓是不忍直视。

正当我觉得一切都过去了的时候，我突然想起来一个恐怖的问题：白金汉宫号上的深水炸弹触底后会不会爆炸？天哪，这可是个大问题啊，船员们都还处于战后惊慌失措的状态，他们会不会记得给深水炸弹上保险？

没过多久，事实证明了我的担心并不是多余，他们没有上保险。深水炸弹在维修船附近的位置爆炸了，维修船被冲击波撞了一个趔趄，所幸是在水下爆炸的，不然后果不堪设想。但如此巨大的爆炸还是激起了火山爆发般的巨浪，海水夹杂着燃油、白金汉宫号的船员以及救援人员的残肢一起冲上了天，直到船上的二十枚深水炸弹全部爆炸过后才停息，而这时，海面上已经没有任何幸存者的身影了。一番混乱过后，在维修船和马洛伊号中间的水面上漂浮着数以千计的死鱼，还有很多我不忍提及的尸首残骸，在阳光下泛着光芒。

霎时间，一切归于平静，我切实地感到胃中一阵翻滚。转过头，我看到准将面色灰白，嘴唇微张，我已不知该如何是好，显然他也一样。

全死了，在包围圈上逃过一劫的幸存者全死了，他们要么永远被埋在了白金汉宫号的残骸里，要么被深水炸弹炸得粉碎，漂浮在维修船边，身上裹满了漆黑的油渍，已经与慢慢浮上水面的船只碎片别无二致。一波未平一波又起，此时维修船进入了警戒状态，响起了大家耳熟能详的警报声：前方发现敌军，数量众多！所有人到枪炮旁待命！

"我得赶快上我的船去！"我对准将说。

"然后呢，你能做什么？"他如是问我，从他表情中已经无法感知到他的情

第八章

绪了。

我无奈地对着他哼了一声，但又不得不承认，他说的对。

"我们船上枪炮更多些，"我说罢，又想起现在船只是受损的，"反正之前是比维修船的多。"

"去吧，年轻人，"他对我说，"我去房间里自己躺着哭会儿。"

我从维修船主甲板的左侧下去，试图找到一条能爬上马洛伊号的路，但可惜没能找到，而且时间也不够了，我听到了远处停在周围的船上的五英寸机枪开火的声音，紧接着就是飞机引擎的轰鸣，由于俯冲时加速过快，听得出引擎内部已经爆缸，轰鸣声和机枪扫射的声音此起彼伏，响彻了这片海域，山上的防空机枪也不堪寂寞，加入了扫射的行列。岸边的发烟器纷纷被点燃，冒着滚滚白色浓烟，模糊了我们的视线，周围的船只都已看不太清。

我停下了脚步，除了当个观众我别无选择。那些恶魔般的神风敢死队陆续被击落，和电视上看到的1939年华沙战争中坠落的德军斯图卡式俯冲轰炸机如出一辙，五英寸口径高射炮对着它们疯狂扫射，每每击中飞机红线及以上，引擎就像哀嚎一般发出巨响，子弹由外到里，渐渐逼近，最终将其打穿，高飞的飞机变为一团火球坠入海中，续而携带的炸弹在海底炸开了花，激起绿色的巨浪。

停在一旁的马洛伊号也受到了波及，从船头到船尾都在喷着火焰，五英寸机枪、二十毫米机枪、四十毫米机枪，火势之大基本把整个船给吞没了。

我隐约感觉到那艘维修船也被击中了，应该是船的前端受到了重创，船身开始急剧倾斜，虽然它不像驱逐舰这样庞大，但听船淹没在水中发出的声音就能想象出一艘一万七千吨的船与一架五千磅的神风敢死队飞机狠狠撞击的惨状。

我在一个系缆绳的柱子上重重坐下，双手掩面，眼前这个疯狂的世界让我恐惧，无比的恐惧，这一切都发生在几分钟前我所在的位置上……四下哀嚎一片怨气冲天，枪炮齐响战机轰鸣，海水喷涌子弹呼啸，赤铁四溅如野蜂飞，而我，只能静坐叹息。

就好似剧院正在上映一场好戏，我刚刚赶到，却只看见曲终人散。

我隐约听到维修船上的无线电正在召集伤亡控制小组的人去前甲板，然后又向医疗小组发出紧急求援，声音听起来让人绝望。我忍住悲伤，远远眺望马洛伊号，它还好好地待在我最后一次见到它的位置，船上已经停止射击了，马尔蒂站在天空一号炮台上，失了魂一般地对着声能电话吼叫着；甲板上还有人在平静地打磨着武器，我向他们挥手，他们却看不见我。

我一定是疯了，这都是幻觉。

是不是我要变成舰长那副样子了？

该死……

冷静，我需要冷静，这只不过是一次空袭罢了，而且现在也平息了，我的船只要打开主引擎，它就会完好如初地开回到岸边，反正留得舰船在，不怕没柴烧。

对了，我到了以后还没有给准将报告呢。

我站起身，恢复了精神，准备去找舰长，几个维修船上的修理工与我擦肩而过，他们急匆匆地赶去船前甲板，似乎要去维修上面损坏的物件。真希望准将能给我杯咖啡，有威士忌就更好了。

塔尔梅奇舰长一直都很敬畏准将，他跟我说过他的往事：范·阿纳姆舰长年轻时与一位南方佳丽结为连理，那名女子家庭条件优越，她继承了家里在乔治亚中部的一个大农场。他们两人在萨凡纳的海军军校学生舞会上认识并很快坠入爱河，在军校中有个规定，新晋的海军少尉在两年之内不得结婚，于是他们便耐心地等待，两年一过马上就结了婚。显然他们此前是互相许诺的，女孩在农场定居，他踏上自己的海军生涯，她在家抚育两个女儿，他尽可能回家探望。从那之后，他妻子还是常常会去部队上看他，但她一直都很清楚自己的首要任务就是照料好家里那几千亩的大农场。我起初还觉得两人的结合有些莫名其妙，但塔尔梅奇给我详细地解释了，在当时经济大萧条袭来的背景下，这样的夫妻也绝不是少数。在那种艰难的条件下，海军们都牢牢地捧着自己的饭碗，宁愿削减薪水也不愿意干闲职，当时海军为了把人员控制在标准范围以内，通常要由委员会来决定开除哪几个人，决定后就把这几个人的名字写在"驼峰板"上，然而大家都埋头苦干，不愿遭受这样的待遇。这样想来，对范·阿纳姆来说，农场简直就是一片乐土，让他能躲避海军的残酷竞争，他当然是想要尽量多地回农场看老婆孩子了。在我曾经效力过的四艘船上，我都在军官室里听过这样的说法，结了婚以后的中级军官在海军里是很难混的，而范·阿纳姆似乎有自己独特的一套方法来谋生，我对他充满了好奇，希望能进一步了解他。

"你离开了指定位置？"准将问我。

"是的，"我说，"我总不能静静地待在那儿，等着日军召集一拨又一拨的神风敢死队来打我吧。准将，您要这么想，这些神风敢死队是从日本南部的九州岛，还有台湾岛飞过来的，其间路程可不短，夜间飞行难度则更高。他们只装了够单程使用的燃油，到这边后急忙与控制机对接，但却发现没有控制机的身影。那怎么办呢？摸着黑调头南飞，希望途中能碰巧撞见我们的某条船？这样十有八九他们是要因为燃料用光掉进海里的，而且在那片范围里我们也不需要为舰队预警，唯一的目标就是我们驱逐舰。而我们做的只是关掉雷达，摸黑航行九十分钟，自己定位到那台侦察机，干掉他然后回到指定位置而已。"

我说话的时候，他一直颇具威慑力地盯着我，直到听完我的话才缓和下来，对我说："好吧，这件事就只有我们前线的人知道。但你给我解释解释，为什么那架侦察机没有探测到你们潜行过去了？"

"我想他们并没有能够主动探测的雷达，"我说，"他们应该是一直追踪着我们的防空雷达来的，他们就通过监听，根据我们放出的雷达信号进行追踪，然后确定我们的方位，而且他们不需要判断出与我们的距离，因为他们知道我们就在冲绳岛以外四十到四十五里的位置，那么据此他们就引着神风敢死队往这个位置来，飞行的时候看着窗外就能找到了。我们当时关掉所有电器，离开之前他们探测到的位置，等我们再次打开装置的时候，一台庞大而又行动缓慢的日军侦察机就在眼前了，对眼下的危险还毫不自知，直到被我们干掉才反应过来。击落那架侦察机以后，我们那片区域就太平了。"

"那前三架神风敢死队你们是怎么干掉的？"他接着问我。

"我们假定他们会驾驶飞机正正地沿着控制机所在的方位飞来，于是我就让五英寸机枪对着那个方位贴着海面一通乱扫。当时倒是真的没想到会有四架战机一起杀过来，但他们就这样落入了我们的射程内，四架中只有一架没有被击落。"

准将看了我一眼，眼神中略有几分赞赏，说："你可以啊！以前玩过枪吧？"

"是的，长官，"我把我的履历简单地给他说了一下，"来这边我是想换一个五英寸机枪的炮台。"

"现在没有了，"他回答我，"本来是有一个的，但刚刚随着白金汉宫号沉了。而且我们在这儿也不太安全，没法给你们安装和校准。但是应该能给你搞个四管四十毫米机枪的炮台，麻雀虽小五脏俱全，只需要供四百四十瓦的电力就可以了，反正有总比没有好吧。"

我点了点头，反正一艘船上四管四十毫米机枪越多越好，我问他："那之后呢，我们还是回去吗？"

"当然了，"他说，"现在不算马洛伊号还有三艘驱逐舰在包围圈上，昨晚发生的事足以让舰队的人相信，现在要加强战斗空中巡逻部队的保护了，尤其是针对敌军这种雷达导航的战术。"

"登陆战场那边怎么样？"我问。

"节节败退，"他做出一副吐露真言的模样，"三天前，我军的伤亡人数超过了岛上还剩的士兵数量，这样肯定坚持不下去的。"

"但我相信最后我们会赢的，他们的实力也就不过如此了。"我对他说。

他坐回了座位上，点了支烟，说："我们会拿下冲绳岛的，就如你所说，我们还可以重整旗鼓，他们只能死守下去直到弹尽粮绝。如果我是总指挥，我就让前线的士兵把他们包围住，活活饿死他们。"

"那上面为什么不这么做呢？"我略有不解。

"袭击本岛的时间是安排好的，需要提前拿下冲绳岛上的飞机场，这样才能保证战斗机全程陪同从其他基地飞出的轰炸机，虽然他们已经拿下了冲绳岛北部的一些区域，但我们需要的是整个岛。"他向我解释道。

我想了想他的话，接着问他："那要拿下区区冲绳岛就那么困难，攻打日本本岛得是什么样子啊?"

"十倍于眼前的所有惨状,"他说,"我的天,今天真是折磨人,我得喝一杯,你要来点威士忌吗?"

我自然是想要来点酒,他便从桌子上的保险柜里拿出一瓶威士忌,满满地给我倒了一杯。喝罢,我们一起商讨了一些管理工作的细节,如何对马洛伊号损伤的部位进行修补以及明天安排维修船给我们换一个四管四十毫米炮台。

事情都安排妥善之后,我终于还是鼓起勇气,问了他关于任命舰长的事。

他深深地叹了口气:"胖子现在正在被送回国的路上,还得等一段时间才会到,我的医生说他在胖子被调往关岛之前最后看到过他一次。"

"然后呢?"

"他就走了,"他接着说,"那时候船上没人,他一个人在那边坐着,两眼放空,医生说可能等他到美国与家人团聚之后这病就能好了,但现在……"

听了他这番话,我迫切地想再来一杯酒……不,一杯哪里够,我得灌一瓶。

"那上面派人来接他的班了吗?"我问道。

"副舰长,这么快就不想干了?"他笑着问我。

"天地良心啊长官,真的不想干了。"

"年轻人,我理解你的心情,但对不起,我现在不能满足你的要求。"他站起来,走到了桌边,拿起一张纸和一个小纸盒,转过来对着我,示意我站起来。

他严肃地对我说:"即刻起,你被提拔为正式舰长,上任时间就从你临时接管马洛伊号那天起,这可是比尔·哈尔西亲自签发的任命状,快把你领口的徽章换了。"

我一时没反应过来,伸手轻轻地摸着我领口金色橡树叶形的中尉徽章,把它取了下来,准将为我别上了象征着指挥官军衔的银色橡树叶徽章。之后,他用力地握了握我的手,回到他房间的卧室里,拿出一顶军帽和一盘炒蛋。

"我这还有一顶备用的帽子,你就凑合先用着,如果我们能熬过这场战役你自己再重新换一顶。现在你就是马洛伊号的舰长了,随后也不会有人来接胖子的班了。"他告诉我。

"难道上面就没人自告奋勇吗?"我在努力地保持镇定。

他看出了我的伪装，扑哧一下笑了出来，我也忍不住开始随着他大笑，还告诉他之前几个部长在军官室里演的"喜剧"。

"那会给我派个副舰长吗?"我问他。

"我尽力帮你安排。"他答应了我，说罢，我们两人同时感觉到维修船被撞了一下，撞击的力度还有些大。出去查看才知道，原来是马洛伊号被拉回来了。

"肯定是马尔蒂·兰多夫在掌舵，这家伙从来都学不会好好开船。"我猜道。

"舰长同志,"他顿了顿对我说,"你就好好教教他吧。"

我听到"舰长"二字，不由得倒吸了一口凉气。

"而且，求求你了，好好活下去,"他接着说,"我的军衔是中队指挥官，但是按我们中队这个衰减的速度，我指挥的部队数量就快少掉一个级了。"

"马洛伊号上还有一个给指挥官的房间,"我对他说,"就现在这种局势来说，如果您能来给我们指导一下就再好不过了。"

"康尼，我很荣幸能被你邀请，但哈尔西却不打算这么安排，他觉得我在后方更能发光发热。现在冲绳战役已经不仅仅是美国海军与日军俯冲战机的对抗了，更是后勤补给方面的暗战，油料、弹药、粮食都是双方实力的体现。我们攻到这边的时候日军已经窘迫到要把藏在地道里的物资搬出来用的地步了，而我们后方补给还很充足，也许战壕里的士兵感觉不到这种差异，但是位于东京的日本帝国军队总部肯定感觉火烧眉毛了，因为现在决定胜负的已经是粮食和弹药这些补给物资了。当然了，这也意味着我们和神风敢死队的战争会愈演愈烈。"他如是分析。

"那一定要让上面的人快点拿下这场战斗啊,"我说,"我们包围圈这边都快撑不住了。"

第九章

可能是工作原因,驱逐舰上的水手们都有极为敏锐的洞察力,甲板军官麦卡锡一发现我的军帽和徽章有所改变,他便与值日的士官长交谈了几句,不过几秒后全船便打了四遍铃,顶层的喇叭里高喊着"马洛伊回来了!"声音响彻全船。正如我预料的一样,这一喊就宣告着一切都不一样了,我不再只是个副舰长了,我成了马洛伊号的代名词。

我叫来了吉米·恩莱特,吩咐他把所有士官召集到军官室里,我得把我上任的事告诉大家。

"各位,"我说,"现在的情况有点反常,在空军里,副手晋升为指挥官是司空见惯的事,如果你是一名空军,你被任命为副机长,那么你总有一天会成为机长的。但在驱逐舰上,这种现象可不多见,但我们正处于特殊时期,所以上面决定特殊处理。"我说罢,嘬了一口咖啡。鉴于我仅在海军服役十年便被任命为指挥官,我能猜到大家对我的看法,要么十分欣赏我,要么就料定在正常的提拔机制恢复之后我就会被取代。

"这场冲绳战役……真的很难打,我只能这么说,现在陆军只能顺着一个个战壕把他们揪出来。然而我们的人想活着回去,他们却想为了所谓的'日本帝国'而光荣赴死,这也就是让我们陷入这种不利局面的导火索,现在不利到我们用来复枪都不管用,得用火焰喷射器的地步了。"

"看来他们的处境和包围圈一样难。"吉米·恩莱特说。

"确实,"我说,"我认为昨晚我们是逃过一劫了,四架,注意是四架雷达操控的俯冲轰炸机准备要杀掉我们,然而却被我们干掉三架。而且,如果我们没有去干掉他们的指挥战机,那我觉得大家现在都不会在这了。"

"副舰长英明！"马尔蒂说罢，好像发现犯了什么错似的，"对不起，舰长！"

他这么一说倒真的让我第一次感受到，我不再是副舰长了，我是名副其实的这艘船的主人。

"包围圈上本来设有八个指定位置的，"我接着说，"昨晚之前我们还把守着六个，现在我们只有四艘船，却要填补八个位置，而且大家今天也都看到白金汉宫号的惨状了。"

我抬头扫视一周，发现军官室里所有人都精神高度集中，脑子清醒地围坐在桌旁。

"看着白金汉宫号的沉没，我痛心疾首，"我接着说，"无法用言语形容这种心情。我也不知道说'赢'合不合适，但如果我们赢下了这场战役，我们将拿下冲绳岛，杀光上面所有的日本人。往大了说，其实这就是一道简单的算术题：我们每天都可以从后方不断运输军队、弹药、船只和补给，而自从我们打过来以后，日军就只能精打细算地使用他们现有的物资，没有任何补给，没有食物，没有药物、没有弹药也没有人力，什么都没有。我们终将胜利，但可预见的是我们会付出代价，这代价大到让每级的指挥官都曾怀疑过，现在我们都还没打到日本本岛就已经如此艰难了，以后要如何坚持下去。"

我故意停顿了一下，让他们消化我刚才所说的。

"你们都习惯了叫我副舰长，我认为副舰长在一艘战船上承担着特殊的职责，坐拥舰长的权力，却没有至高的地位，没有至高的权威。然而你们要开始逐渐习惯了，我宣布从现在开始，我任马洛伊号舰长，吉米·恩莱特任副舰长。"

我又停顿了一下，不过这次是因为我要琢磨一下刚才我说的话对不对。"我也要开始习惯舰长这个身份，而不再是副舰长。这不是我主动向上请命，我也一直在等待着上面给我们派一名新的舰长，然而他们却没有这么打算，他们任命我为舰长，所以我现在表现得不同于以往，我不会再像以前一样，在军官室里与大伙儿打成一片，而吉米也将出任副舰长一职。"我不由自主地又停顿了下来，没想到向大家宣布这个消息会有那么难。

第九章

"可能说起来会让你们觉得我有点居高临下，但我还是得说，你们可以和副舰长嬉戏打闹，但绝不允许与我这样，除非我主动与你们厮混。我也不是平白无故这么说的，因为当极端情况出现时，船上所有人必须无条件地遵循某人的命令，如果下命令的这个人是每天与你们厮混在一起的好哥们儿，那你们一定会对他的命令有所质疑，如果这个人是舰长，你们就会听命于他。这也就是为什么士官们都在军官室里吃饭，为什么我们不会单叫水手们的名字，说实话，尽管看起来有点做作，但是这种分别对待能让大家在严峻的形势下严肃起来。

"我们都是一条绳上的蚂蚱，总有一天冲绳岛的日军会抵不住我们的进攻，他们会切腹自尽，也许会有人投降。一旦他们本岛上的人失去了与冲绳岛防御部队的联络，他们就明白冲绳岛失守了，我认为也就是从这开始，神风敢死队就不会再来骚扰我们了，因为他们可能要把剩余的飞机储备起来，准备发起总攻的时候使用。

"现在我们的目标就是活下去，直到日本人放弃冲绳岛，就像他们以前放弃硫磺岛、塞班岛、关岛、塔拉瓦、特鲁克岛、瓜达尔卡纳尔岛一样。在那之后，我们再作打算。

"那天晚上，我们的扫射杀掉了那四架冲着我们来的飞机中的三架和他们的控制机，我希望以后能多多见到这样的情况，所有人也包括我自己都需要开动脑筋，多想想战术，我们要怎样才能搞死他们。之前包围圈上的船都被敌军冲散了，也许那时我们都有那么一些绝望，但我相信，从敌军自杀式袭击的愚蠢行径来看，他们也与我们一样绝望，他们知道自己快撑不住了，他们也知道哈尔西迟早有一天会把他们天皇的白马拉到东京的大街上骑上几圈，他们都知道日本在中国战场、东南亚战场、所有战事都快完蛋了。他们的大部队已经消耗殆尽，而我们的轰炸机还在他们的城市肆虐，他们怎么可能不清楚状况。所以这就意味着我们将面临一场困兽之斗，而且是一只凶猛的困兽，他们会使出自己最致命的招式，而就我们所知，置人于死地是日本人最为擅长的事。

"所以大家要协助我的工作，我的工作就是保证大家都活下来，毕竟我们不能撤退，不能逃避，只能比他们抢先一步，只能比他们更加狡猾，在战斗结束之前，我们只能每天都早起晚睡，都明白了吗？"

一阵沉默之后，吉米·恩莱特怯怯地问我："那您的咖啡还是要放两颗糖？"

"必须的，"我笑着说，"副舰长先生。"

他看我笑便也想回应一下，但脸上的肌肉似乎不允许他这么做。我对自己说一定要记得找个人分担一下吉米的职责，让他部门里最老练的兰尼·金来做领航官，他原先是指战中心的士官。但要怎么落实呢？管他的，我就直接交代给副舰长去做就好了，反正现在我是舰长。

维修船给我们换的四管四十毫米枪炮台是从帕利号上搬下来的，帕利号此前一直是作为母舰的护卫舰，但它的母舰在一次神风敢死队的突袭中被击中，侧面倾倒在了帕利号的左舷上，重伤了帕利号。它船身还算完整，主锅炉也还正常，所以便被运到了后方，等待舰上管工为其重新打造一个新的驾驶舱，而我们现在却要把它右舷上的四管四十毫米炮台取下，这是他们船上层为数不多还算完好的枪炮台。维修船的焊接工三下五除二便把帕利号顶层尾部的炮台切割下来，紧接着，起重机就把取下的炮台抓起来，从维修船后搬运到我们的前甲板上，焊接工马上接手，在原来51号炮台的位置忙活起来，一阵火光四射后，新的炮台便被安装到了原有的轨道上。

我看着那些焊接工工作，仿佛看见了成形以后的马洛伊号，肯定是一副滑稽的模样，但一挺四管四十毫米机枪总是比空无一物的51号炮台好的。这种枪的子弹的大小仅为五英寸机枪的三分之一，但它有四根枪管，射速更高，在敌机放弃躲闪，低空冲向我们的时候它可以朝敌机水平地打出数排弹道，这正是我想要的。弹药存放问题我们可以用51号炮台的弹药柜来解决，而最关键的就是如何让枪炮组尽快上手，之前51号枪炮台里的装弹手和枪手就好似一排排稳固的牙齿，然而他们都被生生拔了出来，随着炮台沉入了海底。就在我一筹莫展之际，枪炮部长来到了前甲板，检查炮台安装的情况。

我不情愿地告诉自己，他接手了就不关我的事了，反正这也是马尔蒂的职责所在，而且他的能力也足以摆平这点小事。而我要处理的事情就是要记得去提醒他们多要一点四十毫米机枪的子弹，因为现在又多了一个四十毫米机枪的炮台。我之前已经去向准将请示过，问能不能给我们派些人手，填补一下之前伤亡的空缺，但他也没给我个准信，说是母舰那边已经把珍珠港撤下来的所有补给和人手都调光了，我冲动之下没忍住，逼问他："上面的人是怎么想的！不给我们装备我们怎么保护他们？"他就淡淡地回答了一句："上面的人哪里管我们的死活。"

我才反应过来确实是这样，我在大本钟号上任枪炮部长时，从船上看，驱逐舰不过是海平线上的一个个小灰点，在远方飘忽不定，时而对着某个目标射击，时而游到我们船边进行油料补给。

最后，上面还是给我们批了弹药，从维修船上运了不少过来，但是同时也要求我们把51号炮台剩下的弹药尽数交还。马尔蒂咬死了那堆不定时碎弹不肯松手，但这些弹药在舰队里十分稀缺，有些精明的管理员知道这些子弹都在谁手上，藏在哪里。枪手告诉维修船的人我们都打光了，这一说不要紧，惹得一个面黄肌瘦、看起来开不得一丝玩笑的海军准尉要对我们的库存进行清点。我立马叫马尔蒂去息事宁人，我可不想让维修船上的人知道我在另外两个五英寸机枪弹药柜里藏了多少弹药。这样看来，这些该死的管理员就和日本人一样可恶。之后，那名准尉走上前来向我投诉，说我的人谎报弹药存量，我告诉他我随时欢迎他来包围圈上清点我们的弹药，如果要跟他的舰长沟通也是没问题的，听到我这么说了，他这才打消了要清查的念头。

在下午三点半时，一艘运油驳船驶到了我们旁边，开始给我们做油料补给。与此同时，我和马尔蒂与维修船上的牧师一起在军官室里给今天早晨在白金汉宫号沉没时丧生的战士们举行了一个追悼仪式，准将携手下的几个士官也一同与会。维修船上有十八名水手因今早的事故而丧生，而在白金汉宫号沉没时因在船上帮助那些技术人员而遇难的水手更是不计其数，舰长和副舰长更是在遇袭时就死亡了。白金汉宫号沉没后，海面上没有任何一个幸存者或是一具尸体浮上水面，在维修船不远处还不断有黑漆漆的油在涌出，如果情况持续加剧，维修船只得重新换个停泊的地方，以免这种专门为海军供应的油料把船上冷凝器的感应器堵住。

牧师口中念念有词，我却渐渐意识到我竟然对如此大数目的伤亡有点麻木了，大概是因为我心里清楚一旦我们完成了油料补给，我们又要回到包围圈上了。我绝不是对维修船和白金汉宫号的伤亡毫不关心，只是我太过关注我的船员我的船了。直到现在，我还觉得这顶别人借我的军帽、领子下崭新的徽章有点与我格格不入，但看到周围人对我的态度和交往方式的转变也是很有意思的。在一系列的补给工作完成后，我向准将请示起航，前往我们的指定位置，他握住我的手，告诉我会为我祈祷平安归来。我能看出他是很认真地说的，他和塔尔梅奇仿佛是一个模子印出来的，都有着一副善良、慷慨的好心肠，而现在塔尔梅奇却踏上了回家的路，只剩他一人了。准将转身回到了舰长室，开始因今天目睹的惨状而啜泣，我想这应该是自冲绳战役开始以来最让我沮丧的一幕了。

三小时后，金灿灿的夕阳从西方的海平面处落下，我们回到了雷达包围圈的指定位置。原先包围圈上还有四艘驱逐舰，而因为白金汉宫号的沉没，蓝色大舰队把其中一艘调走来填补白金汉宫号的空缺，所以现在在冲绳北面的包围圈上仅有三艘驱逐舰了。但与之前不同的是大部队回来了，十六艘母舰包围了冲绳西面和北面，向天空中派出了不计其数的战斗空中巡逻部队。船上的战机指挥官向我汇报，说母舰上每四小时会派出一批夜间战机，持续整夜地进行监控，他们驻扎的位置也发生了一些变动，原先是位于距离我们四十里的位置，现在扩大了防御范围，驻扎在八十里的位置。此外，这些战机还被下达了新的命令，要在前线就把敌军冲着舰队来的战机歼灭。显然是舰队之前吃了亏，有敌机跟踪了回归母舰的战斗空中巡逻部队，然后发起了突袭，所以现在上面要求战机指挥官认真检查是否有敌机跟踪着我方战机。我这才发现，原来电子科技在战争中发挥了如此大的作用，为我们提供了安全的保障。

无线电中心把准将的来信交给了我，上面有关于冲绳战役的战况概要。读罢，我便召集了几个部门部长开会，并在舰长室里等着现任副舰长吉米·恩莱特给我来电通知他们到齐了。

"舰长，这边到齐了。"吉米·恩莱特过了片刻便打电话通知了我。

因为我晋升的关系，现在舰长室就由我使用，我从里面走出，走进了军官室，在桌子的上座坐下。现在开会就方便多了，不需要再跟他们讨论应该由谁来指挥这样的问题。吉米·恩莱特也是意气风发，从领航官升职为副舰长，昂首挺胸地坐到了副舰长的位置上。

"好了，各位，"我对他们说，"现在包围圈上只剩下我们，还有丹尼尔斯号和韦斯特福尔号三艘船了，托马斯号被母舰队召集去了。但是有一个好消息，我们现在有夜间战机的支援了，如果敌军再派出控制机就可以派它们去歼灭敌军了，但坏消息就是现在敌军还是毫无踪迹，我们也无法预知接下来会发生什么。"

"现在的情况看来和昨晚他们下作的袭击有点不一样啊。"马尔蒂说。

"我向准将报告了昨晚的偷袭，"我说，"他对此很满意，说我们应该多出点这种鬼点子。但最近又出了点新的状况，接下来的几天中五十多艘运输货船将会到达庆良间群岛，来给冲绳岛上的陆军送补给，有运士兵的船、装弹药的船、医疗船，什么都有。据说日第三十二军正在坚守一个叫首里城的据点，现在那边已经进入白热化的肉搏战，所以哪边物资多哪边就会赢。"

"这样就好了，"马尔蒂说，"对日本人来说，这样耗下去就是等着战败。"

"不久后就能看到他们战败了。"马里奥接了他的话。

"其实现在的日军就像一条被汽车碾过的眼镜蛇，"我说，"就算是虚弱地躺在路中间，痛苦地挣扎着，有人敢自告奋勇地上去了结了它吗？"

显然，他们都表示不敢。

"就是这个道理，"我接着说，"准将认为接下来的几晚，日军会倾尽所有，把冲绳岛上的物资都打光，反正现在他们退无可退了，不拼就只有告负。虽然迟早有一天，日军的决策人员会说：'够了，放弃冲绳吧。'但是在那之前，我们一定要准备好应对所有可能出现的情况，熬也要熬到他们投降。

"所以我有几点要求：厨师长，从今往后除非有我的指示，所有饭都要准点上，保证餐厅全面开放，战士们饿的时候要随时都能吃到东西；马尔蒂，除非我下令解散，否则所有枪手随时都要在指定位置就位，枪炮全部上好膛，随时都要有人在侦察，睡觉问题随时随地尽可能自己解决，必要时就从炮台里把他们叫起来，但我还是要求随时至少有一半的枪手是醒着的；吉米，指战中心的人也是每日每夜都要就位，除非我下令休息，可以让他们在描绘仪附近休息，但只能在那附近。

"我之前也说过了，现在包围圈上只有三艘驱逐舰了，上面那些大船都牢牢地把着他们的驱逐舰，但由于冲绳战役主要集中在岛屿南方，这边自然是有很多小船空闲下来可以给我们提供支援，所以上面可能会给包围圈上每个位置派发三艘两栖战舰，比如两栖登陆艇、中心火箭炮登陆艇，或是其他任何能提供支援的船。"

我说到这里时，马尔蒂突然开始摇头。

"我知道这些船作用不大，"我继续解释道，"但是你们要这么想啊，这些小船上都有枪炮，我们让他们停泊在我们附近，那么等神风敢死队杀过来时，他们以为我们是孤军奋战，结果却发现迎接他们的是四艘船的齐射，各位，用平均法则想一想，那么多机枪都往神风敢死队的飞行轨道上齐射，够他们喝一壶的。"

吉米颇有深意地看了我一眼，似乎在告诉我大家都听出了我这句话完全是强词夺理，没有逻辑，如果日军准备与我们决一死战，那么日本本岛上的指挥官绝不会只派出一架神风敢死队来攻击我们。但万幸的是，吉米看破但未说破。

战至此时，我们现在拥有的，不过是一艘部分破损的驱逐舰、上面给出的关于派两栖战舰支援的口头承诺和知道这场战役将在今后几晚决出高下的预感。正如我之前所说，我们的任务就是活着，跟他们耗到像在其他岛屿上那样签署投降书。但问题就是，这样耗下去得耗多久？

讲到这里，几个部门部长纷纷抬头看着我，我想说点什么意味深长又让人印象深刻的话来结束今天的会议，但我脑海中却一片空白。

"我们能做的，就是尽全力活下去，"我憋了半天后对他们说，"大家加油吧！"

第十章

今晚格外安宁，已是凌晨一点，却一架敌机都没出现，船上的雷达屏幕只有间断的闪烁以及我们的战斗空中巡逻部队在船上空一万八千尺的位置盘旋，我光是看着雷达屏幕都感觉厌烦。其他两艘驱逐舰与我们并排排列，丹尼尔斯号在我们东边十二里左右，韦斯特福尔号则在丹尼尔斯号东边二十五里的位置。跟吉米交代过后，我准备上天空一号去透透气，当我转身离开时，我瞟到吉米拿起了声能电话，可能是要提醒马尔蒂我正要去他那里，我不禁笑了起来。船上的声能电话就像丛林手鼓一样聒噪，除了与敌军交战时没人讲话，其他时候都是忙线，舰长在船上每走十尺都要拿着声能电话放在嘴边嘀咕着什么。但从某种意义上来讲，这样活跃的通讯确实让人心安。

我上到顶层后，看到马尔蒂一如既往地坐在声能电话箱上抽着烟。看到他吸烟我才反应过来，我是船上为数不多的几个不吸烟的人之一，而有些时候烟草确实很诱人。马尔蒂见我过来，急忙起身向我示意，我挥挥手让他坐下。他身边还坐着一个接线员，还没睡着，我们互相点头示意。51号炮台的枪手们都坐在炮台上，因为炮台内的闷热而把腿伸到外面。今晚云层密布，此时海面上已是一片漆黑，而我的眼睛还没有完全适应黑暗。

"你们看到敌机了吗，马尔蒂？"我问他。

他摇了摇头，说："看不见比看见还让人担心啊。"

"准备好照明弹了吧？"

"准备好了，长官，53号炮台里装填了照明弹，52号装了不定时碎弹，51号……"他说着说着突然停了下来。

"原来的51号已经没有了。"我接上了他的话。

"是的，长官，您收到冲绳那边发来的消息没有？"他问我。

"我们的一个指挥将军在今天下午敌军的齐射中阵亡了，"我告诉他，"在陆军派一名新的将军来之前先由海军派的一名将军指挥全局。"

"那可能这场战役就会在我们海军手里结束了。"他说。

"在这场战争中，陆军那边绝对不会屈居别人手下的，马尔蒂，"我对他说，"丛林里每一声惨叫，都是一个日本人被割了喉，你自己读读战情报告，就知道这场战役已经变成了双方士兵的私人恩怨了。"

"其实神风敢死队杀过来的时候我们也有这种感觉，"他似乎之前也观察到了，"舰长，现在全局状况怎么样？"

我长舒一口气，望向远方的海面，不知为何，我突然想起了维吉尔的几句诗，好像说的什么红酒一般漆黑的海面，但现在这片海不是，眼前只有漆黑，没有了诗中妖娆邪魅的腓尼基女王，没有了丝绸勾勒出的帝王都城。如果一切正常，上面派下来的登陆艇舰队应该已经到了，但现在还没有见到他们的身影。

"这场战役，"我说，"我们拼死拼活为了夺下这座岛和上面的机场，都是为了接下来对日本本岛发动总攻。"说罢我才反应过来，周围不少水手都能听到我说的话，包括炮台上的枪手们、无线电接线员、传信员……因为我在这里，他们都聚到了我身后的一片漆黑里，听着我说的话。

我索性对他们说："我们的准将认为，一旦盟军入侵了他们不可侵犯的本岛，他们全国上下数百万人都会自愿参加神风敢死队，要想拿下他们，我们还得祈祷奇迹的发生。"

黑暗中，我看到马尔蒂点了点头，我也实在想不出要说什么了，顿时整个顶层陷入了一片沉寂。突然，马尔蒂打破了这份宁静。

"舰长，"他说，"方便跟我们聊一下您的出身吗？"

"我是从大本钟号上出来的。"我嘴上虽然这样说着，但我也知道他意不在此。

"我指的不是这个出身，是这个以前，如果您不介意的话可以问您是从哪里来的吗？"他接着说。

他话音落下后，我走到左舷边，叫下层的哨兵帮我端杯咖啡上来。不一会儿，他便端着一个陶瓷马克杯爬上了楼梯，咖啡里还是照旧放了两颗糖，基本船上所有人都知道舰长对咖啡的要求：放两颗糖，泡咖啡前尽量把杯子洗干净些。

　　我走回到马尔蒂旁边，靠着前端的隔板，马洛伊号以十五节的速度在平静的海面上航行着，每隔几分钟就像个醉汉一样拐几个弯，不时还有微风吹来。

　　"我家里人是政府里的，"我告诉他，"父母都是外事办的工作人员，常年漂泊，我都不知道自己家乡在哪，我出生在华盛顿，但在我的成长过程中我都跟着父母满世界跑。小时候上过不少学校，南美洲当地的天主教学校、伦敦的综合性学校、法国的私塾、德国的高中我都上过。最后我回到了华盛顿，父亲找了关系在1931年让我读了海军学院。所以你要问我从哪来的，我大概只能说我没有故乡，四海为家吧。"

　　"您的履历很丰富啊，长官。"马尔蒂说。

　　我接着给这群人讲述了我从入伍到任大本钟号枪炮部长的海军生涯，马尔蒂问我是否成家了，我就把我未婚妻意识到未来生活艰辛便与我分手的事告诉了他们，而这群水手自己也是对这样的事情深有感触。在海军服役的短短十个年头，我就已经当上了少校，指挥全船，却还没有妻室。在战争开始前，要爬到这个高度至少需要二十年，想要升到中尉指挥官以上的职位必须要熬到上司寿终正寝。但在太平洋战争爆发之后，军队里没有什么人愿意争着去做指挥官级的官员，随着近三年战况加剧伤亡增多，想升官的人就更少了，而我就是一个活生生的例子。尽管上面已经任命我为舰长，但我心中还是有几分期待，期待着哪天上面突然指派某名指挥官来接任，但鉴于我们位于包围圈这样危险的位置，后方的官员可能就像那天几个部门部长模仿的那样，都不愿意上前线。准将之前告诉我，海军在包围圈和主舰队的伤亡总计和陆军在冲绳岛上的伤亡人数不相上下，这种情况是以前从未发生过的，也搞得海军内部人心惶惶，而这基本上都要归咎于敌军该死的神风敢死队大规模攻击战术。

　　"指战中心呼叫天空一号，舰长在上面吗？"无线电突然响了起来。

　　我接过话筒说："找我吗？"

"海面上不时探测到目标，位于330°（西北方向60°），距我们十二里，目标时隐时现，信号不良。"

十二里，这个距离正好是我们视野的边界，他们探测到的这个很有可能是雷达操控员常说的"鬼魂"，就是雷达屏幕上经常闪动的小斑点，但我可不能大意，上次探测到这种间断出现的目标就是敌军潜水艇的潜望镜。

"我们要多加提防，万一是敌军的潜艇就麻烦了，叫驾驶舱提速到二十节，增大曲线行驶的幅度。"我命令道。

不一会儿，船速便从十五节提到了二十节，站在船顶能明显感觉到吹来的风更大了，马洛伊号曲线行驶的幅度也更加夸张。我倒是希望我们能做进攻的一方，像日本人那样被动地搜寻周围的电子信号，尽量快地搞清楚探测到的目标到底是不是日军。日本人花了三年时间才意识到电子器械在战争中的重要性，然而他们现在正在这个方面迎头赶上我们。

"指战中心呼叫天空一号，目标消失了。"无线电发来情报说。

"好的，我这就下去。"挂断了电话，我动身准备前往下层。

我下到了驾驶舱那层，准备去指战中心看个究竟。吉米·恩莱特和指战中心士官兰尼·金主持着那边的工作，他俩正睁大眼睛，仔细地盯着海面雷达的屏幕，上面除了东面的丹尼尔斯号什么都没有。突然，屏幕上闪现了一个亮点，可以判断出这次出现的位置和第一次完全不同，我们所有站在雷达前的人都发现了。

"这是什么！"我惊道。

"又是一个新的目标点，"雷达操控员说，"这个信号强了很多，位于十三里外的位置，前一个是在十二里，在这儿。"他指着另外一个标记对我们说，那是之前那个目标出现时他用黄色油性笔画出的位置，而新出现的这个目标则几乎位于我们的正北方向。

"命令天空一号瞄准正北方向！"我命令道，"让他们试试能不能从炮台里发现敌军，同时向防空情报网发电，通知他们我们在前方海面发现了不明目标。"

兰尼听罢，马上就开始向各方传达我的命令。我在心里计算了一下，十二里，也就是两万四千码，这远远超出了我们的射程范围，但这个铅笔头大小的目标也出现在了火力控制系统的雷达上。如果两个雷达都能够明确探测到这个点，那就说明这个信号绝不是因为大型海面雷达所造成的干扰。

我在指战中心里能听到周围的人都在叽叽喳喳地对着麦克风说着什么，"有情况！"、"注意注意！"这样的字眼在全船快速地传播，速度比我们进入警戒然后向所有人通知都要快。

我回到了驾驶舱，坐到舰长椅上，值日的士官长见我回来，便按惯例宣布了一声："舰长回驾驶舱了！"

在探测前方究竟是何物的同时，我们也在静静等待着，但顶层五英寸机枪操作员什么都没有观测到。这时，吉米·恩莱特在无线电中呼叫了我，说他有主意了："指战中心呼叫驾驶舱！向舰长请示，是否能指挥夜间战机前往前方探测？"

"他们的雷达也探测到海面的情况了？"我问他。

"长官，现在还没有，但我们可以叫他们飞上去看看，可能会有新的发现。"他对我说。

"那就试试吧。"我虽然答应了他，但我也没抱多大希望。今晚虽然月相很好，但云层太厚，把海面上的月光都遮住了，而且如果前方有一艘日军战舰，飞机早应该监测到了。在经历了莱特岛空袭之后，我们吃够了苦头，懂得了要把一切突发状况考虑进来，并且给予足够的重视。

可能因为太紧张了吧，我还想要喝杯咖啡，但我的胃已经受不了了。五分钟后，指战中心报告称我们派出的两架搭载雷达的战机正要降低飞行高度，指战中心仍紧紧盯着信号不良的那个目标，它还是位于十二里外，向我们东面缓慢地移动着。我在想要不要让炮台以最远的射程打几发五英寸照明弹，但想到我们还有两架战机在天上，打上去可能会造成事故，便打消了这个念头。

这时，船上一个叫朗的年轻甲板长飞也似的跑到架在陀螺仪上面的中心线校准镜旁边开始望着什么，我正要问他在干什么的时候，就看到远方海面上升起了一道火焰喷射的红光，正正地位于雷达上那个神秘目标的位置。我急忙抓起望远镜想看个究竟，但不一会儿那道光就消失了。

但朗看到了，他大声报着："火焰出现于方位005°（东北方向5°）！"

"指战中心呼叫驾驶舱！战机探测到前方目标是火箭炮，正朝着我们过来！"

听到消息时，我还在远望着那团火焰出现的位置，我们此前从未对付过火箭炮，但只要是上来找麻烦，我们就准备枪炮伺候。

"甲板长，朝着方位090°（正东方向）满舵前进，"我开始下令，"加速到二十七节！"

甲板长把我的命令传达了下去，我们其他人都死死地盯着窗外，看有没有什么突发状况。51号炮台的雷达正在根据该信号的位置进行微调，调高、调右、调低、调左，周而复始，疯了似的在监测着前方海面上任何可能朝我们袭来的目标。

"指战中心呼叫驾驶舱！我们看到……"无线电里的声音突然断了。

电话那头吉米话都还未说完，只听某物从船左侧横跨马洛伊号呼啸着飞到了右侧，速度之快就好似安全阀打开后喷涌而出的蒸汽，不一会儿，在我们南边很远的位置传来了巨大的爆炸声，打破了夜的宁静。驾驶舱里的人还是一头雾水，什么都没看见却听得真真切切。大家几乎同时开始闪躲起来，随之而来的就是无线电里匆忙的报告。

"指战中心呼叫驾驶舱！克劳德29号战机发来报告，他们发现了另一个火箭炮！一个飞行员说是一艘大型潜艇在发射火箭炮，他们正在尝试向目标发动攻击。"

"舰长收到！"我大喊着，"紧急情况！全速后退！"

舵手听令后马上开始行动，把传达电报的把手从全速前进挡拉到全速后退挡上，并快速地重复了两次这个动作。锅炉房里的水手得令以后便马不停蹄地同时打开船尾风门并关闭船头风门，突然，在涡轮和制动装置的作用下，马洛伊号突然刹住，并开始向反方向行驶。我现在搞清楚了对面是什么状况，不禁让我后背一冷：日本人派出了潜艇，用潜艇向我们发射携带着马鹿炸弹的喷气式飞机！

面对这样的攻击，船上的机枪一点用都没有了，一枚马鹿炸弹仅需六十秒便可以从十二里外打到我们这里，而且还有人控制着它的飞行航线。这样看来，日本人肯定研究过如何诱敌深入，故意引诱我们与其交战并把船速提到二十七节。我现在只能指望着通过倒退来误导敌军，敌机以每小时六百里的速度向我们冲来，而且视线受阻，很容易失手。我们也停止了无意义的射击，因为这样不仅不能击中敌机，还会把我们暴露在敌人的视线中。

仅仅几秒后，船顶上又有炸弹呼啸而过，确切位置应该是在我们前方，在马鹿炸弹入水后，它的弹头被引爆了，在马洛伊号右舷附近剧烈爆炸。现在马洛伊号已经提速完成，正在全速后退，船尾附近激起了白花花的海浪。船顶不明真相的枪手们肯定觉得驾驶舱里的人疯了，在乱下命令，那又怎样？这个战术确实奏效了，但我还是很疑惑，敌机是怎么看到我们的？想了一会儿，我自己回答了这个问题：他们根本不用看到我们，因为这些战机都是从潜艇上发射的，而这些母舰都已锁定了我们雷达的方位，所以这些战机只需要朝着潜艇发射他们的方位去就可以了。

"停船！"我立刻下令，"恢复正常航速，控制在十五节。"

锅炉室的水手又一次调换了前后风门的开闭状况，鼓风机便开始出气，船马上就停了下来。

"指战中心呼叫驾驶舱！克劳德29发现了另一个敌军战机发射点，正在进行打击，但他们视线受阻看不清海面。"

"干掉他们！"我愤怒地下令，"他们这是自寻死路！"

算上新发现的这个目标，这已经是第三枚马鹿炸弹了。这些飞机都是以全速向我们飞来，船上的炮台根本无法计算出如何射击，就算能够锁定敌机也无济于事，而敌机上的那些飞行员，肯定是一群毛孩子，在接受了三周的飞行训练以后就上战场了，双手牢牢抓着两个控制器来控制左右高低。双方区区间隔十二里，虽然每分钟十里的飞行速度让我们无法开火，但我们却有可能想出办法扰乱他们的视线。

"天空一号，现在开始朝着010°（东北方向10°）打照明弹，射速要快，在五千里外的位置炸开！"我想出了办法，开始传达命令。

我猜马尔蒂肯定也跟我想到一处了，因为同时开火的还有船尾的53号炮台，两个炮台接连不断地齐射照明弹，船员们忙得不可开交。就照明弹的性能而言，五千里的射程不算什么，可能引爆的时候炮弹里的微型降落伞才刚刚打开。打照明弹就要打得又高又远，这样弹药才会在画过一个弧形的弹道后打开后盖，放出降落伞，在天上引爆白色的磷粉，从而发光，运气好一点的话，照明弹在下降的过程中会持续燃烧三十秒，在这三十秒内第二发照明弹又开始在上空发光了。我的计划就是利用照明弹来扰乱敌机飞行员的视线，因为他们的双眼肯定已经适应了黑暗的环境，在向我们冲来的过程中撞上这样一枚剧烈发光的照明弹，双眼肯定会失明。但这么做也有它的弊端，照明弹会完全把马洛伊号周围照亮。

前四发照明弹如我设想的一样奏效了，在黑暗中突然爆发出白色的光亮后，随着降落伞的牵引朝着飞来的敌机而去。驾驶舱中半数船员都在盯着窗外看，想看清敌机的模样，喷气式飞机那骇人的轰鸣就在驾驶舱窗前盘旋，越来越近，突然，它的右翼撞上了驾驶舱的左侧的一角，刹那间舷窗统统被击碎，碎玻璃和铁片四处乱飞。片刻过后，右舷外传来的爆炸声告诉我们敌机已经坠入海中。

这时无线电里发来了情报："指战中心呼叫驾驶舱！我们的一架克劳德战机也坠落了！飞机上副手发来报告称他们当时正试图攻击敌军潜艇，但不知是否击中目标，现在海面上已经监测不到我军飞机了。"

"舰长收到！"我脱口而出，"现在需要我们去进行搜救吗？"

"报告舰长，另一名飞行员说那架飞机以三百节的速度直冲入水中，不可能生还了。"

这下好了，我们失去了一架战机，还有马洛伊号驾驶舱的前半部分。如果那艘潜艇已经被干掉了的话，战斗就暂时告一段落了，当然，如果他们又派出一艘潜艇那就另当别论了。经过这场战斗，我们收集到了一条宝贵的情报：日军已经想出办法把三架马鹿轰炸机塞进潜水艇甲板上的防水机库里，等到潜艇浮出水面后就出发，直奔目标而去。

我缓慢地起身，用手抖了抖裤子上满腿的碎玻璃和铁片，一阵阵的冷风从破碎的舷窗里灌进来，前隔板被生生劈开，就像一条被拉开的拉链似的。乐观点看，驾驶舱里总算是安上了"空调"。

我不禁去想，这战斗是不是真的没完没了。看了看表，现在才一点四十五，我倒不是期盼着天亮后一切会回归平静，只是白天我们至少能看清敌人在哪，在这种伸手不见五指的黑夜里，还有近距离呼啸而来的火箭弹相伴，总是让人心神不宁。

"甲板长，恢复大幅曲线行驶。"我被吓得睡意全无，准备去指战中心帮他们写报告。

然而好景不长，两小时后，同样的袭击又来了，只是比之前的三枚炸弹有过之而无不及，我坐在驾驶舱的舰长椅上，一切仿佛电影里的慢动作一般定格。远方的海面上，一枚马鹿炸弹一飞冲天，迸发出红色的火花，冲着我们飞来，驾驶舱里的所有人都拼命地寻找敌机的位置。我想要起身去拿望远镜，把整片夜空都搜索一遍，看看有没有可以让炮台瞄准的目标，但我的身体却不听使唤。紧接着，那熟悉的呼啸声又在周围响起，马鹿炸弹开始俯冲，在驾驶舱前从左侧飞往右侧，那一瞬间它仿佛真的停在了我面前。它的右翼划过驾驶舱前沿，就在它与我擦肩而过时，我与敌机上的驾驶员四目相对，他面露凶相，獠牙怒目，仿佛是从战争债券宣传海报里跳出来的人一样，凶恶地笑着，就像前来索命的死神……

我突然从舰长室的床铺上惊醒，紧靠墙壁坐直，喉咙里呜咽着发不出声，浑身都在冒汗，胃里翻江倒海，刚跑到洗脸台前就狂吐不止，冲水的时候很担心屋外有人会听到我在里面的动静。这原来是一场噩梦，但我原来从不会这样，甚至连不好的梦都没做过。这场梦把我折腾得不轻，在接下来的十五分钟里我都没缓过来，趴在洗脸台前以防又要呕吐。在昏暗的红色微光中，我从床上方的罗经刻度盘上看到了手的倒影，不禁自嘲道："还说舰长呢，现在轮到我发抖了。"我眼前闪过了塔尔梅奇紧抱着颤抖的双手的画面，他脸上还带着一丝同情的笑容看着我。

我问了自己那个塔尔梅奇问过我的问题：你到底是更怕日本人，还是更怕当着全船人的面搞砸事情？

塔尔梅奇早就警告过我了，我还记得他的原话："我以前不会这样发抖的。"他还说了让我打消升官晋爵的念头，上了船只有生与死，而且大多数时候都是死。突然，一个悲惨的画面占据了我的脑海：一整艘驱逐舰从中间断裂、折叠，像一只冲入海面的鸟一样，船首尾高高翘起，带着半船人消失在海面上，仍在船舱里的人们还在奇怪到底发生了什么，直到海水压破主隔板，像尼亚加拉瀑布一样喷涌进来他们才知道命不久矣。就连白金汉宫号那样稳妥地拴在维修船上都能突然失事，前一秒还安然无恙，下一秒整艘船便发出骇人的声响，缆绳噼里啪啦断开，就像一声声枪响一样，船员们吓得抱头鼠窜，但却像被踩的虫子一般无力，被海水无情淹没，然而谁都不知道，船尾的深水炸弹随着船身深入海水，压力逐渐增大，增大，再增大……

"妈的！别想了！"我对自己大吼道，遂在心里默念着，"你不能垮啊，想想你的船员，那可是三百多个去年刚从军校毕业的毛头小子啊，当他们在甲板上与吸血鬼一样神出鬼没的敌机正面对抗时，难道不也是被吓破了胆吗？快清醒清醒。"

我从洗脸台上爬了起来，洗了几把脸，看了看时间，已经四点十分了，我好歹还睡了两个小时，大伙儿可能都熬了通宵。我走到床边拿起电话打给甲板长，他就在门外十尺的位置。

"我起床了，现在下甲板去洗个澡换换衣服，你们想办法让日本人消停半个小时。"

"遵命，舰长！"

我想了想，又对他说："告诉厨师，问问他早餐能不能做点'大肉卷'。"

"明白了！长官！"

第十一章

昨晚驾驶舱前端的受损在白天看来也没有想象中严重，只是铁皮上被拉了一道口子，就像被一个巨人拿着一把水果刀水平地沿着前方的舷窗切了一刀，舰上管工竟然还在右侧的二十毫米炮台旁边找到了敌机的翼尖。船上的修理人员用些铁皮焊接到了刮痕上，我们就没有必要再回维修船那边了，反正上面也不会同意我们离开指定位置。

进入黎明警戒之后，上空一片宁静，我与几个部门部长碰了头，几个厨师在军官室里给我们上了点"大肉卷"，也就是现做的肉桂卷。

"各位，昨晚可真是太险了，"我说，"第一架飞机没找到我们在哪儿纯属我们走运，躲过第二架也得益于我们及时后退，第三架则是被我们扰乱了视线，但差点引火烧身，照明弹把我们的位置都暴露了，他们都不需要再搜寻我们在哪了。"

"这些火箭炮里竟然有人，真是难以置信，"皮特说，"他们竟然开着火箭炮过来？"

"这还不算完呢，"吉米·恩莱特说，"我们认为这些火箭炮是从潜艇上发射的。"

"我现在就等着看，他们是不是认为我们一收到战况报告就会在这里急得像热锅上的蚂蚁，"我说，"但问题就来了，如果他们再杀回来，我们要怎么应对？"

"我建议我们去学学怎么潜水吧，就像昨晚敌军的潜艇那样。"马尔蒂开玩笑说。

"我认为我们要向上面申请再派一批战斗空中巡逻部队过来，"吉米说，

"让新来的这批去我们北面十里的位置巡逻,把飞行高度从一万五千尺降到五千尺,虽然飞机上的雷达探测不到海面的情况,但他们可以看到火箭炮发射时的火光,然后从天而降干掉他们。"

"很好,把你的建议马上编成紧急行动信息发给准将,"我说,"上面给夜间战机装填弹药还需要一定的时间,而且现在还有一个问题,不管怎样,我们都处于一个敌暗我明的被动局面。"

"那不如扩大我们的防御面积?绕着指定位置进行大范围巡逻,"马尔蒂提议道,"反正我们怎么都打不到他们的火箭炮,晚上就更不可能了,所以我们就不必考虑射程问题,只要提高船速绕圈,敌机飞行员是没办法瞄准一个在不断转弯的目标的。"

我点了点头表示赞同,这个法子也可能行得通,至少会给他们的飞行员增加一点麻烦。在早晨的警戒中,我注意到天上的云层退散了,也就是说今晚在明月的照耀下,我们将与死敌在海上共舞,可不能坐以待毙。

"就试试吧,"我说,"我们得现在就行动,潜艇白天肯定是不能露出水面的,探出头放两个冷枪又潜下去。"

这时,船上的厨师一语惊人,说出了我们谁都没想到的一点:"我们可以让上面派一艘吉普航母和几艘驱逐舰下来吗?就像我们以前在大西洋舰队一样,可以组建一个猎杀小组,去把敌军的潜艇干掉,我想那潜艇肯定还在周围晃荡着呢。"

对啊,我竟然忘了皮特的处子航是跟着大洋洲舰队的驱逐舰一起的,他们当时对付的不是神风敢死队,而是纳粹的U型潜艇。"但现在上面连再派一艘驱逐舰过来都不愿意,更别说派艘母舰了,"我告诉他,"不过你说的这个战术倒是不错,能装下三架或者更多火箭炮的潜艇一定是个大家伙。"

我最终还是忍住没有把真相告诉他,哈尔西和他手下的人根本不屑听取区区一艘在舰队边缘的驱逐舰发来的意见的。突然电话响了,打断了我们的对话。

"舰长!我们监测到大批敌军来袭,虽然他们没有冲着我们来,但是……"

"拉警报吧!"我下令,几秒之后警戒铃就响了起来,我转过头对他们说:

"等这阵空袭过了我们再接着讨论这个事。"说罢,我起身准备去拿我的装备。

"但愿能活下来跟你接着讨论……"我听到马尔蒂小声地嘀咕。

我接通了全船无线电,通知船员要提防低飞的敌机,但说过之后又觉得没必要跟他们强调。"我想我没必要命令你们,"我补充说道,我的声音在顶层的喇叭里听起来很奇怪,"你们知道自己该干什么,大家都说马洛伊号是一艘幸运的船,但我想说的是,这都归功于大家在各自岗位工作出色。坚持下去吧各位,只要坚持下去我们就能活着从战火中逃出去!我就说这么多。"

我坐到驾驶舱的座位里,和其他人一样静观其变。今天天空格外明亮,只有几片淡淡的云彩。戴上头盔后头盔的边缘把我的头搞得发痒,但我根本没有想过要把头盔脱下来。我戴着墨镜,偷看着驾驶舱里哨兵们表情的细微变化,从一开始的义愤填膺到后来慢慢被恐惧所支配。警戒时的水手长是罗伯特·汉克斯,人送外号"瘦佛陀",这个外号的由来并不难猜,看他那像佛祖一样的大肚子就知道了。瘦佛陀站在驾驶舱的后隔板旁,双腿分开站立,仿佛纳尔逊勋爵一样,一只手别在身后,另一只放在前面的阳台上,他把银色的哨子紧紧地攥在手中,哨子用一根打满了水手结的白线拴在他脖子上,涨红的脸颊上透露出一丝居高临下的冷漠。

今天的甲板长是巴里·瓦德尔少尉,他身高六尺三寸,身材消瘦仿佛一根竹竿,走路从来都是低着头,生怕撞到船顶上的东西。他毕业于达特茅斯候选军官学院,听别人说他是一个专于学术的英语文学学者,可以算是马洛伊号上的第一名少尉,任第一部门的水手长。当然了,严格意义上来说多尔蒂才是船上的第一个少尉,他有十八年的驱逐舰工作经历,但鉴于每个部门还需要另一个人来协管,那只能是巴里了。他看起来文质彬彬,根本不像大家印象中驱逐舰上的士官的模样。但这个充满书生气的男人就与我们一起站在了离他的故乡新罕布什尔的汉诺威小镇十万八千里的冲绳岛包围圈上,举着比他羸弱的手还要大的望远镜眺望着舷窗外。这时,舵手开始让马洛伊号转向了,他往右打了三度,船就开始持续不断地绕着大圈,而指战中心也没闲着,开始调度着战机,向日军阵形飞去。

"指战中心呼叫驾驶舱，在方位090°（正东方向）发现可疑迹象，可能是低飞的敌机，距离二十里，正在高速逼近，数量可能有两至三架。"指战中心突然发报。

"我们的战斗空中巡逻部队呢？"我问道。

"报告舰长，他们去阻击刚才那波大的空袭了，直到上面派出其他飞机，我们就只能靠自己了。"

这样的情况最近我都习以为常了。

"甲板长，通知改变航向，朝正北行驶，速度调到二十节，小幅曲线行驶。"

突然，马洛伊号停止了绕圈，开始向正北行驶，把机枪对准了东边杀来的敌机，主炮台转向了右侧，开始在海平面搜寻着敌机的踪影。我在脑子里快速地算了一下：距离二十里，也就是四万码，有两至三架敌机，他们驾驶敌机飞行的速度是每小时三百里，也就是每分钟五里，在他们撞上我们之前，我们要在四分钟之内找到敌机，在雷达上锁定目标，开火把他们击落。

"舰长呼叫天空一号！只要观察到敌机马上开火，不用等他们进入射程。"

"天空一号收到！"

一分钟后，船上仅剩的两挺五英寸机枪转向了右舷，根据主炮台给出的电子信号来执行命令，升高之后便开始射击。这种枪最有效的射程是六到八里之间，但前提是电脑要经过精确的运算，在不需要计算的情况下，五英寸机枪可以打得更远，最多可以达到九英里外的地方。在打击贴近海面的目标时，通常命中率是很低的，但用上这种新型不定时爆炸碎弹就不一样了，只要子弹里微型的锥形辐射能引爆器受到一点点波动，子弹就会剧烈爆炸，只要一颗便可以击落一架敌机。这种击中概率极高的子弹值得我们冒险，哪怕是要打出很多发，但鉴于敌机已经兵临城下，也只得一试了。

在机枪开火之后，我感到体内一阵剧烈抽搐，但我还是决定坐在原位，让我的手下去干他们最擅长的事：操控战舰。我把椅子转朝右舷，眺望远方的海平面，搜寻着任何子弹击中敌机的迹象，但此刻我注意到天空并不是那么透彻了，比我之前观察时云层厚了不少。我想过让船开始曲线行驶来迷惑敌机，但我曾当过枪手，知道要想射中敌人最好就是船的航向和航速稳定，尽可能减少瞄准时会出现的变数。同时我也祈祷，敌军千万不要派出潜艇，不然要应对鱼雷的话就麻烦了。

52号炮台的双管机枪抬高了二十度左右，继续向空中射击着，火热的子弹壳噼里啪啦地砸在前甲板上，水手们忙前忙后地为这两挺机枪输送着弹药。

终于，远方出现了一团黑烟，不一会儿便看到敌机燃烧起来了，在空中逐渐倾斜，翻着跟斗地砸入水中，飞机上的航油还在剧烈燃烧，在海面上激起了阵阵白浪。

我举着望远镜不断地左右张望，寻找天空中其他的黑点以及被击中后的黑烟，起初我看得眼珠子都要掉下来了也找不到，但没多久，远方冒起了熟悉的黑烟，敌机变成了一团燃烧的火球蹿上了天，慌乱地转了几个圈后径直地插入水中，在飞机炸弹爆炸时激起了令人叹为观止的巨浪。就在我打算高呼胜利的同时，枪声又一次响了起来，这次四十毫米机枪也开火了。

这时我实在是坐不住了，想要冲到翼桥上叫船侧的二十毫米机枪快些开火，就在我刚要动身时，我真切地看到敌机了，这次不是一个黑点，这次连它的轮廓都看得清清楚楚，短粗的机翼，被我们的子弹打得残缺不堪的机身下还藏着一个摇摇晃晃的大炸弹。不一会儿，一枚子弹正中了那颗炸弹，只见机身连同炸弹一起在我们跟前很近的距离爆炸了，碎片像下雨一般落在我们的船侧，爆炸的冲击波在驾驶舱里都明显地感受得到，如果舷窗上还有玻璃的话肯定被震碎了。

之后，船上的机枪熄火了，但我的耳朵还处于剧烈的耳鸣中，我隐约地听到无线电那头似乎在向我汇报着什么。

"指战中心，再说一遍我没听清。"我对无线电说。

"在高空发现敌机！很有可能是轰炸机，方位是270°（正西方向），距离三十五里，数量为四架。战斗空中巡逻部队刚刚抵达，我们现在正在指挥他们前去阻击敌机，但描绘仪上显示他们的航向并不是冲着我们来的。"

"舰长收到，"我说，"甲板长，把舵往右打三度，提速至二十五节。"

这时，我听到炮台转向了西侧，可能正在寻找敌机的踪影。在我们恢复大幅曲线行驶后，炮台要锁定敌机就必须持续不断地转动。如果西边高空飞来的是轰炸机，那么绕圈行驶就是对付他们最好的策略，但就算是神风敢死队的话也不算出乎意料。想到这里，我突然反应过来，日军一般不会对一艘驱逐舰进行高空轰炸的，如果目标是一艘母舰的话还说得通，但是炸一艘驱逐舰的话成功率是很低很低的。

那现在他们打算干什么呢？从目标头顶一万八千尺飞过然后垂直冲下？如果只是一架普通的俯冲轰炸机的话，他们在投弹后会给自己留一个恢复飞行高度所需要的缓冲距离，但如果是神风敢死队呢？他们就会笔直地杀向我们，而这又带来了另一个根本无法解决的问题，我们的机枪怎么可能调到竖直向上的角度射击呢？在中途岛战争时有四艘航母就吃过这个亏了。

我拿起无线电，说："舰长呼叫指战中心，你们给我在描绘仪上画一个宽为五里的'8'字形航道，然后把规划好的航道发给驾驶舱，让他们像这样走。"

"指战中心收到！"

接着，我又呼叫了天空一号，找到马尔蒂，告诉他我的方案，他听后对我的想法表示赞同，我们是无法对着垂直杀来的敌机开火的。

"马尔蒂，不能攻，我们就只能躲了，"我说，"纵然他们速度快得铁皮上的漆都快被风吹掉了，但我们突然转弯的话他们也没办法。但我还是要强调，你们一定要监控好沿海面飞来的神风敢死队，虽然对垂直飞来的敌机没办法，但可能他们会让大家分神，你们就负责搜寻防区，与指战中心协调合作，那些高空的敌机就交给我来处理吧。"

"天空一号收到！"马尔蒂回答道，我在他的声音中听出了一丝不安，还好，只有一丝，幸亏他不知道我又有多么不安。

通话过后，我接通了全船广播："我是舰长，现在高空中有敌军飞来，我们的战斗空中巡逻部队正在追击他们。按我的分析，他们要么是普通的轰炸机，要么就是神风敢死队，如果是神风敢死队的话，他们可能会从船的上空垂直俯冲下来，所以待会儿我们的船会走'8'字形，这样才能加大他们瞄准的难度。但我怀疑他们只是佯攻，把我们的注意力全吸引住，然后主攻的还是一如既往低空飞来的神风敢死队。所以顶层的人都给我盯着海面，让战斗空中巡逻部队的人去解决高空的敌机，千万不要让低空溜过来的那些家伙得逞！完毕。"

说罢，驾驶舱内的无线电响了："天空一号呼叫驾驶舱！"

"舰长收到，请讲。"

"我们的电脑显示那些高空敌机在射程范围内，我们可以直接向敌机开火。"马尔蒂告诉我。

"上空除了敌机还有我们的飞机啊，"我说，"不要乱开火，省得大水冲了龙王庙。"

"天空一号收到！"

"你们就看着海面，把雷达也调低。"我再一次交代他们。

"收到！"

这时，甲板军官转了过来，突然对我说："舰长，谢谢您告知我们现状，让我们感觉舒服多了。"他嘴上这么说着，但我能听出他声音发紧，显然是很害怕。

我对他点了点头，但却没有告诉他，也没有告诉任何人，敌人这很有可能是想夹击我们：西边高空飞来的战机会朝我们垂直冲来，而神风敢死队可能会从东面或北面，贴着海面飞来，借助我们自己雷达在海面上的反射而隐身。想到这里，胃里那种熟悉的涌动又一次出现了，洗脸台仿佛在向我招手，但我还是坚强地用意志把这股吐意压了下去。马洛伊号在海面上走着"8"字形，每走到一个拐角船就大幅地倾斜一次。

我告诉自己，一定要静下来思考，想想我们还要干什么，"8"字形战术确实能让垂直飞来的敌机更容易失手，但万一真命中了，我们就完了，它们从天而降，正中船上毫无保护的部分，从顶层撞到底层，不要几分钟我们就将葬身海底。

"不要想这种事啊！"我在心里默念着，"想想，我们还能做什么。"

"指战中心呼叫驾驶舱，我们的战斗空中巡逻部队与敌机交火了，我们的两架战机发来报道称敌军是四架一式轰炸机，他们已经击毁了一架。"

"舰长收到！吉米，你们好好盯着海面搜寻雷达，专心点！"

"指战中心收到！现在两架一式轰炸机被击毁了！"

与吉米交谈完后，我便听到52号炮台停止了旋转，开始对着北方的某个位置进行瞄准，片刻过后，两挺五英寸机枪便对着那边开火了。在那一瞬间，我内心突然雀跃了一下，事实证明我的判断是对的，而且这还启发了我：这种"8"字形战略不仅对付高空飞来的敌机有用，面对低空袭来的敌机这样也可以掩藏我们炮台的位置。

"指战中心呼叫驾驶舱！第三架一式轰炸机也被击毁了，但第四架不见了，战斗空中巡逻部队正在搜寻。"

"舰长收到！"他们正在找，但很可能没找对方向，反正不成功便成仁。我从椅子上站起，走到了双方交火的那一侧，只看见天上硝烟弥漫，翼桥上飘过从52号炮台打出的炮弹填充物，他们正在对着天上毫无目标地开枪。我想看看北面，船上那一侧的机枪正在开火，但我还是忍不住抬头往上看，这一看不要紧，我竟然发现了第四架敌机！那一瞬间我觉得我的心跳停了半拍，口中情不自禁地骂着："妈的！不妙！"

那架飞机机身漆黑，挡风玻璃在阳光的照射下闪闪发光，双翼纤薄仿佛两把砍刀，两个引擎慢速旋转，动力极大，朝着我们杀来，朝着我杀来……此刻我束手无策，只能屏息凝神，被吓得目瞪口呆。刹那间它来了，但却正正地插入了距我们右舷一百码的海里，看来是转弯不及，没能在"8"字形上拦截到我们，只能在海面上留下一摊泡沫。即使这样，我还是屏住呼吸，静静地等着敌机就在船边爆炸，但奇怪的是，什么都没有发生，我不禁抬起头去查看现在机枪在瞄准什么。

果然，前方海面上有两个黑点袭来，飞行高度距海面不足二十尺，在一片片追踪弹中闪转腾挪，时而侧飞，时而翻腾，躲过不定时碎弹爆炸的弹片，躲过五英寸、四十毫米、二十毫米机枪的射击，带着白绿相间的水花呼啸而来。

"快停止转弯！稳定航向！"我对着船舵大吼，让他们停止绕"8"字，这样我们的枪手就不用因为航向改变而不断地校准了。

就在这千钧一发之际，仿佛有如神助一般，两架神风敢死队的飞机相撞了。一架向右躲,一架向左藏,正好撞个正着,以每小时几百里的速度双双坠入海中,他们的残骸在海面上翻滚了大概有四百多米才终于落入海中。机枪见状纷纷停火,我听到附近的几个炮台里水手们欢呼庆祝的声音,转头看到我们来自达特茅斯的文化人正趴在左舷的边上用呕吐物"喂鱼"呢!他肯定被吓坏了,我真想告诉他我感同身受,毕竟没几个人真的见过一式轰炸机在眼前坠毁的。我转过身,松开了我一直因为紧握望远镜而颤抖的手。

突然无线电响了起来:"指战中心呼叫驾驶舱!船上的声呐探测到船尾有剧烈反应,可能是敌机坠毁后的爆炸?"

"叫他们别紧张,那是之前不见了的那架一式轰炸机。"

"真的吗?"电话那头的士官显然还不能相信。

我向他解释道:"它垂直冲过来,差点就撞上我们了,你叫战斗空中巡逻部队撤下来吧。"

"指战中心收到!"吉米回应着,他的声音听起来很虚弱。就在此时,我隐约看到我们东北方向有什么异样,那边黑烟缭绕,从东方的海平面上缓缓升起,我急忙呼叫指战中心,让他们确定该方位。经过确定后,那团黑烟来自于包围圈上另一艘驱逐舰——丹尼尔斯号。指战中心尝试着呼叫他们,但电话那头却是一片寂静。我向指战中心询问丹尼尔斯号是否受到了高空掠过的敌机的袭击,但指战中心也无从确认,为了避免信号的相互干扰,丹尼尔斯号的战斗空中巡逻部队是通过另外一条线路与他们联系的。我叫指战中心继续呼叫,但我心里也知道他们凶多吉少了。我们也试图联系过更靠东面的韦斯特福尔号,但同样也没有响应。

一波未平一波又起,我不禁问自己,这到底什么时候是个头。

第十二章

下午早些时候，我收到一条信息，上面说范·阿纳姆将乘一艘高速弗莱彻级驱逐舰赶来包围圈。在击落那几架高空袭来的战机后，今天就一直没有空袭了，但根据指战中心发来的报告，他们听到了战斗空中巡逻部队和总部的通讯，说等他们回到母舰舰队时，很大一部分飞机需要停在另外的船上，可见早晨敌军的空袭对冲绳方面造成了不小的损失。照这个情况，我想上面有没有可能把那艘从庆良间群岛过来的弗莱彻级驱逐舰留在包围圈上，我们整个早晨都在试图与丹尼尔斯号取得联系，但对方一直没有回应，派出的两架战机都在丹尼尔斯号的指定位置巡视了几次，别说找到它了，连它的尸首都没找到，如果丹尼尔斯号被击沉的话海面上至少会有燃油留下的痕迹吧。幸好在我们发现冒烟的一小时后韦斯特福尔号也跟我们汇报了这一情况，证明韦斯特福尔号还活着。

如果说丹尼尔斯号就这么消失了，我是接受不了的，上面明明许诺要给我们派几艘登陆舰过来，但现在连影子都还没看到，也就是说如果丹尼尔斯号沉没了的话，那些漂浮着的船员就没有人能救了。想到这里，一个恐怖的念头向我袭来：这条原本是由六艘船组成的包围圈上现在是不是只剩我们两艘船了？

下午三点，准将到达了包围圈，今天海面风平浪静，他要求我们派小船过去摆渡。不一会儿，他和他的两个副手从舷梯上爬了上来，带了大包小包的行李，难怪要船摆渡，他这是要在马洛伊号上安营扎寨了。我立刻派了一名军官室的士兵去清理一下给准将准备的房间，检查一下确认没有纰漏，随后我便邀请准将同我去舰长室小憩片刻，喝杯咖啡。送他们一行人过来的是弗莱彻级驱逐舰莫罗号，在完成任务后朝着西南方向驶去，准备返回它的指定位置，我本想让它去东边搜寻一下丹尼尔斯号的行踪,但在我向上司汇报之前它就已经扬长而去了。

"今早让你们受苦啦,"在舰长室坐定后,准将对我说,"我们从敌军这几次战略行动上可以看出,在这次神风敢死队的袭击中他们还储备了不少老练的飞行员,但以前与我们对抗的都是些新兵蛋子,我们的飞行员单手都可以把他们从天上打下来,但今早就吃大亏了,这拨神风敢死队干掉了不少我军的战斗机。"

"我认为被干掉的还有丹尼尔斯号。"我开始向准将报告最近的情况,把今早高空袭来的一式轰炸机,还有他们的夹击战术以及垂直俯冲战术都向他汇报了。

"看来这些杂种是不打算投降了,"听罢,他说,"但最近有个好消息,首里城那边的敌军崩溃了,他们打光了弹药,战士也不够了,我们的人终于能往前推进。但坏消息就是,似乎有人告诉日本陆军关于神风敢死队的战术了。"

"这下完了。"我说。

"现在这些日本人是铁了心要拉上我们垫背了,如果我是陆军,我就原地不动,加固防线,活活把他们饿死。"准将说道。

"但就我个人而言,我更希望您在我们这边指导一下。"我对他说。

他心领神会地看了我一眼,说:"现在是不是能感觉到以前胖子的痛苦了?"

我拼命地点头,并告诉他:"我还是比他运气好些,毕竟我没有在瓜达尔卡纳尔岛和萨沃岛上落过水,而且现在我们周旋的余地也更大一些,不过……"

"我就是为这个上前线来的,"他打断了我,"从军队管理的角度来看,把我留在庆良间那边管理后勤、维修,给士兵、枪炮、船只做补给是再合适不过了,但真正的战场却在这边。我实在坐不住了,去第58特遣队找上将理论了一番,告诉他我在后方没事做,我的船都陆陆续续被瓜分光了。"

"您要是今早看到那架一式轰炸机是怎么朝着我们杀来的话,"我打趣地说,"您可能就要后悔了,我们今早连反抗之力都没有。"

"但你还是逼迫敌军失手了,"他高兴地说,"怎么弄的,给我讲讲吧。"

我便把今早的战事给他描述了一遍，过后他又想听关于敌军潜艇发射马鹿炸弹的事，显然我们上交的报告让舰队管理层的人将信将疑。

"那如果上面不相信的话，就让他们和亲眼见证的飞行员聊聊吧，"我说，"我们在船上只能看见发射时海平面上的火光，然后敌军就神出鬼没地出现在我们船顶了，只有飞行员看得真切一些，他们告诉战机指挥官说敌军派出的是一艘巨大的潜艇。可惜我们的战机就算发现了敌军，在夜里也难有作为，有一架还为了尝试攻击而坠毁了。"

"明白了，"准将说，"这是敌人的新战术啊，很让人担心。我收到了你关于给夜间战机换装备的报告了，但舰队上面的人把你的请求否决了，说夜间战机太少，而且……"

我听懂了他的意思，接着他的话说："而且保护母舰才是任务中心是吧，没关系，我早就知道了。"

他无奈地耸了耸肩，问我："你觉得派些登陆艇上来对这边的防御有多大帮助？"

"说实话，我认为不大，除了偶尔执行官方任务的时候会有用。"我坦诚地回答他。

"你是说他们可以做些搜救任务？"他听出了我的意思。

"是的，长官。"

"这也算是最让人不情愿的任务了吧，"他长叹一口气说，"哈尔西也对此有所听闻，还发了一通脾气。"

"哼，真是难为他了，"我说，"他又怎么知道我们前线的人是怎么想的。"

准将向我伸出食指，示意我不要说了："康尼，你要控制情绪，哈尔西会告诉你，或许有一架神风敢死队正在骚扰包围圈，但你不知道现在正有二十架神风敢死队在追击着他和他的母舰。"

他这一说彻底把我惹毛了，我说："是他和他的十五艘母舰外加几十艘战列舰、巡洋舰、防空巡洋舰、驱逐舰，可能还有五百多个随身保护着他的飞行员吧！我们这边有什么，有'全副武装'的登陆舰一艘，如果我没记错的话还有战斗机两架。准将先生，恕我直言，这可能就是现在包围圈被打得只剩两艘船的原因了。"

他举起手，试图让我冷静冷静："我知道，我都知道，这也是我上来的原因之一啊，我得亲自看一看，然后和你们大家一起群策群力，想出新的战术。像你们之前所设计的那些什么'8'字形战术啊、绕圈战术啊、及时后撤、打照明弹这些都是从未听说过的野路子啊，但确实奏效了。"说罢，他急忙换了个话题，"所以现在还是没有任何丹尼尔斯号的踪迹吗？"

我摇了摇头，说："看来敌军明显没有冲着韦斯特福尔号去，现在只剩我们两艘船了。"

他听罢，说："好的，那我们现在就把船开到二十七节的速度，赶去丹尼尔斯号那边看看吧，之前它也帮了我们不少忙，过去的路上我和我的人就先去指战中心和你们的雷达员以及战机指挥官交流交流吧。"

"遵命，长官！"我边说着边站起来，"您到我们这来我真是太高兴了！"

他咧开了嘴笑道："你就是想找我讨杯威士忌才这么说的吧？"

"长官，您带酒了吗？"

"废话！当然带了，哈哈。"他豪爽地说。

我兴奋至极地说："太棒了！威士忌真是绝了！"

顶头上司在船上就是好，离开指定位置都不需要打报告，之后事实证明，我们这趟前往丹尼尔斯号位置确实不虚此行：一百八十五个幸存者乘着七艘救生艇和六个皮筏在海面上漂流着，等我们发现的时候他们已经漂到丹尼尔斯号位置东侧八里以外的地方了，至于为什么会划那么远还有待调查。他们曾在西侧看到天上有两架战机在搜寻，但也许是因为战机引擎挡住了飞行员的视线，飞行员没能发现这些幸存者。战斗机飞行员在降落到母舰上时都是以信号员发出的信号为准的，因为在操控制动装置的关键时刻，他们基本都看不到飞行甲板的位置。丹尼尔斯号的舰长在这次沉船中死里逃生，而船上的副舰长因为在失事的时候在船尾检修四十毫米机枪，没能逃过一劫，随着丹尼尔斯号和在下甲板的大部分船员一起沉入了海底。

在皮艇上漂浮的这段时间里，船上的船员边祈祷没有鲨鱼，等待着旁边可以救他们的人出现，边相互交流，从各自口中得知究竟发生了什么。当时他们的战机正在与一架一式轰炸机交战，并把状况立刻传达给了丹尼尔斯号，可他们却没有注意到另外三架敌机，在十五分钟后，当丹尼尔斯号全力开火，试图击落一对低飞的零式轰炸机时，两架一式轰炸机就像袭击我们那样朝着他们的船中部，从八千尺外的高空垂直俯冲而来，把船生生地拦腰砍断。丹尼尔斯号前端一层的桅杆、驾驶舱、炮台、雷达和一些中型机枪统统在那一瞬间被掀翻，四脚朝天，在短短一分钟的时间内就消失不见了；而船的后半段从后烟囱到船尾的部分则一直浮在水面上，直到最后一架一式轰炸机正正命中船尾的四十毫米机枪炮台，把剩下的部分砍作两半后，慢慢下沉。在仅仅不到两分钟之内，丹尼尔斯号便不见了踪影，但反常的是这次冲击没有引爆任何炸弹，仅仅是十吨重的飞机以每小时四百里的速度撞上船上毫无防备的甲板，既没着火又没爆炸，所以如果船员在飞机的撞击中没有丧生，那就有机会跑到船边，搭上皮艇，这也就解释了为什么这群幸存者中没有伤员，丹尼尔斯号上的人要么毫发无损，只是受到惊吓，要么就随着船只残骸深埋海底。

找到他们的时候太阳已经快落山了，所以准将把我们设为他的新旗舰，带上丹尼尔斯号的幸存者去了庆良间群岛，我们也可以在那边重新填装弹药和油料。丹尼尔斯号的舰长在经历了如此恐怖的一幕之后还未能回过神来，静坐在准将的房间里，嘴里一直念着："连他们的影子都没见到……"一遍又一遍地这样重复着。对于他接下来这一周的待遇我可一点都不嫉妒，他沮丧得连准将给他的"疗伤威士忌"都没喝，但谁又能怪他呢，眨眼之间就"丢失"了自己接近半数的船员。依照海军的惯例，"丢失"是一个意义重大的词，他的船员们仍然会视他为舰长，只不过是一个"丢失"了船和一半船员的舰长。曾经塔尔梅奇舰长向我表示过，如果有天马洛伊号沉了，他会与马洛伊号同生共死，因为这样才能抵消一个船长"丢失"自己船的罪过。在我们去庆良间的路上，我把这些话告诉了准将。

"康尼，你还觉得这很新鲜？这不就是海军办事的惯例嘛。"他坐在驾驶舱左侧的椅子上平静地说，说罢便把杯中的酒一饮而尽。

在填装了油料和弹药，把丹尼尔斯号的幸存者送到维修船上后，我们迎着夕阳，一路向北返回我们的指定位置。在路上，吉米告诉我准将被防空部的指挥官蔡斯少将臭骂了一顿，因为他未经允许便离开了指定位置，准将坚决地说他在去援救丹尼尔斯号的幸存者之前就向上发了一份"UNODIR（除非另有指示）"信息，随后便挂断了电话。

"他在这份UNODIR信息里用的优先级是什么？"我问。

"普通级。"吉米说罢，我们对视一眼默契地笑了，准将在发送时就知道，这封信息迟早都会送到蔡斯少将手上，只不过还需要几天时间。就在片刻过后，全船的声能电话系统都在流传着准将在离开指战中心时说的话："他们要是连开个玩笑都开不起就不理他们了。"很明显，全船人包括我在内都很喜欢这位来自荷兰的范·阿纳姆准将。

由于包围圈上现在只剩我们和韦斯特福尔号了，上面下令改变了我们的指定位置，然而时至今日，我也还是不能理解，为什么哈尔西在这次"冰山行动"中手握第三舰队七十七艘驱逐舰，都不愿意派哪怕一艘驱逐舰到包围圈上支援一下，作为前沿警戒岗，包围圈本来应该负责覆盖百分之三十三的雷达搜索范围，但现在明显做不到了。但不管怎样，我都没有向准将宣泄这些情绪，因为我也知道他对这事的看法，也知道什么能说什么不能说。好吧，我只是美国海军的一个年轻指挥官，而威廉·哈尔西却是舰队里履历丰富的五星上将。但无论如何，我们还是得指望日军多去骚扰北面和西北面的舰队，根据昨晚敌军的战术部署来看，我认为我们的对策大多都是源于我们自己的假设。

跟着准将的两个士官分别是一名行动专家和防空专家，他们三人与我和我的四名部门部长在晚饭后约见于军官室中，今天在早上的一波空袭过后便一直很平静，所以我们都认为今晚危机四伏。在我们入席后不久，驾驶舱便打电话来，说有十五艘登陆艇和中型火箭炮登陆艇从冲绳方向向我们靠近，正在向我们请示命令。在我正要下令时，我突然反应过来我现在不是船上最大的官了，只得把消息传达给准将，他下令让这些小船在我们周围两千码形成一个防御圈，把马洛伊号包围住。

在会议中，准将带来的行动专家艾尔·坎宁中尉提出了一个很有新意的想法，他说："长久以来，包围圈的位置从未变过，虽然驱逐舰都分布在不同的地方，但日本人都知道我们在哪里，那我们今晚是不是可以尝试一下移动包围圈的位置呢？"

"首先你们告诉我，敌军是怎样在夜里锁定我们的位置的？"准将问道。

"我们认为他们是靠反向追踪我们防空雷达来锁定的，"吉米把我对此的一套理论告诉了他，"正是因为我们的任务需要，我们不能把防空雷达关掉，就被他们利用了。"

"所以他们就靠着截取的雷达信号然后俯冲向那个位置？"他接着问。

"是的，长官，就像他们之前从东面袭击我们时那样，他们知道我们在哪儿，所以可以从任何一个方向袭来。如果他们低飞过来防空雷达是探测不到的，但他们还是可以把我们的雷达信号当做灯塔一样为他们导航。"

"那就是说他们每架飞机上都有这种反向追踪的仪器了？"

"他们通常是两三架战机一起攻击，在这种情况下只要一架飞机上搭载这种装置就够了，"我向准将指出，"另外两架只要好好跟着它就可以了。"

这时准将转过头看着他的行动专家说："如果我们能想出办法移动整个包围圈，把所有船聚到一起，那我们也可以如法炮制他们的战术，就用一台防空雷达来做诱饵，关掉其他船上的雷达，这样的变动绝对可以产生出其不意的效果。"

"何止是出其不意！"马尔蒂说，"我们可以不时让一部分船打开雷达，每次开雷达的时候就把没开雷达的船移到别处。他们要是派出部队，就比如说派一艘潜艇或是派出控制机，这些部队就会根据包围圈的位置来给神风敢死队发报，我们就可以摸黑在空无一人的指定位置击落它们。反正他们飞机上只有单程的油料，到时候沉没的就是他们而不是我们了。"

"这主意不错，"准将说，"虽然不可能让上面同意我们离开指定位置，但他们可没规定我们不准互换指定位置，不过现在只剩三艘船，互换位置意义也不大了。"

"长官，只剩两艘了。"我补充道。

他对我意味深长地眨了眨眼，点点头说："对，只剩两艘了。"

第十二章

"不过也有可能，"我接着说，"他们的某些自杀式飞机上也有自己的雷达，不过这些雷达估计都不会太高级，因为他们还需要上面给他们目标的方位。我以前听过我们的潜艇水手说日本人的反潜艇飞机上搭载了雷达，不过大多是一些多曲柄式发动飞机，而不是战斗机。"

准将听罢，举起了手说："如果真是这样，那我们在这商量些什么？"

"我的意思是，"我对他说，"我们就假设他们中有一些飞机上真的有可以探测出我们位置的雷达，这种情况下我们可以试试把第58特遣队派下来的那些小船聚到一艘驱逐舰旁，让这艘驱逐舰去吸引敌军的雷达。当他们接近时，他们的雷达上就会显示有十三个目标，而不是孤零零的一艘驱逐舰，等他们冲到面前的时候，要面对的可就是十三艘船了，反正上面也没说不让我们调遣这些小船……"

准将点了点头，说："我同意，艾尔！把我们各自的计划都汇总汇总，搞个总的出来，等我们的船都就位以后再把作战计划发给第58特遣队。"

"准将，还是像之前一样发普通级的信息吗？"坎宁单纯地问道，大家听后都笑了起来。

"用舰队的鸽子去送吧，艾尔，"准将笑道，"找一只翅膀残疾了的。"

在太阳西下到午夜这段时间内，敌军发起了四波小规模的神风敢死队空袭，不过这次的目标确实是庆良间群岛。那边早早就收到了我们的情报，在盆地里放了人工烟雾，等敌军的九架战机一到，周围山上的炮台、集合在一起的货船、一些小的两栖战舰齐齐开火。夜间战机在接收到包围圈驱逐舰发出的警报后，把敌军原本派出的十八架空袭战机击落了一半，而剩下的九架则在陆军和海军协力布下的防御圈中被击落，一无所获。这固然是好消息，不过准将说这是敌军又一次的战术变动，东京那边似乎已经反应过来最终将击败他们的是美军的后勤部队。

当我们正在从防空情报线路中听着庆良间那边的情报时，无线电中心给我们送来了一则信息。哈尔西又一次结集了第三舰队的西面和北面的势力，准备向日军从台湾岛到本州岛东南海岸的弧形范围内所有空军基地发起突袭。听到这一消息，我们真是喜忧参半，一方面我们很高兴看到哈尔西准备去歼灭有可能来骚扰我们的神风敢死队，但另一方面就是一旦这些大船走了，我们将又一次失去夜间战机的保护。为了保护庆良间群岛的基地和包围圈，哈尔西留下了四艘护卫母舰，但这些小型母舰上都没有搭载稀缺的夜间战机。

大约十一点半时，全船广播小声地通知大家可以吃宵夜了，枪炮部的水手分成每两到三人一桌，在餐厅里分食着三明治和热汤，水手们的夜宵便是这种午夜时分的定时供应。大多船员都在军官室里大快朵颐，但却又很谨慎地确保了每个位置都有人看守。

准将也在十二点过后进来吃了些东西，在之前一群人的头脑风暴中，他和他手下的两个专家已经把包围圈的位置重新规划了，马洛伊号现在位于整个包围圈弧形范围的中间位置，距冲绳岛的距离从原来的四十里加长到了五十五里。大约在三小时前，也就是九点整的时候，韦斯特福尔号还离我们三十里远，他们便开始和马洛伊号交替打开防空雷达进入待命模式，每三十分钟轮换一次。而在此期间，韦斯特福尔号每打开一次雷达便向我们这边靠近五里，逐渐与我们会合，现在距我们仅有十里。上面派来的两栖战舰随着我们的移动勉强地调整位置与我们保持着阵形，毕竟防御指定位置不是这些小船常常执行的任务，难免业务生疏。每次在我们关闭雷达后，疲倦的雷达操控员和战机指挥官都会去小睡片刻，在打起精神熬了一整夜之后，他们还是抵不过睡意的侵袭，差点在器械前睡着。除他们之外，船上其他人，甚至包括一些机师都十分清醒，不断想着日本人什么时候会突然出现。

在午夜一点半时，正当我快要在座椅上睡着时，我们探测到了敌机。

"指战中心呼叫驾驶舱！前方330°（西北方向60°）位置监测到六到八架敌机，距离我们六十五里，正在靠近。但敌机前方还有不明物体，体积庞大！"

"是我们还是韦斯特福尔号探测到的？"我急忙问。

"报告舰长，是我们的雷达发现的，韦斯特福尔号现在关闭了雷达。"

"马上发警报给两栖战舰和韦斯特福尔号，告诉他们切记不要打开雷达，等到敌机距我们只有三十里的时候再开，也把这个消息告诉准将！"我马上部署了命令。

"指战中心收到！"

随准将登船的两名专家在指战中心轮流值班，四个小时轮一班，而准将则在他的房间里休息，一有情况就由值班的那个人去通知准将，但我还是得亲自去确认准将是否得知了消息。我差点又忘了船上现在有个军衔比我高的中队指挥官，随后便联系了指战中心，告诉他们把我下达的命令转告给准将。

不需多久，我的命令便通过声能电话传遍了全船，五分钟后将进入警戒模式。我发现通过电报来传达警戒的信息是一种颇为有效的办法，这样的话船员们就会有五分钟时间清醒过来，马上赶到警戒位置，如果按原始的方法打铃的话，他们就会突然从梦中惊醒，急急忙忙地穿戴帽鞋和救生衣，再摸黑穿过走廊爬上梯子。而用电报的话，就是接线员通过电话通知线路上的人去每个船铺把士官长叫醒，士官长再去叫醒其他熟睡的水手，这样一个精妙绝伦的点子又是出自我们的"胖子"塔尔梅奇舰长。

在准将走进驾驶舱时，全船已经警戒完毕。他说自己没听到警戒铃，我便向他解释了我们船上通知警戒的方式，而且为了确保万无一失，我们也打了警戒铃，然后各个部门都快速地给出了准备就绪的报告。

"指战中心呼叫驾驶舱！这边有新情况！"无线电突然响了起来。

我一听到这句话心就悬了起来，说："你说。"

"在我们监控范围的天空中出现大量雷达信号干扰，"吉米说，"大概距我们四十里，仿佛敌人是想包围我们。"

"别管，这是敌人的幌子，"准将坐在驾驶舱另一侧的椅子上说，"他们派出了一架轰炸机，从上面扔下了很多这样的幌子，来干扰我们的雷达，我估计他们飞机上也安装了雷达。"

我实在忍不住，好奇地问他："你说的幌子是指？"

"就是撕碎的铝片，"他告诉我，"我们曾经在欧洲战场也用过这样的战术，派一架轰炸机飞在整个飞机阵形前方，从天上抛下镀过铝的碎片，敌军的防空雷达就会探测到，但除了铝片就看不到其他的目标了。我想，肯定是有人教了日本人这一招。"

"指战中心呼叫驾驶舱，那些干扰雷达的东西现在从330°到030°位置围成了一个弧形，而且我们探测不到敌军了。"

准将侧过身，拿起了他的无线电说："叫韦斯特福尔号打开防空雷达，你们把船上的雷达关了，现在只要盯着海面监控雷达提防低飞的战机就好了。"

"指战中心收到！"

"我们先这样保持三分钟，"他接着说，"然后和韦斯特福尔号轮换，我们打开，他们关掉，到时候再通知他们朝我们这边全速赶来。你们那边准备好照明弹没有？"

"报告长官，准备好了！"

"你们听我命令，"说到这，准将低头看了看表，在脑子里算了算时间，"四分钟后，朝着最远射程发射照明弹，尽量让子弹在最高处爆炸。把我们的动向告诉两栖战舰，对了，把敌军离我们有多远也告诉他们。"

我打断了他："但我们现在探测不到敌机。"

"那就在描绘仪上算一下，大概在他们距我们十五里的位置开始发射，我要你们用照明弹闪瞎他们，但我们要保持视野。"他说罢，转过头四处寻找，"水手长，给我来点咖啡。"

我把准将刚才的命令传达给了天空一号，然后就坐回了我的座椅上，凝望着没有玻璃的舷窗外，驾驶舱前端那条刮痕，就仿佛一道来自东方的视线，紧紧地把我看着。今晚月光照明充足，没有亮得晃眼，但也足够向敌军暴露出我们舰队的位置。现在我的眼睛已经完全适应了黑暗的环境，周围的小船在月光下看来是那么的苍白无力，我不确定我们是否能锁定敌军的自杀式战机，但我却很确定他们会锁定我们。

准将那临危不惧的行事方式让我钦佩，这种复杂的情况在他看来不过是如何操控火力的问题，三言两语调动船只，在何时何地打出照明弹，安排妥当后便稳如泰山般坐回椅子上享用咖啡，静观其变。我在脑中尽力回想，他是否曾在驱逐舰上见识过神风敢死队的厉害，在母舰上看敌军袭来是一回事，但对于我们这样的小船来说，神风敢死队对船上每个人都更具威慑力。我尽量装得和他一样沉稳，但内心却七上八下，就算现在我们两艘驱逐舰中的一艘躲过了敌军的监测，就算周围多了一些小船上防空机枪的火力，但我们仍是处在一个敌暗我明的被动局面下，仍是面对着六到八架自杀式战机。我也不知道敌机上的雷达操作员能不能识别出屏幕上哪些是驱逐舰，哪些是两栖登陆艇。无论如何，现在对我来说，坐在椅子上装得和范·阿纳姆准将一样自信就是当务之急。

四分钟后，我们的五英寸机枪同时转了出去，缓慢地开始用照明弹进行精确的齐射，之前已经和两栖登陆艇打好了招呼，所以我们开火也不会惊到他们。从我们和韦斯特福尔号轮流使用雷达时发来的情报看，敌军的这些铝片确实是使我们的防空雷达瘫痪了。与此同时，韦斯特福尔号正在从黑暗中向我们靠近，他们将驻扎在距我们两里以外，接近两栖战舰形成的包围圈。

第一发照明弹效果极佳，就如设计的那般，在一万八千码（九里）外爆炸后被降落伞拖在空中。紧接着，指战中心发报称，神风敢死队从他们布下的幌子后杀了出来，在雷达上出现在二十五里外的位置，飞行高度很低，一出现便分为两组，四架向西，四架向东，两组都沿着我们的阵形进行迂回包抄。我们通过指战中心一直向两栖战舰报告着战况，这时，我突然听到51号炮台在我上方的甲板上旋转，似乎在试图锁定敌机。准将见状，马上停止了照明弹的发射，让枪炮组用上真枪实弹。我估计敌机这样绕圈运动就是为了避开照明弹，恢复视觉，他们估计也急着要确定下来我们这边的情况，因为以前他们的任务目标通常都是一艘孤零零的驱逐舰，最多周围有一两艘船，但现在他们面对的却是一群舰船。

"指战中心呼叫驾驶舱！敌机仍在低飞状态下保持绕圈，现距离我们十二里，防空雷达上还是空无一物，但海面雷达上可以监控到它们，可以确定它们正在贴地飞行。"

准将收到指战中心的报告后，马上命令整个阵形以十二节的速度向东侧移动。现在高速移动是没有任何意义的，否则我们周围的两栖战舰就会被甩在身后。指战中心把我们被袭的情报上报给了轻型母舰考彭斯号的防空中心，不过这也就是走走形式，无论是考彭斯号还是其他的轻型母舰都没办法帮我们。

突然，两翼的飞行员驾驶着敌机从罗盘的八点方向开始了进攻，毋庸置疑，我们从驾驶舱上是看不到他们的，但是在他们开始行动的那一刻，我们的雷达便监测到了，而且马上通过无线电和声能电话把消息传播开来。终于还是来了！我急得想从椅子上跳起来，但突然又反应过来，跳出去也没地方跑。如果白天我肯定已经在翼桥上观望，想办法让船上尽可能多的机枪能对准敌机，但在晚上呢？我要怎么办？

我似乎感觉到51号炮台停止了寻找，锁定了某个目标，在我反应过来之前，船上仅剩的两挺五英寸机枪、驾驶舱前的52号炮台和船尾的53号炮台同时开始了速射，片刻过后四十毫米机枪和二十毫米机枪也陆续开火，静寂的夜空便被这两挺五英寸机枪和敌机引擎的轰鸣声打破了。我隐约地听到周围全部的两栖战舰也开始全力开火，但夜色太暗，我看不清他们用的是什么枪。不一会儿，船前端出现了一片熟悉的火焰，那是一架敌机的燃油被点燃了，而第二架被击落的敌机也在右舷接踵而至。我感觉自己的耳朵已经完全被各路枪声震聋了，五英寸机枪和新装的四十毫米机枪射击时发出的火光仿佛电焊一般照亮了整个驾驶舱，船员们的面孔和手臂在闪烁的光线中时隐时现，仿佛电影院的投影机坏了一样。在不时的闪烁中，我真切地看到了准将，他仍端坐在椅子上，把香烟凑到嘴边，闭上双眼深深地吸了一口，另一只手则紧紧抓着他的咖啡杯。

在这样的危急关头，我却无事可做，虽然已经习惯，但这样的突兀感还是让我感到很不安。我手下的士官和水手们都在执行着各自的任务，嘈杂的枪声、刺眼的火光、从舷窗涌进来的硝烟，还有引擎超负荷运作发出的轰鸣声充斥着我的脑海，而我却像一个精神病，坐在医院外的草坪上摇摇晃晃地点头。突然，一阵越来越近的引擎声吸引了我的注意，声音之大仿佛一个直冲而来的火车头，之后的碰撞声让我恍惚以为驾驶舱被射钉枪密密麻麻地射击了。一切发生得太快，我反应不及只能发蒙，那架神风敢死队飞机沉没时在我的对面燃起了熊熊大火，我僵硬地动了动下巴，好让耳朵释放压力，我才能好好思考。

一阵狂风暴雨般的喧嚣后，一切戛然而止，突然间回归宁静。我吃惊地眨着眼睛，一瞬间都没有听到无线电上指战中心在呼叫我，反应过来后，我才拿起电话，挣扎着发出声音回应他们，但发出的却是一声怪异的哼叫。我悄悄地

第十二章

清了清嗓，生怕他们听到我发出的怪声，不过想了想，他们又怎么听得到呢，大家都快被震聋了。片刻过后，我又尝试着与那边通话。

"舰长收到，请讲。"

"雷达上显示没有敌机了，"吉米告诉我，"我想它们全被干掉了，但是韦斯特福尔号的前甲板被撞了一下，还好他们说没什么大碍。"

"很好，"我说，"听着，现在不能放松，防着他们还有后手，要确保在我们瞄准海面的敌机时上空没有来偷袭的飞机。"

"指战中心收到！"尽管和他们通话了，我还是在努力地让自己振作起来，毕竟之前这般壮观的火力是我海军生涯中见所未见的，在十几艘船上的二十毫米、四十毫米的全力齐射下，我们船上的五英寸机枪的火力竟然显得平凡无奇了。我看了看陀螺仪，上面显示我们现在的航向仍是东边，凭感觉来说现在的船速应该是十二节。

我认为现在我们应该要调头回指定位置了，还要考虑考虑怎么解决韦斯特福尔号的受损问题，当然了，最终做决定的还是准将。我环视了周围，哨兵们都在清他们的耳朵，想听到最新的情报。然而这时我看向了准将，眼前的景象让我倒吸了一口凉气，他仍稳坐在椅子上，但整个后脑勺变成了一个大坑。

第十三章

我不忍再看下去，闭上了眼，深深地吸了口气，不断地咒骂着这般惨境。

"舰长，"突然有人支支吾吾地说，"准将他……"

"嗯，"我说，"我也看到了，快把伤亡报告给我，就现在！"

这时，我的接线员史密斯士官对我说："舰长，敌军并没有打到我们，最后一架对着我们一顿扫射，但是……"

"但是什么！"我不耐烦地问。

"但是敌机飞得太高，从我们船顶飞过去了。"

"我还是听到了一阵射钉枪一样的声音，"我说，"难道是他们飞得还不够高？"

这时，无线电打断了我们："指战中心呼叫驾驶舱，韦斯特福尔号在等待指示。"

韦斯特福尔号的舰长军衔要比我高，也不止是他，这里基本所有的舰长的军衔都比我高。当他来向我们请示行动指示其实他想找的是准将，而不是我，但无可奈何，准将早已驾鹤西去了。

"让他们驻扎在我们东面的指定位置，"我说，"敌机抛下的那些铝片还在吗？"

"报告长官，还有一点残留，但快没有影响了，现在已经探测不到了。"吉米告诉我。

"很好，"我说，"麻烦叫坎宁中尉过来见我，对了，还有医护兵也叫过来。"

"舰长，那边怎么了？"吉米似乎听出了有什么异样。

"吉米，在之前的空袭中，驾驶舱遭到敌机扫射，准将不幸殉职了，现在得赶快写一份报告出来。"

得到这个消息后，艾尔·坎宁仿佛离弦的箭一般从指战中心赶来，一进驾驶舱便跑到准将的椅子旁查看状况，看了一会儿后绝望地跪在地上，嘴里嘟嘟囔囔地骂着："妈的！妈的！妈的！"

这也是我此刻的心情。

在他生前，我看他的最后一眼便是他手夹香烟，狠狠地吸了一口，另一手随意地把咖啡杯拿到一侧，生怕船一震咖啡就洒他一身。医护兵急忙从绘图室的走道赶来，看到坎宁中尉颓废的样子，便马上赶去他身边查看准将的状况。我看到他进来时医疗包是敞开着的，估计之前他就在治疗其他伤员吧。

无线电的发报又一次惊醒了我们："指战中心呼叫驾驶舱！发现新敌机，位于275°（西北方向5°）位置，距我们四十里，数量大约有两至四架，向我们全速飞来，顶多还有六到八分钟便会到达！"

"快提醒韦斯特福尔号和两柄战舰，"我说，"让船转向九十度，朝着正北方向前行，航速调至十二节，让韦斯特福尔号也把防空雷达打开。通知天空一号，我们采用原来的战术，等他们来到九里的位置便用照明弹打他们。"

"指战中心收到！"

看现在的局势，我本应该早点告诉韦斯特福尔号的舰长，他现在是包围圈上军衔最大的军官了，然后等他给我们下命令。但实际情况根本不允许，我们两艘船本也不是一个正规的战术部队，而且现在我们将要面对一批新的自杀式飞机，等到把他们都干掉以后，我倒是很愿意把指挥权交给韦斯特福尔号。

我抬起头，再一次环视了驾驶舱，医生把一张手术帘盖到了准将的肩部以上，并叫他的助手取来一个尸体袋。看他忙活完，我把医护兵叫到了我身边。

"还有其他的伤亡吗？"我说。

"信号员埃默里被敌机的加农炮击毙，还有无线电处的贝尼特斯似乎也被二十毫米机枪打穿了膝盖，为了保命把整条小腿都截了，之前用止血带给他包扎了，这样我才能去收拾一下残局。当然，还有……"说罢，他朝着准将的方向偏了偏头。这时在指战中心的指挥下，船开始向正北转向，这个方向才能让尽可能多的机枪对准敌机。甲板长和大副都站在翼桥上四下张望,确保所有的两栖战舰都收到了我们要转向的消息。而此时在船顶,51号炮台早已开始在轨道上试探着运动,在西面的天空中搜寻着飞来的敌机。

不一会儿,指战中心发现了异样:"指战中心呼叫驾驶舱!在275°方位距离三十里的位置,敌机排成一列,似乎是什么阵形。"

"看得出来远处有没有操控的飞机吗?"我问道。

"看不到,但之前他们留下的铝片还有影响,所以他们可能借助这个幌子藏了起来。"

"那韦斯特福尔号在哪?"我急切地问。

"在我们东面三里的位置,随着我们的动向在移动。"

"舰长收到。"在我们被他们的幌子迷惑时,我不禁思考他们难道能透过这个幌子看到我们,我从椅子上站了起来,走上了左侧的翼桥,这时51号炮台巨大的天线还是处于下垂的状态,在黑暗中探出铅笔头大小的探头试图捕捉敌军的踪影。周围的两栖战舰还是在努力保持着与我们的阵形,在平静的海面上游动着,排出一团团柴油燃烧后的废气,现在光线不是很充足,只能大概看到它们的位置,却不能看到船体上的编号以及其他小的细节,但我估计指战中心会每分钟向它们更新一次敌机的方位及距离。这些小船在看到敌机之前是难有作为的,而我们则不同,自打敌机进入我们方圆八里内的范围,我们的雷达便能监控到它们的整个阵形,并指挥机枪开火,我希望到时候韦斯特福尔号能够靠得足够近,把敌机纳入射程范围内。我还想喝点咖啡,但我一看到准将就打消了这个念头,他的手上还握着那只咖啡杯,但杯子里空无一物,就如已经远走的他。

这时,51号炮台停止了搜寻,也就意味着他们已经锁定了敌机。我看向船尾,这时53号炮台正在把头转向左舷,慢慢升高,打出了第一发照明弹。在上面久了以后我很怀念以前危急时刻可以待在指战中心的日子,在那边我就可以看到全局——我们的舰船都在哪里,敌人的飞机又在哪里——还可以掌控整个小舰队的无线电通信。做副舰长时我习惯了这样的条件,眼前看到的便是全局,但现在作为舰长,因为职责所在,我必须摸黑待在驾驶舱里,负责指挥航向避免发生碰撞，以及通知枪炮部何时开火。

有了前几次的经验后，这次我不再往西面去看他们打照明弹了，我想尽可能让眼睛保持适应黑暗的状态。52号炮台这时也转到了左舷，紧接着51号炮台上的四管四十毫米机枪也在轨道上开始滑动，看到52和53号炮台开始连续快速地发射不定时碎弹，我便退回到了驾驶舱中。52号炮台的枪口离驾驶舱很近，就在翼桥前方二十尺的位置，我急忙远离走廊，免得被硝烟和噪声弄得不舒服，但下方二十毫米机枪的枪手就没那么舒服了，他们现在肯定是趴在甲板上双手捂着耳朵。我不停地眺望着，期待看到远方燃起一个个火球，我似乎听到韦斯特福尔号也开始了射击，但与我们的枪声混杂在一起确实难以分辨。

又一次，我感到了绝望，五英寸机枪正在疯狂扫射，这些安装在轨道和升降梯上的机枪都是由电机操控，在船只的陀螺仪和51号炮台上主要防空雷达发出指令到船底的主炮台之后，主炮台的模拟电脑开始飞速运算，随后把指令传递给电机，电机又推动机枪开始运转。追踪系统正在努力地追踪着敌机的下落，弹药组的水手们正在我五层甲板以下的位置拼命地把子弹和弹匣塞进子弹升降器中，升降器又把子弹输送到炮台上，交由枪炮部的人进行填装，他们挥汗如雨，不断地抽出冒着烟的空弹匣，又把新的弹匣塞进枪膛，狠狠地关上枪栓，关掉保险，枪手开始新一轮的射击，整个系统飞快运转，周而复始。

终于，第一架被击落的敌机化为一团火焰了！目测敌机爆炸位置离我们很远，应该是被我们颇具杀伤力的不定时爆炸碎弹击中了：这种碎弹离开枪膛以后在0.1秒内便会提速到每秒两千六百尺的速度，并且子弹内的安全联锁和装备联锁将一并打开，在子弹升到水面上空后起爆电路的开关也自动开启，子弹的微型传感器能探测到弹头前五十英尺锥形范围内的目标，接收器则等待着从传感器传来的指令，等到传感器探测到前方五十英尺范围内有目标后，便会输送一千毫伏的电流至接收器，子弹内的电容器在得到电流之后将通过震动触发起爆装置，起爆装置一经触发就会发射出一股强电刺激弹头，得到刺激的弹头将被引爆，数以百万计的炽热铁片将在内置雷达的引导下向着敌军爆炸，这就是那架自杀式战机被击落的全过程。

在最后一发照明弹熄灭之后，我急忙抓起望远镜望向那团火球，隐约瞥见一个暗灰色的物体从那架坠毁的神风敢死队飞机上空掠过，正好被它油箱中燃烧的油料照亮，但仅仅几秒后又藏匿于黑暗中。从船上看去敌机是如此渺小，有一瞬间我突然觉得他们似乎不是朝着我们来的，难道要绕过我们？我大致数了一下，前方大约四五架敌机，但就在我绞尽脑汁想要弄清楚目前的状况时，四十毫米机枪便开始发威了，在枪声轰鸣的情况下我是无法思考的。52号炮台正在向右侧转向，瞄准船尾的位置，紧接着所有的两栖战舰上的四十毫米机枪也加入了射击，整片夜空就被追着敌军而去的弹道和枪口喷出的火光照亮。

敌机这是要绕过我们而去。

我突然明白了，他们想要的是韦斯特福尔号！在东面六千码位置落单的韦斯特福尔号！我的天啊，是不是我之前命令他们靠近我们反而害了他们？

不一会儿，在离我们不远的位置，天空中的敌机又被击中了，燃起大火直往下落，火光太强烈我不得不闭上眼睛躲避。被击落的敌机直直地冲入海中，在深水中爆炸激起了一层巨浪，我似乎看到旁边一艘战舰的船尾被这波巨浪掀得大幅倾斜，但我最关心的还是韦斯特福尔号。接下来的几秒钟，我眼睁睁地见证了骇人的一幕：四架神风敢死队飞机一个接一个排着完美的队形，朝着韦斯特福尔号的船中部而去。一架正中前端烟囱下面的甲板室，而另外三架仍排着一字队形，从迎面而来的二十毫米、四十毫米机枪的枪林弹雨中穿过，他们的机翼、机尾都被击中，两侧泄漏的汽油被点燃，拖着长长的火焰撞向了韦斯特福尔号的左舷。第一架刚一撞上便爆炸了，在韦斯特福尔号吃水线上方炸开了一个大黑洞，第二架则飞进了那个洞里，在里面爆炸了，船中部被爆炸的气浪撑得剧烈膨胀，火焰从船身上的裂缝中喷了出来，第三架飞机随着第二架一头扎入了船只中部的残骸里，在船右舷处爆炸。此时的韦斯特福尔号已经被炸得七零八碎，四处燃着火焰，然而飞机携带的炸弹还不肯放过它，在海面上炸开了花。眼前的景象真可谓是惨不忍睹，韦斯特福尔号的前火力室和紧连着的前引擎室赤裸裸地暴露在空气中，看起来就像两个大烤箱，我才发现我可以从那个洞里看到船的另一侧。

我仍是惊魂未定，不太确定是不是马洛伊号和两栖战舰上的机枪都停止了射击，其实又何止是我，全船人都因韦斯特福尔号的惨状而呆若木鸡地站在原地，它从船中部断开，船头船尾都燃着熊熊大火，插入水中仿佛一个燃烧的"V"字，片刻过后便沉入了海底，只留下海面上的一层层泡沫，最终消失不见。在周围又一次归于黑暗之后，我的胃里开始翻江倒海。我能看见周围的几艘两栖战舰脱离了阵形，正在前往韦斯特福尔号沉没的位置，但我的耳朵仍因之前的枪声强烈地鸣叫着，心脏也仿佛快要从胸腔里跳出来，慢慢地才意识到韦斯特福尔号已经离我们远去，才意识到面对敌军这种程度的进攻我们毫无反击之力，只能呆站在原地。

日本人醒悟了，一两架战机是无法奈何我们的，但如果派出一群战机排成一列以三百节的速度杀来，朝着指定的目标狠狠地扎进去，我们就束手无策了。也许枪炮能击落一架，甚至两架敌机，但接下来的两架、三架、四架敌机都会反复地蹂躏被攻击的船上的同一个位置，把目标劈成两半，在一分钟内便可以让全船人随着他们守护的船一命呜呼。

我突然发现我的双腿开始颤抖，已经站不住了。

在我的耳鸣停止之后我听到了周围的种种声音，接线员们在互通着刚才发生的事情，甲板长呼叫指战中心向他们确定雷达是否还探测得到敌机。无线电仿佛也和我们一样受惊了，半天都没有动静，我便靠过去拿起了电话。

"舰长呼叫指战中心，现在附近还有敌机吗？"

"报告长官，周围没有敌机，"吉米说，"敌军抛下的铝片还在周围，但我认为它们已经快失效了。"

"很好，现在留三艘两栖战舰在我们附近，让其他的全部都去韦斯特福尔号旁边搜寻幸存者，然后你们给甲板长一个航向，让船回到指定位置。你们再向舰队发一份紧急行动报告，确保他们知道现在包围圈上只有我们一艘船了。"我对他说。

"指战中心收到！"

医生把准将的遗体和信号员的上半身搬走了，明天一早如果没有神风敢死队来骚扰，进入黎明警戒后第一件事就是为他们办海上葬礼。我用余光看了看准将的座位，看到传信员正在用消毒水清洗周围的地板。我想，这就是我们的归宿吧，前一秒还是位高权重的长官，下一秒就是地上一摊被清理掉的血肉。

这时，马尔蒂突然站到了我旁边。

"得想个法子啊，"他对我说，"得想个法子对付他们这种进攻。"

"马尔蒂，你有何高见？"我问他，"我现在真是黔驴技穷了。"

"您看我们摆个V字阵形怎么样？"他接着说，"派所有两栖战舰排成一个V字，开口对着敌军来的方向，像这样的话他们进到V字里面每艘船都能打到他们。"

"那敌军要是最后改变了进攻的方向呢？从另一侧攻过来就没办法了，现在我们这样的防空圈至少每艘船都有机会打到敌机。"我反驳道。

他听我说完以后就变得垂头丧气的，我接着对他说："马尔蒂，别灰心，继续想想办法，你说的是对的，我们一定要想法子对付他们，否则……"我说不下去了，但我也没必要点明。

他疲倦地点了点头，看得出他和我一样累得透支了，这倒提醒我了，我应该多为船员着想，而不是自顾自地坐在椅子上瑟瑟发抖。我立刻接通了指战中心，叫吉米上驾驶舱来找我，我让他把副舰长的军帽戴上，来见见大伙儿。我要让他们给我一份受损评估和一份伤亡报告，自己还得想出个办法，既能让大家有时间睡觉，又能保证船上各个部门随时准备就绪，能够应对后续的战斗。眼看马上就要到凌晨三点了，我心中迫切地渴望日军今晚就此作罢，回去睡觉了。

但我们不能想当然，现在我们形单影只，是包围圈上唯一一艘驱逐舰了，八十里开外的日本轰炸机只要过来巡视一圈便能知道包围圈上还有什么了，肯定会回去说："报告基地！再派出十架神风敢死队，就能妥妥地把美军包围圈干掉了啊！等他们舰队回来以后前方就没有预警了。"

在驾驶舱的哨兵进入警戒后，我试图让自己镇定下来，我能感觉到自己现在逻辑错乱，说得难听点就是虚弱、愚笨。我在想着关于舰队北归以后的事，他们当然会派出新的驱逐舰，建立一条新的包围圈，也许会派一些防空轻型巡洋舰和一艘母舰一同上包围圈来协助完成这边的任务。上面可能真的会这样做，但是不是也有可能什么都不做呢？

这时突然有人对我说："舰长，要不要喝点咖啡？"

我转过头,看到一个一脸惊恐的见习水手站在我椅子扶手边,手里拿着一个马克杯,里面装的东西黑漆漆的像沥青一样。我这才认出来,他就是几分钟前在那边拖地消毒的那个人,他身上还有一股淡淡的消毒水味,握着杯子的手在微微颤抖。

"你的手在抖。"我对他说。

"报告长官!有一点发抖!"他严肃地说。

"其实我也是,"我试图鼓励他,"但我们不能让别人看出来,是吗?"

"报告长官!不能!"他鼓起劲大声地回答我。

"小伙子,给我放了两颗糖吗?"

"当然了,长官。"

"很好,"我对他说,"放心吧,一切都会好的。"

第十四章

我穿着笨重的装备，端着咖啡巡视了甲板一圈，走出去后我发现周围亮堂了不少，可见之前的云层开始退散了，下楼梯的路被月光照得明亮，我毫无困难地走到了船中部。枪炮部的大多士兵都在他们的炮台里睡着了，留着一个人值班，看着声能电话有没有动静。在我从一个炮台走向船尾的下一个炮台时，我能听到接线员们通过声能电话在互相提醒着："注意，舰长来了！"

看到大家都把家伙打磨好了放在储弹柜里，我深感欣慰，四十毫米机枪的士兵们早已把装填好的弹夹放在填充梯道上，二十毫米的船员也毫不逊色，做好了准备，而船尾的四管四十毫米机枪组的人还在忙着收拾甲板上的弹壳。到现在我都还能闻见枪管里润滑油被烧焦的煳味，枪管仍然热得烫手。枪炮部长见我走过来，但却没有想跟我寒暄两句的意思，所有人都目睹了韦斯特福尔号的遭遇，至少船上的老船员都知道，对付那样的直线进攻我们是毫无办法的。我尽量让全船的人都能看到我一眼，也找点事给自己分神，让自己不要再回忆起看着韦斯特福尔号分作两半，仿佛一块熔岩沉入海底时那种令人作呕的感觉。

我从左舷船尾的梯子爬到主甲板上，一路走过存放深水炸弹的地方，走到了船尾。只见51号炮台的两扇门都敞开着，水手们都在忙着收拾火药罐，我看到士官长拉蒙特站在那里，表面上是在监督手下干活，实则在盯着漆黑的海面上韦斯特福尔号沉没的位置。我走到装着深水炸弹的架子后跟他站在一起，我们互相点头示意却没有言语，也真的没有什么好说的。站在这儿，我看到了平常没有注意到的细节：53号炮台的双管机枪从枪管中部到炮台底部都烧得漆黑；脚下的双螺旋桨在不停颤动着，转向舵机随着驾驶舱发出的指令不断地发出咯吱咯吱的运转声。

"我们现在是包围圈上的独苗了吧?"拉蒙特终于开口说话了。

"是的,我们落单了,"我回答他,"明天舰队就回来了,我希望到时候上面能给我们这边派点支援。"

"他们明天什么时候回来?"他接着问。

"不知道,哈尔西最近都没有跟我联系,感觉他是要甩掉我了。"我苦笑着说。

他听罢也哼笑了一下,说:"我们派出去的那些两栖战舰救到人了吗?"

"他们说找到了六十到七十个人,等他们回来以后再重新盘点吧。"

"韦斯特福尔号大概有多少人?三百三十个?舰长,那救回来的可不算多。"他忧伤地对我说。

"我之前跟枪炮部长讲过了,"我说,"现在大家要群策群力,想办法对付敌军这种形式的进攻。不管想法多离谱,不管是军衔高低,士兵、士官、军官都可以,都要想办法。"

他对我点了点头:"遵命,舰长!"说罢,我们在原地站了一会儿,望着海面上我们船划出的波澜,其他空无一物。我把手中冷掉的咖啡倒进了海里,转身离开,尽量让自己不去想胃里仿佛装了个铅球般的坠重感。

我们得到了哈尔西和舰队将于明天早晨到达的准确信息,在袭击了冲绳岛方圆五百里内所有的敌军机场和战机之后,他挥师北归。他们采取的战术基本就是贴着海面飞行,用战斗机对着一切看起来像飞机,像壁垒的物体进行扫射。空袭部门的统筹人员之前预计冲绳岛范围内的战机于今晚十点抵达阵营,同时也将派出战斗空中巡逻部队对我们进行保护。

在清晨的警戒之后,我看到准将的行动专家中尉指挥官坎宁走进了准将的房间,我便随他一起进去,坐在了床铺上。

"我会怀念他的。"我说。

"舰长,大家都会的,"他对我说,在床另一端坐下,我想他应该是进来收拾准将的私人物品的,"当他说要登上马洛伊号时,我真的很想劝阻他,但是……"

"对一个准将来说，你要让他别朝着枪声去是有点难。"

他点了点头。

"跟我讲讲他的家庭背景吧，"我说，"他是从乔治亚来的吧？"

"他说自己已经结婚，家里有两个大女孩，都已长大成人，一个在做生意，大概是从事金融类的行业，另一个则有点残疾，但他没有提及是什么症状。他的妻子来自一个南方家庭，一直住在家里的养殖场里，虽然他说是个农场，但在我的想象中那是一个传统的养殖场。他们显然是在结婚时许下约定：妻子会长期住在农场里，他会尽可能多回家看她。从他说的话我认为他的老婆是个很守旧的人，有点像典型的内战时期的女性，主要掌管家庭的农场，家里的男丁便外出从军。我以为他会觉得这种相处模式很奇怪，但他却说回家时感觉置身天堂。"他对我说。

说完后他双手托着头，闭上双眼深深叹气。他的脸看起来苍老而疲倦，就如被卷入这场血腥的战役的所有人一样。我观察后发现，他好像确实比我要年长些，可能是我海军学校大两级的学长，但现在他却只是个士官而我却已是舰长，我不禁想到他喊我舰长时是怎样一种心境。

"蔡斯少将会自己给准将家属写慰问信，对吧？"

他点了点头说："要么就是他的副手写，我只能告诉您他和准将关系不是很好，蔡斯有时候挺混蛋的。"他睁开了眼睛看着我，生怕之前的姿态显得对我有些不敬。

"我还没见过蔡斯少将本人，"我说，"但从之前打过的几次交道来看，他应该是个暴脾气的人。"

"他脾气可暴了，"他苦笑着说，"吉米·恩莱特之前说，我们早上九点整给他们办葬礼是吗？"

我告诉他是的，但还是得看神风敢死队给不给这个面子。

"那葬礼之后您能帮我个忙吗？"他问我，"您可不可以……嗯，帮我把他军校的戒指取回来，如果可以的话，我想把它放在私人物品里给他寄回家去。"

我点了点头，告诉他："交给我吧。"

第十四章

"谢谢您，长官，"他说，"我想这应该是他最有纪念意义的物品了，其他的嘛……"他指着准将两个还没有打包好的包袱说，"只有点制服、鞋子之类的东西。"

"放心，我亲自去办，"我起身对他说，"我现在就去。"

我叫来了医生，告诉了他我要做什么，他说他会在十五分钟内准备就绪。片刻过后，我去到医务室的时候他已经把准将平放在不锈钢的医疗桌上，身体一些部位没有遮盖暴露在外。准将安详地睡着，他的脸庞看起来不再紧绷，甚至还微带笑意，我也尽量控制自己不要去看他的后脑勺。紧急维修队这时上到了驾驶舱，把里面被敌军二十毫米机枪打出的弹孔补上了，还有右舷附近的一些深陷的凹痕。我突然发现有一颗带血的二十毫米机枪的弹壳嵌在了某条凹痕中，子弹已经被压得扁平，这颗子弹到底是不是杀害准将的罪魁祸首我们不得而知，但看上去确实有这样的可能。虽然在零式战机的头部装有一挺二十毫米机枪，但让我感到讶异的是这枚子弹的底部打着美军的标志，也就是说，既然准将范·阿纳姆先生很有可能是被这枚美军的子弹打死的，那么就可能是在最后的混战中，某艘两栖战舰误杀了准将。舰上管工把这枚子弹取下来拿来给我，还特意让我看了美军的标示，我刻意地说了句"噢，该死！"以示惊讶，他点了点头，把那枚子弹留给了我。我在想要不要保留着这枚子弹，但仅十秒钟后我便打消了这个念头，把它扔到了一旁。

我看了看表，在进入清晨警戒之后我们就要开始进行准将和那位年轻的传信员的海葬了，我打算在船尾进行葬礼之前让全船人员都保持着警戒状态，这样的话就算日本人想来搅局我们也能随时迎战。

"把他左手给我。"我对医生说罢，他便从装尸袋里把准将的左手抬了起来，我把他海军军校的戒指和婚戒一起取了下来，放在铁桌上，医生随后又把他的手放回了装尸袋里。

"给我把剪刀。"我对他说。

"无菌剪刀？"医生问我。

我看着他摇了摇头，他就明白了我的意思，走到桌边给我拿了一把普通的剪刀过来。我剪下了一缕准将灰白的头发,向医生要个瓶子准备把头发放进去,医生打开了一个血样瓶递给了我,我把头发和两枚戒指一并放了进去。

医生不解地看着我,不明白我为什么要这么做。

"准将现在……生前和一名南方女子结婚了,"我向他解释道,"她住在她家位于乔治亚的农场里,如果这场战役结束后我能活下来,我要亲自把这两个戒指和这缕头发给她送过去。"

"舰长,送戒指的话我还能理解,"医生问道,"但是为什么要送头发呢?"

"医生,这是南方人的习俗,在内战期间,外出征战的男性都会剪下一缕头发,然后把头发和一条项链作为信物一起给在家中等待他归来的妻子。"我向他解释道。

他说:"您说是那就是吧。"

"当然是了,医生同志。"

"好的,长官,那我就叫大伙儿准备参加葬礼了?"

"好的,麻烦你了。"

正当我准备把这些东西放到我桌上的保险柜里时,我突然想起没有这样去收集那位逝世的传信员的遗物,便暗自在心里记下,要在接下来的几天中找找吉米·恩莱特,告诉他要怎么给这位传信员的家里写慰问信。

我顿时做出了两个决定:一个是我一定不能告诉准将的老婆和女儿,他们的丈夫,他们的父亲是死于所谓的"误伤",二是我要亲手把这些信物转交给他的遗孀,因为他帮助我太多太多,我无以为报。我还得再找个其他的容器来装他的头发,总不能一直装在这个血样瓶里。想到这儿,我差点笑了出来,相信准将要是还健在的话,看见我为他这么做一定也会笑的吧。

我从厨房经过,看到厨师们已经在张罗着午饭了,厨师长穆奇·约翰斯正在做着肉桂卷,他看到我后向我挥了挥手,由于烤箱和平底锅附近太热,他黝黑的脸上布满了细密的汗珠。我也向他挥手示意,并迫不及待地继续朝着军官室和我的房间走去,因为我口袋里揣着的信物似乎远比它们本来的重量要重。

由于还需要镇守指定位置,这次海葬还是一如既往的简短。在仪式开始前三十分钟,医生便陪同我一起回到了船尾。我们联系了塔尔梅奇舰长,按他的指示让传信士官在一旁待命，他则向我说着关于这名躺在装尸袋里的年轻人的生平，我用心地听着，希望能够记下他的家乡、他在该部门的作为，以及他吹口琴吹得很烂。说完之后，我谢过他，回到我的房间换了衣服准备开始仪式。首先是为传信员送行，之后才是准将，在把他俩的遗体抛入海中后，我们为他们折起了两面国旗。这时，吉米·恩莱特过来轻轻拍了拍我以示安慰，在我们把准将放入海中的同时，他打开了船上的广播，打了四次铃，宣布着"第五十防御中队，起航！"随后，一名水手，一名准将，一同沉入了深深的海底。这样看来，这场战争还是个让一切回归平等的机会，在生命面前，准将和水手享受了相同的待遇。仪式结束后，我们在原地逗留了一分钟，所有人都在向逝者致以敬意，也在思考自己生命的疆界。

完成葬礼之后，我把所有部门总管叫到了军官室里，准备群策群力想出个办法来应对敌军击沉韦斯特福尔号的那种战术。马尔蒂到会时还带上了操控火力的士官和两个枪手拉蒙特和克里斯蒂，坎宁中尉也与他们一起到会。

我在上座坐下，听着他们各抒己见，有的有理有据，有的却欠些考虑，但他们都是全心全意想要为全船的安全尽一份力。三十分钟后，我举起了手示意大家安静。

"在我看来，"我开始发言，"在三到九英里的射程范围内，五英寸机枪对自杀式敌机的威慑力确实不可小觑，而且当敌军杀到面前时，不定时碎弹也只能装填在五英寸机枪里，也是我们杀敌的利器。"

我顿了顿，喝了口咖啡后接着说："但这是敌机在六里范围内的情况，如果他们以三百节的速度飞来，也就意味着我们的五英寸机枪最多有一分半钟可以攻击敌人。在此之后如果没有打下来，敌机就进入到三里的范围，也就是六千码以内，五英寸机枪就瞄准不到了，而且子弹打空了以后机枪就暂时失去了保护船只的能力，必须要等到重新填充以后，打开传感器，才能再寻找新的目标。但这些目标以三百节的速度一分钟可以飞五英里，每秒就是四百四十英尺，所以我说的重点就是，就算五英寸机枪全力开火，它们能够产生威胁的时间也不过两分钟，在两分钟之后，就要由四十毫米机枪接手了，再过一分钟二十毫米机枪也会开火，我分析的大家认为有道理吗？"

我看到大部分人都点头表示赞同后便接着说。

"那就好，那我们现在来数一下船上有多少机枪。如果敌军是从正前方袭来，我们有两挺五英寸机枪可资利用，然后因为之前船只的受损，现在还剩四挺四十毫米机枪和四挺二十毫米机枪，我没算错吧？"

说罢，点头的人比之前多了不少。

"如果它们是从正后方飞来，那可以射击的就有两挺五英寸机枪、八挺四十毫米机枪，根据敌军飞来的角度剩下的四到六挺二十毫米机枪适时发挥效用。所以也就是说，就目前来看我们总是试图把船的一侧转向敌军，让尽可能多的枪能够派上用场。但现在问题来了，这种不是你死就是我活的情况下，如果我们干不掉敌机，那么它们将击中我们船侧，从中间劈开。昨晚都看到韦斯特福尔号是怎么沉没的了吧，一架战机掏了个洞，接着几架都快速地、连续地击中船身的同一个位置，就把它撞成两半了。

"我的想法是：如果敌军再派出这种四架神风敢死队战机排成一列，而我们还是以侧面迎敌的话是没有胜算的，也许能干掉一两架，但是剩下的两架一定会撞上我们的前引擎室把我们劈成两半的。但是，如果我们正对，或者背对着它们，它们或许能撞毁我们主甲板上层的船舱，但就不能把我们劈开。然而我们船尾的火力要比船头猛一些，所以我想在下次战斗时，我们先把船尾转向它们，再跟它们周旋。"

"但如果这样做了就相当于直接牺牲掉我们船中部的两挺四管四十毫米机枪。"拉蒙特士官打断了我。

"我知道，"我接着说，"如果51号炮台还在的话我一定会用船头对着它们，但问题还是回到了五英寸机枪上，这种情况下它并不是很好用，在距我们九里到三里的范围内确实五英寸机枪是唯一能威胁到它们的武器，但在那之后就没用了，因为等五英寸机枪再次填充完时敌机早就从上面飞过了。我必须承认五英寸机枪拦截敌机的能力很强，但最后要击落它们还是得靠四十毫米和二十毫米机枪。硬要取舍的话，我宁愿被敌机的残骸击中，而不是一整架携带着炸弹的零式战机，更别说被击中的是船侧了。"

我说罢，军官室里鸦雀无声。我们长久以来面对所有敌袭都是选择把宽边对准敌人，但在日军使用了这种新型战术后，侧对敌人就没有用了，因为他们的目标就是要撞到我们的船侧。如果他们派出三架、四架，甚至十架飞机视死如归地杀过来，被瞄准的驱逐舰就无处可逃了。

"这对顶层的枪炮组太过煎熬了……"克里斯蒂士官说道。

"是的，我也知道，"我说，"那你们觉得要怎样改进方案保护他们呢？"

"干脆叫他们看到第二架敌机从船尾出现就从船侧跳下去？"拉蒙特建议道。

"为什么要等到第二架出现？"我不解地问。

"舰长，因为第一架已经被打下来了啊。"他笑着说，桌边不少人也笑了起来，不过看得出，他们笑得都有些勉强。

"这就是换了战术后的不同，"他接着说，"就算我们尽可能多地消灭几架敌机，但就您刚才说的那些数据而言，敌机要是以三百节的速度飞来，它们怎么样都会撞上我们的。"

"所以我的意思就是比起让敌机三四架飞机把我们撞成两半，让纵向的上层建筑来承受这一击肯定是要好些啊。"我反驳道。

"您说的上层建筑，"拉蒙特说，"就是到时候我们所在的位置……"

"不光是你们，士官，我到时候也与你们同在啊。现在关于敌机会不会撞上我们已经没什么好争的了，我只是单纯地觉得撞上不等于撞沉。大家也都看到了，韦斯特福尔号被那样撞了以后不到一分钟就带着大部分船员消失海底了。如果发生在韦斯特福尔号身上的事原模原样发生在我们身上，我们是没有生还的可能的，除非想办法不让敌机把我们从船中部劈开，哪怕牺牲掉烟囱，牺牲掉炮台、救生艇、桅杆都可以，但就是不能让它们击中船身。好了，我们现在就来想想要怎么样保护纵向位置上的船员吧。"我对他们说。

"好的，"拉蒙特说，"那就按我说的，大家一起从侧面跳船？"

"可以。"我赞同了他的说法。

看我赞同了这样疯狂的主意后，军官室里所有人都被惊呆了。

"像这样，我们要确保船顶的所有人都穿着救生衣，上面要架一个手电筒。还要告诉两栖战舰，如果我们遭遇了敌军的直线进攻，我们船上很多人都会跳海，让他们在一切平静之后过来搜救，把我们救起来。我是很认真地说的，没开玩笑。枪炮组的人也是，只要看到一群神风敢死队排成一列朝我们纵向杀过来，就马上去船边跳海，周围可是有十五艘两栖战舰等着我们的，尽管跳就是了，等着风头过去以后就打开你们的手电筒。设想一下，如果不跳海大家都站在船上，看着三架、四架、五架他妈的神风敢死队飞机带着炸弹撞上来会有多危险，但是跳海的话不管甲板上发生什么，你们在水里都会是安全的。"

马尔蒂举起了颤抖的双手说："舰长，您是认真的吗？"

"是的，马尔蒂，我很认真。不管是我们还是任何一艘落单的驱逐舰，都不可能在昨晚遭遇了韦斯特福尔号的惨案后还能生还。昨天他们在远处派出了一架操控战机，看到战果颇丰肯定会回去报告，我相信他们今晚还会故技重施。我现在所说的这种办法就是无论敌军派来多少战机，我们都能尽可能救下更多的船员。"

说罢，我环视了一周，桌边的人脸上或多或少都有一些不信任的意思。

"我很清楚大家在想什么，"我说，"我也没有主张只要一看见夜袭我们就弃船而逃，如果他们按原来的办法，只有一两架朝我们俯冲过来，我们就把守住位置把他们干掉。"

"但是如果我们的雷达探测到他们用四到六架战机排成一列飞来，那我就会下令让船尾对准他们，然后就鸣笛，你们一旦听到我拉响汽笛，就把各自的人带到安全的地方。当然了，大家也不一定都要从船边跳下去，53号炮台的人可以打开应急舱盖，从上层的操作室里跳下去，还有在船一层的四管四十毫米机枪的枪炮组，你们就下到主甲板上，穿过上层建筑下到二层住舱甲板里躲着，至于船中部的四十毫米机枪附近的人，你们也和他们一样，下到主甲板上躲起来。"

我停顿了一下，想想接下来要怎么说。"我知道，我提出的这种做法有点像歪门邪道，但我告诉你们，在我看来昨晚韦斯特福尔号是这样沉没的：这些日本杂种开着三架战机，每隔三秒就有一架撞上来，没有一个人有可能从船上活着逃出来！他们不像我们，船上所有的五英寸机枪都还完好，但有什么用，在这种关头全都蔫了。别跟我执拗了，我现在是在想办法救大家的命啊。只要我们的枪还能打中他们，我们就会一直抵抗，但只要没法反击了，你们一听到我鸣笛就给我马上开始执行逃生计划！能躲到主甲板上就躲过去，不行就给我跳海！"

桌边所有人都聚精会神地听着我说，紧接着，吉米问出了一个让大家心头一颤的问题："舰长，那驾驶舱里的人，还有指战中心的人怎么办？"

"全都躲到军官室里来，"我说，"我们要先尽全力反击，在敌机进入八英里的范围后五英寸机枪就开始射击，但如果敌机排成一列的话，在紧要关头我希望所有人都能跑到下层去躲起来，有可能船一层和主甲板都会燃起大火。就算这样，也总比盲目射击，把侧面暴露给他们要好吧。"

我话音一落，军官室里长时间都没有人说一句话。片刻过后，一名士官的问题打破了沉默："您觉得哈尔西不会给我们派出支援部队了是吗？"

"哈尔西是谁？"我问他，"你好好想想，蓝色大舰队自始至终有为我们前线的船只考虑过吗？各位，我们得靠自己了，现在必须认清这个事实。也许明天会有十几艘新的驱逐舰上到包围圈来，但今晚，这里只会有我们和周围的两栖战舰，就算是孤军奋战，我们也要活下去，对不对？总得有人活着和上面派来的支援部队交接吧。"

会后，我把吉米、马里奥、马尔蒂和拉蒙特叫到了我的房间里，他们明显对我刚才在军官室里说的话有些意见。进门后，他们都呆坐在我的床上，我靠着桌边坐下。

"各位，你们同意我的做法吗？"我问。

"当然了，舰长，"吉米说，"我理解您的想法了，对付他们那样的攻击确实是没办法防御。"

"马尔蒂呢？"我看向了他。

"我有点受不了仗打到一半就弃船而逃，"他说，"但我还是理解了，总没必要让一百五十号人死守着位置，让四架神风敢死队飞机把他们碾平吧。"

"各位，这就是我的想法，"我说，"我会跟这些狗娘养的浴血奋战，但有没有战下去的必要我还是能辨别的。现在你们去找各自手下的人，跟他们商定一个计划，熟悉一下逃生路线，确保顶层所有人的救生衣上都有能用的手电筒。吉米，你陪我去把各艘两栖战舰的舰长请上船来，我想亲自跟他们谈谈，总不能让他们在一片漆黑中盲目行动。哦，对了，吉米，还有一件事，再把昨晚关于韦斯特福尔号和包围圈状况的信息发一次，上面有可能压根没收到。"

"遵命！舰长！"吉米说，"还有件事要和您说一下，我想让一些在指战中心和驾驶舱警戒的人休息一下，没必要让所有人都在那熬着。比如我们现在没有战斗空中巡逻部队，那就让战机指挥官休息休息，还有军需官、水手长、信号员等人都可以休息了。"

"没错，我们现在可以进入正常的警备状态，就让这些没事干的人休息去吧。马里奥，你去削减一下顶层伤亡控制组的人数，你想想，如果在被袭之后甲板上层被撞得一干二净，你希望船下层和主甲板上有什么装备？"

"当然是消防软管和P-250水泵了，"他说，"不过这也就意味着要把油箱拿进船里来了。

"如果今晚被神风敢死队偷袭了，那么多装或者少装三箱二十加仑的油也没什么差别。"马尔蒂说。

"好的，"我说，"这些就是晚上之前我需要你们落实好的事。虽然计划赶不上变化，但是今天我们都得做好打算。我现在要去找两栖战舰的船长们了，如果哈尔西带人把他们东边的军队打得伤亡惨重，他们就得花时间重新组建军队，那今天我们可能就平安无事了。但他们迟早会重组好的，我也不认为哈尔西会在明天早晨之前就给我们派来支援。"

"如果今天哈尔西带着那些大船都去了我们的西北面，那他们还要我们建立包围圈干什么？"马尔蒂问。

"还有庆良间群岛啊，"我提醒他，"如果日本人看哈尔西和大舰队不在，打算乘虚而入偷袭我们的后方基地，那我们就是前方唯一能够给他们预警的人了。"

"妈的，"拉蒙特随口骂了一句，"还是舰长想得周到。"

在他们走后，我看到中尉坎宁在我门外等我，便把他叫了进来，心里多少有点希望他能对我今天的提案提出一些颇有见解的反对意见，但他接下来说的话让我吃了一惊。

"舰长，您的计划确实很有道理，"他说，"如果我们长期和您一样在前线，而不是在庆良间数数弹药和粮食，难说我们后登船的几个人也能想到这个点子。"

"可能吧，"我说，"如果你们能一直活下去的话就有可能，其实，如果包围圈上不是只有我们一艘孤零零的船，只要有十艘驱逐舰我们就能摆出一个防空阵形把他们干掉。"

他点了点头，说到这又让我想起了那个一直无解的难题：驱逐舰永远都不够用。"现在还距离他们两百多里就这么难打了，"他玩笑地说，"那等我们攻到离他们本岛只有十里的时候会怎么样啊？"

"倒不见得只有他们会变狠，"我说，"等到了十里的时候，战列舰便可以开火了，也许这些灰色的大家伙到时候还能做出点贡献呢，总比现在在舰队里当个花瓶有用得多。"

第十五章

让大家惴惴不安的夜晚如期而至。我之前与所有两栖战舰的舰长都约见于马洛伊号上，商讨了今晚的战术，以及在昨晚韦斯特福尔号的沉没之后，我们今晚有可能会遭遇什么。有一种可能就是今晚不会有敌袭，因为在今天下午大部分神风敢死队的战机都忙于与又一次来袭的大舰队交战，而且除了神风敢死队的战机，还有鱼雷战机、轰炸机和其他战机都参与了该战役，加之舰队的战斗空中巡逻部队都已倾巢而出，肯定对敌军造成了不小的打击。我认为我们上传的关于韦斯特福尔号的信息肯定是要么半路夭折了，要么就是被舰队在杀敌后的狂喜中直接忽略了。

这些两栖战舰的舰长大都是中尉和少尉，甚至还有几个只是海军准尉。因为在之前的空袭后我派了几艘小船把韦斯特福尔号的幸存者送回庆良间群岛，还派了一艘两栖登陆艇沿途为他们保驾护航，所以加上我们现在这里一共有十一艘船。对于韦斯特福尔号的遭遇，我没有必要赘述，他们和我们一样近距离目睹了一切，大家就互相交流了关于敌军发起直线进攻时的对策，最后讨论得出最佳方案就是让这些小船排成两列跟在我们身后，如果在敌机到达时还有时间调整的话就把队列正对敌机，让神风敢死队从两列船队中间飞过，形成夹击之势，哪怕只有三十秒也是有效果的。在这些小船上，唯一搭载了雷达的就是两栖登陆舰，所以其他的小船就只能在黑暗中根据我们的航向判断方位，向同一位置射击，虽然火力可能弱小，但也总是聊胜于无。

对于我们在五英寸机枪射击无效之后放弃上层炮台的计划，这几个舰长都表示赞同，他们都会在船尾做好准备，一旦我们迫不得已选择跳船时他们就会上来营救我们的船员。有一个准尉提出了一个不错的建议，就是让每个水手都在裤包里塞一顶"迪克西帽",也就是水手常戴的白色圆帽,一旦落水就戴起来,这种白色的纺织物在夜里特别显眼,救援人员工作起来会更容易一些。

这场会开得让我感觉很不真切,所有人围坐在军官室的桌旁,谈论着怎么在夜里搜救我们的船员,以及在敌军的直线阵形再次袭来时要故意放弃露天甲板的计划。我知道作为一个舰长,在船上就应该浴血奋战,船在人在船亡人亡,若是有任何一丝动摇便是对这个职位的亵渎,但我只要想起昨晚看到韦斯特福尔号如地狱般的惨状,我便坚定了要保护这艘船上人的信念。

在吃过晚饭后不久,我在甲板上巡视了一番,与几个枪炮组的水手交流了一番,要保证他们知道在能战的时候一定要坚守阵地,但如果听到船上的汽笛响了,就意味着我们招架不住了。尽管船员们都显露着疲态,但我还是能感受到他们的专注,因为他们昨晚也与我一样,见证了韦斯特福尔号的沉没。

今晚的驾驶舱比以往都要平静,部分原因是一些较为次要的警戒位置已经准备就绪了,我便安坐在我的椅子上。驾驶舱里还有一名甲板长,一个大副,平常的两个舵手现在只剩一个了,值班的传信员也仅留了一个。我的接线员史密斯士官正在士官室里休息,等到我们进入警戒状态以后便会上来帮忙。船上的医护兵另外组建了三个急救小组,他把船上能够独立处理失血和烧伤,不需要等医生或医生助手帮忙的人都集合了起来。总机师把消防皮管都放到了从舱门到露天甲板的战术位置附近,等到维修组要出动的时候他们就不需要大费周折从维修柜里把皮管拖出来,再赶到失火现场。我们把顶层的所有深水炸弹的起爆装置都拆了下来,还扔掉了不少四十毫米和二十毫米机枪的子弹,这样的话,虽然每挺机枪上都只有够连续射击九十秒的弹药,但这样就确保了在我们被攻击之后,弹药柜不会因受击而爆炸,也不会因为露天甲板上泄漏的燃油而被引爆。

正当我坐在舰长专用的高背椅上时,我突然反应过来有些措施是我们早就该采取的,但我们却一直墨守成规,我们一直把所有子弹都装填到位,维修组行动前要在下甲板三个不同的位置集合,所有帆布制成的消防管道都规规整整地堆放在露天甲板上,只要顶层一着火,这些皮管马上就报废了。

我连线了指战中心,向那边询问我们的战斗空中巡逻部队到了没有,得到

烈焰哨兵

了否定的答复，也就是说，我们失去了夜间战机的掩护。之前天色刚刚变黑时，日军派出了一式轰炸机携带着马鹿炸弹前去报复哈尔西，所以所有的夜间战机都被母舰队调走了。我差点就让指战中心通过舰队防空部的情报线路通知他们包围圈上只剩我们一艘船了，但我突然想起这条线路是没有加密的，而日军也经常在监听这条线路。不过话又说回来了，我认为日军早已得知了这条情报。

今晚的月光和昨晚如出一辙，一阵阵凉风从东北面拂面而来，而这明晃晃的月亮不合时宜地把海面照得一清二楚。在这样的月光下，我们的两台雷达倒是效率很高，战机指挥官甚至能看到西北方向一百里开外主舰队的高空巡逻飞机，而母舰们就躲在这些飞机后五十米的位置，向冲绳岛缓缓前进。我祈祷着他们能够看见远方朝着我们来的神风敢死队，并半路将其截击。我无意中听到吉米在跟他指战中心的手下们说，舰队大军压境，现在正位于冲绳岛和日本本岛之间，日本人没有任何理由今晚还会来骚扰包围圈。他低声细语，仿佛是从墓地里传来的风声一般，但这又如何呢，如果这能让船员们感到一丝心安，那也值了。

这时，无线电打破了宁静："指战中心呼叫驾驶舱！我们在085°（东北方向85°）位置发现敌军侦察机，距离我们六十里，正朝着西北方向前进。"

"舰长收到！"我回答他们。敌军这是干什么？位于我们东面却朝着西北反方向去了。

"舰长，还有就是他们似乎准备要像昨晚一样，在海面上撒下铝片了！"

这就说得通了，我们的西北方向是哈尔西的母舰舰队，在一圈夜间战机的保护下朝着东南方向进军。照这样的话只要有侦察机或是神风敢死列成直线要朝我们过来，明摆着会惊动东边的大部队，而现在他们的控制机沿东侧朝西北侧逆时针撒下一圈铝片的话就会干扰到母舰的雷达，这样的话他们就探测不到冲绳这边的包围圈上发生了什么，同时也会蒙蔽我们的雷达。这些日本人可真狡猾，我不由得感觉远方有一张血盆大口就快要咬住我们的喉咙。

"现在风向如何？"我问吉米。

"现在吹的是北风，风速为十节，在不断地变化着。"电话那头说，这时也快到东南季风快结束的时节了，不久后的三周海面上将会没有一丝海风，在那之后西南风则会呼啸而来。

"那在战斗空中巡逻部队的飞行高度上风力如何？"我接着问。

"报告舰长，上空的风力更强烈了，风速大概能有四五十节，如果我们上空有战机的话我能告诉你准确的风速。"

"好的，"我说，"那么待会儿那些铝片是不是会被风吹来我们这边？"

那边沉默了一阵后说："是的，舰长，我们还判断不出这些铝片落下的高度，但我们估算应该是在两万英尺的高空。"

如果这些铝片朝着我们飘来，将会把上空的所有雷达操控战机都遮盖住。他们会在我们防空雷达搜索范围的边缘不断徘徊，直到所有的铝片落到这边大概三十里的位置以后，便会从高空以三百节以上的速度朝着我们杀来。

"快去提醒我们的两栖战舰，"我说，"在日军行动前，我们大概还有半小时，若是他们发起寻常的进攻，我们就原地镇守，若是敌军派出一列，大家都知道该怎么办。"

"遵命，舰长！这就去办。"

"另外，你们给我模拟出那架侦察机移动的轨迹，我猜神风敢死队会跟着它，从它身后的云层里杀出来。模拟出以后把方位给我，我们便朝反向转弯，把小船都沿着敌军攻来的方向排列好。"我接着说。

指战中心仅用了五分钟便完成了我交给他们的任务，告诉我应该把航向设定为170°（东南方向80°），基本朝南行驶，而我们预判的敌军进攻方向是350°（西北方向80°），这样便能把我们的船尾转到正对敌军的位置。当然，我的预判可能全是错的，敌军有可能会从正东方向向我们袭来，但鉴于那架日本侦察机还在四处撒着铝片，我就愿意赌一把，相信敌军的自杀式袭击会从它附近发起。由于视线受阻，我看不清周围的两栖战舰，但我知道指战中心正在指挥着他们排成两列，与我们的动向保持平行。我此举也是冒了很大的险，一旦敌机从其他方向袭来，我们倒是可以马上更改航向，但这些小船可能就会陷入一片混乱。

我叫下面的人给我准备了咖啡，让驾驶舱的传信员去帮我端上来。今夜将发生的事可能让所有人都为之胆寒，当然也包括我，我甚至都想点支烟抽了，但每每有这个念头，我脑海中就浮现出准将坐在一角狠狠抽烟的样子。昨晚我们失去了如此重要的一员，在今早的海葬仪式上，当船员把他的遗体抛向海中时，我实在无法压抑心中的痛苦，落下了泪水。船上能有一位资深的海军上校坐镇总是会令人心安的，准将在船上的时候我就心安理得地做回了副舰长，但现在我又必须扛起舰长的职责，虽然只是很短的一段时间，但我现在却慢慢开始习惯这种压力了。

我看了看表，距我们预计敌军将发动攻击的时间还有二十分钟。我突然想起准将在他的房间里放了一瓶苏格兰威士忌，突然间我产生了想来一杯的念头。

但奇怪的是，之前让我胃里翻江倒海的恐惧感今天却没有来折磨我，是因为我给了自己"今晚面对敌军的直线进攻我们是无力抵抗的"这种心理暗示？还是因为我们做足了准备工作而让我产生了些许信心，静待我们的战术成功？这时，我看到拉蒙特士官来到了驾驶舱，他就站在我旁边，拿着史密斯士官的声能电话话筒。我对他的出现感到出乎意料，他似乎看了出来，告诉我他和史密斯交换了位置。

"指战中心呼叫驾驶舱，大部队的接线员在高频线路上回应我们了，"吉米说，"我估计他们这才得到我们发出的信息，因为他们叫我们现在就全速撤回庆良间群岛。"

上面的意思就是让马洛伊号火力全开，提速到二十七节，开往庆良间群岛，逃离这个鬼地方。但现在的问题就是那些两栖战舰怎么办，它们在顺风的时候速度最快也就是十到十二节。而且，我们就算现在出发，也仅仅比日军的零式战机早了十五分钟，而日军战机的速度却是三百节，现在开溜也来不及了。

"吉米，现在要逃已经来不及了，再有十五分钟那些杂种就要来了。"我告诉他。

"那舰长，我要怎么回应他们呢？"

"告诉他们大敌当前，我们不能抛弃我们的两栖战舰逃跑，所以现在只能留下来战斗了。"

电话那头的吉米大概迟疑了一秒,然后说:"遵命,长官!我就这么跟他们说。"

显然,吉米在听到我拒绝撤离的回应之后是很激动的,似乎比我们在为弃船而逃做准备时要热情得多。你等着瞧吧,吉米,等着瞧弃船的决定对不对。

突然,身后的一阵窃笑吸引了我,原来是拉蒙特在自顾自地笑着。

"怎么了?"我问他。

"没什么,只是想起了约翰·保罗·琼斯的一句励志名言,"他说话时带着浓烈的苏格兰喉音,"什么'我都还没有开始好好战斗呢!'之类的话?对了,你知道吗,约翰·保罗·琼斯是个苏格兰人。"

"还是个老混蛋。"我说。

"我想大概是因为他带上了地域特征吧。"

"我挺喜欢你们那边的口音的,拉蒙特。你给我好好说说,你家乡到底是哪儿?"我问他。

"我要告诉你我是在霍博肯出生的你信吗?"他告诉了我实话,但我们都忍不住大笑了起来。

过后,我越过驾驶室翼桥的门看到外面的小船正在排成一个V字形,看见如此反常的现象我决定下指战中心看一看,我要看看雷达上是什么情况。

走进指战中心后,我去了平常战机指挥官用来控制战斗空中巡逻部队的两个望远镜后面,只见那些铝片遇水后升起的烟雾几乎把雷达右上角舰队的位置全部都遮盖了,正朝着我们这边慢慢靠近,大约还有三十五里。我问他们敌军的轰炸机在哪里,雷达操作员便指向了屏幕上西北角的一个小绿点,这也就说明了其他战斗机和自杀式飞机应该和它不在一起,否则屏幕上的绿点应该更大一些。既然这样,那他们就可能会在屏幕上那片绿色范围内的任何一点,静候操控机把他们带向我们。正当我盯着屏幕边这个闪动的小绿点时,它突然消失了。

"如果敌军转向飞回他们撒下的铝片后面的话,他们要多久才能飞到屏幕中间这里,差不多正北的位置?"我急忙问。

一个站在旁边的雷达操作员拿起圆形计算尺比画一番后告诉我:"如果敌机保持着两百节的速度,八分钟后便会抵达。"

我点了点头,心想,如果我们的判断是对的,我们只有八分钟来搞清楚冲着我们来的到底是什么。"八分钟后那些铝片的烟雾会移动到哪?"我接着问。

"刚好移动到距我们三十里的位置,"吉米在主测绘台的另一侧说,"但同时云层也会变薄,这些幌子不会停留太久。"

只有三十里,如果神风敢死队从那个位置以三百节的速度杀出来,他们最多就只需要六分钟就会到达我们面前,六分钟应该是足够我们顶层的人撤离了,因为全船人赶到各自的警戒位置也只需要两分钟。现在基本可以确定了,敌军今晚还是会以直线阵形攻击我们。

我一边静静地等待着敌军的出现,一边在脑子里梳理我们的计划,看有没有什么纰漏。之后,我让吉米把雷达搜索范围集中在我们预计敌军出现的位置,再把结果传给天空一号,让他们开始用防空雷达进行搜寻,因为我们越早发现敌军的第一架飞机,五英寸机枪就能尽早开始射击,而船上操控机枪的电脑在敌机速度很快的时候通常会出现延迟,这也就意味着按照电脑的指令射击的话,我们打出的弹药就会打在敌机身后。尽管如此,现在我们的火力雷达操控员知道如何对付直冲而来的敌机,只需要瞄准目标上方一百英尺和下方三百码的范围内便可以让防空机枪的子弹打在敌机飞来的轨道上。如果用的是不定时碎弹的话,这样的打法可以让子弹上的雷达更容易探测到周围的目标,而如果是用定时爆炸的子弹,这样也能保证子弹在飞机前端爆炸,让敌机从弹片中飞过。

四分钟过后,我让指战中心向周围小船发报,告诉他们敌军很快就将来袭,让他们再一次确认我们预判的敌机出现位置。不得不说,整个计划大部分都是基于我的假设,但要制定方案的话总得有个大方向吧。

但不需多想,事实证明我的假设都是错的。

一分钟后,一架敌机在铝片圈边缘330°的位置出现了,这个位置比我预计的要偏左三十度,确切地说应该是二十度左右。那现在要让那些小船的阵形跟我们一起调整吗？我迅速地做出了决定：不要轻易地改变现有阵形了。如果周围还有一队驱逐舰的话我也许会试着调整阵形，但这些两栖战舰动作太过缓慢笨拙，很可能在最危急的关头造成不必要的混乱。

"敌机数量？"我盯着雷达显示屏问。

"一架，"操控员告诉我，"从显示器上看是一架大飞机，但只有一架。"

这样便好，今晚来的是轰炸机，用五英寸机枪对付他们再合适不过了。我们周围剩下的两艘两栖登陆艇上面都搭载了五英寸机枪，但上面的机枪都不是用雷达控制的，还是得由我来指挥他们，等敌机到达既定位置时让他们升高，瞄准位置开火，与马洛伊号形成齐射之势。我不管最后是我们还是他们击中敌机，只要能干掉敌机就可以了。

"天空一号发来报告说他们已经锁定敌机位置，只有一架敌机，三十秒后朝最大射程位置开火。"无线电发报称。

我想了想，就先用双管五英寸机枪伺候他们。如果我让船转向，船上就有两个炮台可以开火，火力就能加倍，但如果我转了向，周围所有的小船都会被我们碾压。如果要说我计划中的纰漏的话，这算一个，一个严重的纰漏。我是不是有点自作聪明了呢？而且敌人真的只派了一架战机？放那么多烟雾弹，就为了派出一架自杀式战机？

突然，53号炮台开始连续速射，我还听到两侧的小船上陆续有五英寸机枪开始射击。

"火力室发来报告，敌机以三百五十节的速度朝我们袭来，"吉米报告说，"而且是一架大飞机。"

我在脑海中努力搜索，到底哪种日军轰炸机能够飞那么快。留给我们的时间正在飞速地消逝，但毫无疑问天空中只有一架敌机，我们的火力肯定能……

正当我这么想的时候，无线电突然响了："天空一号发报称敌军已被引燃，但控制台却说敌军还在朝我们飞来！"

不一会儿四十毫米机枪也开火了，而且敌机现在已经着火了，要打下来也不是什么难事。五英寸机枪还在艰难地射击着，我现在真想把船调转一下方向，让全船的火力都能击中起来攻击敌机，但我却被自己安排在身边的小船给困住了。但这样做也有好处，当所有船齐齐开火时，就算在指战中心里也能听得出射击时的声音变大了。

我急忙离开了指战中心，穿过驾驶舱跑到左侧的驾驶舱翼桥。我看到左侧所有的枪手都在瞄准船尾射击，不一会儿，天空中便燃起了大火，明亮的火光下仿佛是什么东西正朝着我们靠近。等它越靠越近，我看到这台飞机上挂着很多东西，一点一点在往下掉。几秒后，它从我们顶上掠过，这才发现是一台巨大的灰色四引擎轰炸机，体型就和美军的B-17战斗机一样庞大，它的三个引擎都着火了，但剩下的一个正在满负荷地运作着，它就位于左翼下方，被机身上的火光照得通亮。它就从我眼前飞快闪过，但我还是看到机头已经被打得稀烂，而且好像有个人正被吊在机头下方，在它擦着我们的桅杆飞过时被气流吹得上下摆动。片刻过后，它一头扎进了我们前方半里左右的海里。

周围的枪声在刹那间都停止了，天呐，这次可太险了，这架战机可真大。

"舰长，刚才那是一架利兹轰炸机，"马尔蒂从天空一号向我们汇报，"长距陆基轰炸机。"

"打得好，马尔蒂。"我回应他。说罢，我转头看向外面的两栖战舰，他们正在因为击沉如此一个庞然大物而欢呼雀跃。我这才意识到，如果我们真的转向了，这些功臣中至少一半都要被我们碾平。

突然，指战中心打破了这短暂的轻松："指战中心呼叫驾驶舱！前方发现五至六架敌机！正高速低飞朝我们袭来，方位位于340°（西北方向70°），距我们还有二十八里，排出了直线阵形！"

"水手长！"我大吼道，"快去鸣笛！"

在船上的前端烟囱被撞断之后，汽笛便被装到桅杆上了，水手长拉响了汽笛，发出了一连串紧促的警报声，而这时51号炮台正在沿着右舷搜寻着敌机的身影，不一会儿便压低了角度，准备锁定第一架神风敢死队战机。我隐约听到外面重重的脚步声，应该是天空一号、信号塔、船中部枪炮组的人在按计划撤离，最后才轮到指战中心。突然，炮台停止了搜寻，左右微调了几下便稳稳定住，锁定了敌人。片刻过后，53号炮台又一次开始了射击，然而，留给他们的时间仅有九十秒了。

我对着驾驶舱里的所有人大吼，让他们快趴低，我没必要多次向他们强调，不管船上的五英寸机枪效果如何，我们都要去鬼门关走一遭，他们自己心里也是清楚的。而这一刻真的来临时，船上没有一点慌乱，所有人都知道我们的计划，纷纷快速而高效地从顶层转移。在所有人都安全转移后，驾驶舱突然安静了下来，周围只有机枪扫射的声音，给我一种我们变成了古老的玛丽·西莱斯特号的错觉，只不过是一艘航行在漆黑的太平洋上的玛丽·西莱斯特号，身后有六只视死如归的猛兽，饥渴地向我们扑来，渴望从我们身上吸吮鲜血。

这次，我决定走上右侧的驾驶室翼桥，亲眼目睹这场壮观的大逃亡。看到53号炮台的枪口坚持不懈地射击着，喷发着明黄色的火花，冒着硝烟，我不由得感到欣慰。在右舷外，剩下的几艘两栖登陆艇也在用五英寸机枪朝着敌机飞来的大致方向射击着，他们船上还没有新型的不定时碎弹，所以他们只能手动设置引爆，祈祷能击中敌军。敌机离我们尚远，我还无法亲眼看到子弹在他们身上爆炸，但我知道马上就会看到了。敌机一共有五六架，我们数量也不少，但是……

终于，我看到一架大型敌机被击中了，燃起了大火，看来是不定时碎弹将其从天空中击落的。紧接着第二架也中弹了，可见他们这种瞄准略低位置的方法确实奏效。

这时天空一号附近传来了马尔蒂大吼的声音："53号炮台上的人已经放弃位置了！神风敢死队距到达还有六千码！"

六千码，也就是三里，三十秒后就会撞上我们。逃！现在就得逃！

"马尔蒂，快下去！"在周围的两栖登陆艇的枪声中，我对着马尔蒂大喊。周围这些可怜的小船，他们不知道敌机离我们有多近了，一直信念坚定地对着一片黑暗疯狂射击。

"舰长！你不走我就不走！"他大声说着，炮台上的枪手们都从里面钻了出来，连滚带爬地从梯子上逃到安全区域了。

53号炮台那边所有人都已经逃出去了，一切归于平静。我也想过要逃，但转念一想，又决定留在原地。如果我的计划成功，神风敢死队只会撞上我们的上层建筑，而船上则会相对保持完整。只要马洛伊号还能浮在水面上，不管有多少敌机撞到上层，不管是我，还是其他幸存者都可以把船带到庆良间群岛。

突然，有人推了推我的手臂，我转身一看原来是拉蒙特，他端着两杯咖啡，递了一杯给我，说："给你放了两颗糖，有人告诉过我了。"

直到现在，我们也没有听到敌机的声音，驾驶舱里十分宁静，除了旁边那艘孤零零的两栖登陆艇还在对着敌机飞来的方向扫射着。说时迟那时快，上一秒还如此安宁，下一秒一架自杀式战机便撞上了我们的船尾，整个船身随之颤动，在重击了53号炮台之后，那架飞机便在空中爆炸，化作一团火球。下一架飞机也是如此，撞上船尾的四十毫米机枪炮台后侧翻了几周栽入水中。有那么一个虚无缥缈的瞬间，我清清楚楚地看到了那艘仅剩的两栖登陆艇，它还在对着天空射击，然而它的目标早已飞过了它的弹道。

接踵而至的第三架竟然鬼使神差般地撞偏了，呼啸着从右舷外平直地飞过，飞行员尝试着朝着右舷转向，然而在一阵海风的吹拂下，那架飞机在海面上打了几个滚便剧烈爆炸了。

而第四架飞行的高度则要稍高一些，撞在了二号烟囱的底座上，炸得全船都是碎片，这些碎片划破空气，从我脸颊两侧飞过，传来一阵阵凶险的呼啸声。我看到船上的救生艇一条条从船一层飞出，就仿佛是用轻薄的木屑制成的。而这时那架飞机的引擎撞上了驾驶舱，我想就在那一刻它的炸弹正好被引爆，但我却早已失去了知觉。

第十六章

在我年幼时，只要我们回到华盛顿，每年七月四日国庆节时，家人都会带我去市区里的商场欣赏国会大厦前草坪上的烟花表演。我依稀记得当时看烟花时那种等待的难耐，我总是等待着最后一个最大的烟花点亮整个夜空，"嘭嘭嘭"，一轮又一轮，似乎永不消停，我则坐在父亲的双膝上欢欣鼓舞。

我从当年"嘭嘭嘭"的烟花声中醒来，我耳朵已经被震得麻木了，但却还是能听到身边有"嘭嘭嘭"声，仿佛有人在敲门。我有一只眼睛似乎失去了视觉，我努力试着睁开另一只，看到眼前剧烈闪烁的强光又马上闭起，闭起眼睛后感觉舒服多了。

敲门声还在继续，我听到有人说："里面有人吗？"

我又一次试着把眼睛睁开，看到灯光闪烁得更剧烈，周围的敲门声也更频繁。我平躺在地上，活像一个新鲜的"舰长三明治"，身下有几片不锈钢板垫着，身上的钢板则更多，把我鼻子都挤扁了，这些钢板就正正地贴在我脸上，我睁开还能看东西的那只眼睛便能看到很久以前给这块钢板上漆时的纹路。我双臂展开躺在地上，这才发现好像我的两条胳膊都折了。

敲门声越来越大了，我试图回应门外的人，但我只能发出一声呻吟。

外面的人似乎听到了我的呻吟，他们大喊："有人吗？再说一次！"

我使尽全力也只能对着门外发出一阵呻吟，而且我的双臂开始剧痛，双腿也失去了知觉，还好不是阵阵发麻的感觉，从一定程度上来说倒是个好事。渐渐地，门外不断闪烁的光线变得稳定，我又一次努力地发声。

"听到你的声音了！"有人在外面对我喊，"你好好躺着，这就来把你救出去，不要乱动好好躺着。"

好吧，那我就好好躺着吧，反正我现在也只有一只眼睛的眼皮可以动了。压在我脸上的钢板越来越沉，我连下巴都没法移动了，我尝试着多吸入一些空气，但却因为压迫无法呼吸，就这样，我昏迷了过去。

不一会儿，在比之前更为明亮的光线下，我醒了过来，听到什么机器运转的声音，还有压在我身上这堆钢板发出的断裂声，他们这是在用电焊吗？我尝试着移动身体，但全身只觉一阵剧痛，须臾之间我又一次不省人事了。等我再次醒来时，压在我身上的钢板一部分移动到了我左腿，由于受力不均产生的疼痛让我觉得嚎叫一下也不为过，但我错了，还没能嚎出来我便昏厥了，还好，昏厥时比清醒时要舒服多了。

当我再次醒来，我麻木的身体下方有水流过，我觉得这应该不是因为船沉了，但我还是神志不清，无法判断。周围还是亮堂堂的，机械运转的噪声更加剧烈了，但我听不出是什么机器的声音。一阵海水从我身上涌来，水量正好没过我的脸，感觉很清新，尝到了海盐的咸味，幸好这波海水马上就退去了，没有呛到我。

"还醒着吗？"救援的人问我。

我的下巴还是无法移动，所以我又大声地哼了一声。

"好的，我们现在就把这堆板子慢慢抬起来，如果觉得疼了你就吼，可以吗？"救援人员问我。

我支支吾吾地说："好……的……"

紧接着，他们慢慢抬起了我身上的钢板，一道白光从裂缝中打在了我认为我的腿所在的位置，随着他们慢慢把钢板抬起，光芒越来越强烈，在板子完全抬起来之后，我看到了久违的日光，周围的人逆着光围成三层，我只看到他们脸部的轮廓，他们都在观察我的状况。终于，我的下巴可以移动了。

"谢谢你们。"我说。

突然，周围有个人跑开了，对着远处喊道："被压着的是舰长！我们找到他了，他还活着！"

我微微一笑，心想："你们总算找到我了，赶紧把我抬出去吧。"

救援人员们经过近一个小时的扛举、钻孔、拖拉、再次打空之后才把绳索套到我脚上，把我拖出去，而这一个小时也是让我吃尽了苦头。等到他们把我拖出去之后我才发现，原来刚才把我埋着的就是驾驶舱的残骸。明亮的阳光洒满我全身，周围的人都在好奇而急切地看着我。虽然我右侧大腿仍处于剧痛之中，但能从这堆铁板下解放出来已是很幸福了，看到我们的船仍漂在海面上，周围出乎意料地多了至少五艘前来支援的驱逐舰，我更是感到欣慰。终于，在这紧要关头，舰队上的人意识到保护包围圈的重要性了。

由于长时间受压，我感觉自己的头都变形了，双臂完全不能动，整条左腿从腹股沟到脚踝上都淤着血，耳朵里沾满了干掉的血块，双眼充血，鼻子被挤得有原来的两个那么大，还有其他一些我失去了知觉的部位也慢慢开始产生了痛觉。我不由得自嘲起来，这下自作自受了吧？我的救生衣全都浸湿了，今天阳光格外地明亮，周围站着一群人，他们都在盯着我看。我在一番仔细观察后，终于找到了医生，他靠近我，问我哪里疼，我看到他便对他笑了起来，虽然表情有点僵硬。突然，那种冰冷的昏迷状态又再向我招手，仿佛眼前被遮上了一层漆黑的帘子，我还没来得及告诉医生他给我打的镇痛剂起效了，便昏睡了过去。

直到下午时分，医生给我打的马芬才渐渐失效，我终于神志清醒地回到了真实的世界上。我能感觉到船只在航行，而且开得很平稳。这时，我突然发现周围充斥着烟囱的废气，这才反应过来，原来我没在我的房间里，而是躺在露天甲板上。我看到马尔蒂静坐在我旁边，似乎睡得很熟，他的救生衣是干的，但上面有皱褶，看得出之前在海里游过一段时间。这时，医生过来了。

"感觉怎么样，舰长？"他问我。

"偷鸡不成蚀把米啊。"我回答他。

他点了点头，说："还要再来点麻醉吗？"

"我只想喝水。"

他的助手便递给我一个装满水的咖啡杯，我一饮而尽，但随后被噎住的感觉又让我后悔喝得那么快，我一咳嗽整个肋部便发出了抗议的声音。

"您确定不要来点麻醉？"医生看到我痛苦的表情后问我。

"你们先跟我讲讲在我醒来之前发生了什么。"我说。

突然，有个人在我们附近痛苦地嚎叫着，我这才明白，原来我只是被压在主甲板前端的十几个人之一。

"我看到他了。"马尔蒂说。

医生点了点头，站了起来，马上也赶去查看那名重伤员，他边走边把装着马芬的注射器掏了出来。

"我们还是活下来了！"我对马尔蒂说。

"是的，长官，"马尔蒂说，"我们活下来了，多亏了您的计谋。船上层的甲板室除了驾驶舱的挡风玻璃其他什么都不剩了，在驾驶舱前面的52号炮台和那挺四管四十毫米机枪还在，而我们现在准备在驾驶舱后方安装一个飞行甲板。那附近的所有东西要么被碾平了，要么被烧焦了，或者从船边飞出去了。我们认为昨晚一共有四架神风敢死队击中我们，而且最后一架的机身下还带了个炸弹。"

"伤亡人数是多少？"我问。

"就在您眼前呢，舰长，"他说，"十三个人受伤了，只有十三个！那么少的伤亡人数真是太不可思议了，虽然现在是手动驾驶，但动力室基本没有受损，不过现在问题就是烟囱坏了。我们现在正朝着庆良间群岛南下去找维修船，在一旁保护我们的是一艘基林级驱逐舰瓦德尔号，包围圈上现在也有另外五艘驱逐舰在防御了。"

现在躺在前甲板的52号炮台下，我看不到船整体受损有多严重。炮台后面就是驾驶舱的正面，整体受损严重，看起来就像那些年久失修的英格兰修道院似的。在驾驶舱后本来应该是炮台底座、桅杆、一号烟囱的位置，但现在却空空如也，只见一片蓝天。

"也就是说，我的战术成功了？"我说着却感觉身体极度疲劳，差点又要昏睡过去了。

"相当成功啊，"他说，"我一开始是不愿意这么做的，因为弃船本来就不合规矩，但没得说，您是对的，这个战术起了奇效，船上三百多号人都等着亲自感谢您呢！"

"我印象中最后被撞的时候你还在天空一号上面啊，"我说，"你是怎么……"

"我情急之下从左舷边上来了个完美的燕式跳水，等那颗大炸弹爆炸时我早就在水里了，但震感还是很强烈，我在水下都有感觉，还好周围的两栖战舰五分钟内就把我打捞到一艘小船上了。"他说。

"拉蒙特呢？他在哪？"我问。

"我在这儿呢，舰长！"拉蒙特对着我叫道。他躺在担架上，腿上被包扎起来了，从脚到腰都夹着夹板。"我撞在甲板上，又被反弹回来了。"

"霍博肯，哼。"我想起了他的家乡，不由得笑了起来，想必他也听到了。

"本来就是啊，舰长，我总得有个家乡吧，哈哈哈。"他说。

这样甚好，拉蒙特没事，我也还活着，马洛伊号也没沉。真棒！我很想大声喊出心中的兴奋之情，但睡意又一次袭来，我便昏厥了过去。

隔天早晨我醒来后发现，我躺在维修船上准将范·阿纳姆的房间里，睡在久违的床上，盖着久违的亚麻制品。阳光从房间里的几个舷窗里射了进来，与马洛伊号不同的是，这些舷窗是有玻璃的。我起身四下环视，很奇怪为什么他们把我放在这里休息。我看到在桌上有一张照片，上面的女人想必是准将的妻子，长相俊俏，身着一袭美丽的长裙。在他的妻子身后还站着一个妙龄少女，也是生得水灵，难道是他的女儿？他不是应该有两个女儿吗？

我不由得开始怀念起准将来，尽管我们相交尚浅，不过在我房间的保险柜里还装着他的戒指和一缕头发，但愿我的房间没有受损。经历过这番波折后，我不知自己还有没有精力，有没有勇气去履行我之前与医生说我战后亲自去找准将遗孀的诺言。

门外传来了几声轻柔的敲门声，一个黑人水手推开门，从门缝中把头探进来。当他看到我已经醒来时，他马上退了出去，不一会儿给我端来了一杯咖啡和一碟肉桂卷。看到食物我才意识到自己饿得不行，便急忙坐了起来，坐起来后感觉胸闷气短，"糟糕糟糕，不该起那么急！"我一边慌乱地嚷着，一边不自觉地翻起了白眼，又一次，我晕倒了，连一口肉桂卷都没吃上。

等我醒来时，医生坐在我旁边，而那个给我送食物的船员已经走了，但咖啡还好好放在那里，肉桂卷也在。

"醒了？"医生说。

"再也不能这样了。"我说。

"你要习惯慢慢行动，"他叮嘱我，"虽然你没什么严重的伤，但你的副舰长告诉我你全身在几千磅的钢板下压了挺长一段时间。现在你要干什么都要小心，慢慢地做，每次做动作前都要深呼吸，知道了吗？"

我轻轻点了点头，连带着下巴动了一下，疼得要命。

他给我倒了点咖啡，说："你手下告诉我了，你的咖啡要放两颗糖。"

我笑了笑，问他："我的船呢？"

"就停在旁边，"他说，"哈尔西派了个上校来这边要跟你说点什么，你怎么样？有力气见他吗？"

"我有力气吗？"我觉得很荒唐便反问道。

"反正每次做动作都要慢，都要先深呼吸，"他再三强调，"你看起来挺好的，你就知足吧，还有止痛药给你吃。来吧，先坐起来。"

我花了五分钟才慢慢坐起来，每个动作都要特别小心，这几年都没做过那么多次深呼吸。我感觉身上的每块肌肉都在强烈抗议，似乎不同意我起来。折腾了半天我才喝上一口咖啡，吃了几口口感黏稠的肉桂卷，从口味来说，这边的厨师手艺比穆奇高多了。不一会儿，舰队上的大官进到了房间里，吉米和马尔蒂也随他一起进来了。

"你好，迈尔斯舰长，"他说着，向前走了一步与我握了手，"我是比尔·瓦林舰长，是舰队里的操作助手，看到你的船之后对于你还健在我们感到无比高兴。"

舰队的人都喜欢说"我们"，我觉得很有意思，说出"我们"这个词时，仿佛他们都享有与布尔·哈尔西一样的权力和荣耀。

"能活下来也是我运气好，"我说，"我现在动作缓慢，还请你见谅，我必须谨遵医嘱。"

"我能理解，"他说。这个人身材修长，眼神犀利，看来是瘦了不少，和平时期应该要比现在重个三十磅。他的一双亮蓝色的眼睛下有着厚厚的黑眼圈，显然是因为在哈尔西的船上每天工作二十小时所致。看得出来，他自视甚高，知道自己也是位高权重的人。

"之前我也说了，"他接着说，"我看过你的船了，根据官方的报告，攻击你们的有一架击偏了的四引擎轰炸机，还有四架正中目标的神风敢死队，但全船只有十三名伤员。我很好奇舰长先生，你是怎么做到的？"

他这套对谁都叫"先生"的做派就和英国海军指挥官传唤他们手下时一模一样，"先生，对，说的就是你，给我过来，先生""先生，你竟敢这样！""先生，你真是个猪狗不如的东西！"

好吧，这么说可能有点过了，由于之前舰队的人对我们包围圈不管不顾，所以我总是给自己讨厌他们的心理暗示。我想把话题转到沉没的韦斯特福尔号上，我不禁问自己："怕什么，把让船员做的事告诉他，然后就可以自然而然地引入韦斯特福尔号的话题了。"

"舰长？"他又叫了我一次。

"不好意思，"我说，"昨晚太煎熬了，现在还没恢复好。"

"舰长不如你先休息吧，我待会儿再来，"他马上对我说，"我完全可以……"

"没事，"我说，"趁我还记得我就快告诉你吧，吉米，马尔蒂，如果我忘了什么重要的细节你们就提醒我。"

他俩点了点头，我便开始给瓦林舰长讲起了韦斯特福尔号的遭遇和我们是如何避免步他们的后尘的，每当我遗忘了某个重要的细节，吉米和马尔蒂都会为我补充。就这样我们聊了半个小时，讲完话我口干舌燥，瓦林也是个细致的人，看出了我的不适。

"谢谢你，舰长，"他说，"你们的计划真是精彩。"

"我有个问题要问你，瓦林舰长。"我说罢便看到吉米一脸严肃，他似乎想到了我要说什么。

"请讲。"

"哈尔西他妈的为什么带了七十七艘驱逐舰来这边，却让我们两艘船孤零零地在包围圈上等死！"我宣泄了我的愤怒。

瓦林明显是被我的话震惊了，因为从来没有人敢去质疑哈尔西做的任何决定。

"你看起来压力很大,"他憋了半天终于憋出了这句话,"昨晚太不容易了,你……"

"别他妈扯淡,"我打断了他,"我就想要个说法,丹尼尔斯号和韦斯特福尔号上所有阵亡的海军想要这个说法,跟着白金汉宫号一起沉没的海军都想要这个说法,范·阿纳姆准将也想要这个说法!你们那边有十几艘母舰,二十几艘轻型母舰,成百上千架飞机,几十艘巡洋舰、驱逐舰、战列舰,有那么多火力你们却让我们在包围圈上等死?为什么?用我们的命来为你们换一个提前十五分钟的预警?舰长,这他妈算怎么回事!威廉·弗雷德里克·哈尔西和他手下那大帮子人的命就比我们值钱?"

吉米·恩莱特看着我,用眼神示意我,仿佛在说:"求你了,求你了,别再说了。"但时至今日我已经不关心了。马洛伊号已经被撞得七零八落了,估计他们都懒得修,会直接从庆良间群岛里拖出去,打开舱底的进水阀让其自行沉没,之前有无数包围圈下来的伤船就是被这么处理的。小弟,舰队上的人就叫我们小弟,在他们眼里我们不过是小弟,那些战列舰上的将军们拍着自己挂满勋章的胸脯,趾高气昂地对我们下命令:"小弟们!嗯哼!跟我走!"用英国人的说法,我知道我只是个"一次性用品",一个从母舰上派到驱逐舰上的年轻中尉指挥官,在驱逐舰上当个副舰长,得益于日本人的猛攻,加上蓝色大舰队里没人稀罕下来做舰长,我才得以升职。

瓦林舰长起身,恶狠狠地看着我,仿佛在说"你别想干了"。"舰长,等你病情好转以后,上面会有人来调查你的船的损坏程度,鉴于你们直接放弃了保护炮台,估计好不到哪里去!各位,再见。"说罢,他离开了房间,我看向了吉米和马尔蒂。

我学着准将说:"他们要是连个玩笑都开不起就不理他们了,不是吗?"随后,我便躺倒继续睡去了。

接下来的两天里我似乎因为发热而导致了精神错乱,但幸好在医生诊断之后排除了这种可能,至少目前是没有。我睡觉时还会在脑中想起海军的白色制服,以及在我手臂上时不时刺痛我的臂章。在发热三天后,我总算可以吃喝了，身体仿佛是被压路机碾过一样难受，医生却说被压路机碾过也差不多确实是这些症状。这时，吉米和马尔蒂进到房间来，给了我一份船上的军情报告。马洛伊号的船身完整，引擎室完全正常，维修船的舰上管工决定为我们重装一个临时驾驶舱，再一次为我们修理两个烟囱，然后送我们回珍珠港。等到了珍珠港后，船管局的人会决定马洛伊号到底是重建还是报废。说罢，他们便匆匆离去，因为有一艘受损的战舰开了过来急需修理，而且在这艘六万吨的巨船过来后，周围拴在维修船上的三艘驱逐舰都需要重新调整缆绳。这景观可有意思了，我得去看看，不然待会儿可能又昏过去了。

当天下午近三点整时，两个医护兵强行拉我起来，帮我洗了个澡，刮了胡子，换上一身看起来像浴袍一样的病号服，我都怀疑他俩是日本人派来的奸细。接着他们给我上了一桌"丰盛"的饭菜，有麦乳有桃子罐头，但我真的饿了，稀里哗啦地吃起了这堆黏糊糊的东西，但吃了没有一半的时候我的胃就仿佛在告诉我不能再吃了。那两个折磨我的医护兵说这已经是不错的伙食了，别吐出来浪费了，说罢他们便转身离开。

在我填饱肚子后，我看向窗外，从右侧舷窗射入的光线突然被挡住了，看来是维修船旁边开了一艘巨大的舰船，那艘船鸣着警笛，伴着岸边水手的喊声停了下来。由于这艘船的影响，我真切地感受到了维修船先是往前溜出一截，又倒退了五十英尺左右。不一会儿，有人就在全船广播里用洪亮的声音宣布道："船已拴好！"一个半小时后，我的舱门外有人敲门，进来的是一名气宇轩昂的指挥官，穿着一身极为干净、板正的制服。

"舰长同志，下午好啊。"他语气轻快地说，"准备好起来散散步了吗？"还没等我回答，他便马上站到一边，给身后的威廉·弗朗西斯科·哈尔西将军让路。我不敢相信自己的眼睛，眨巴了几次，正当我犹豫着要不要起身行礼时，哈尔西朝我走来，伸手示意我不用起身了。

哈尔西看起来是那么的苍老，不过他年龄在海军里本来也就够老了，现在大概六十出头的样子，看来是常年指挥舰队日夜操劳，再加上他一直在与带状疱疹抗争。他习惯性地摆出一副阴郁的表情，偶尔笑一下也给人一种勉为其难的感觉。他和斯普鲁恩斯两个人轮流掌管美国海军太平洋舰队，当他在位时舰队就叫做"第三舰队"，而在斯普鲁恩斯手下就叫"第五舰队"，我一直觉得日本人肯定以为这两个是不同的舰队。

他的副官抽出一把黑色的椅子坐下，而哈尔西则直接坐在了我床旁边，向副官伸出了手，副官便递了个东西给他。那是一个小盒子，哈尔西把盒子打开，把里面的美国海军十字勋章别到我的病号服上，并与我握了握手，虽然我没看到房间里有摄影师，但在这一时刻房间里有闪光灯闪过，哈尔西便把他那张标志性的臭脸转向一旁。

"好了，"他用粗哑的声音说，"之前把我批判了一番，现在呢，我反倒是来给你戴上了勋章，是不是不知道要怎么面对我了？"

我点了点头，我确实是不知所措了，可见哈尔西是对这种事情再熟悉不过了。我这时才反应过来，房间外的走廊上肯定是挤满了人，毕竟一个五星上将身边总是有众星捧月。

"之前听说你在包围圈上救起了全船人，我本来对此没有一点兴趣的，"他说，"但瓦林舰长回来以后跟我说了你的所作所为，还有你骂我的那通话，我便想来看看究竟是何方神圣。但在我进来找你之前，我看到了马洛伊号的模样，船伤成那样还竟然只有十三个伤员，没人阵亡，舰长同志，这简直是不可思议啊！"

"感谢您的夸奖，长官，"我说，"反正面对敌军的直线阵形我们也没法反抗，干脆就做到保证大家的安全算了。"

"然后你就把所有人都赶到第二层甲板下面了？"

"是的，长官。"

"但我听说你最后还待在驾驶舱里了。"他问我。

我下意识地耸了耸肩，但身上肌肉的疼痛告诉我要控制自己。"当时已经逃不了了，而且我想看看我的战术会不会成功。第四架是伤我们最重的，您也知道，他们有的飞机上都装了炸弹的。"

"嗯，我知道，"他说，"旁边的密苏里号就是吃了这个亏，船上的整个炮台都被炸飞了，一架神风敢死队的飞机就可以致命。还有，瓦林舰长还告诉我，你是不是不明白为什么我把你们单独放在包围圈上？"

第十六章

"是的，长官，"我说，"我们当时已经被打得七零八落了，指定位置之间互相没个照应，就像两只蠢鸭子似的，在日军想出了直线进攻战术以后，我们差点就都变成死鸭子了。"

哈尔西点了点头，轻柔地说："年轻人，这就是人生啊，最终能对日本本岛造成威胁的是母舰队，还有长距离轰炸机，而驱逐舰不能把战火带到日本本岛。我们就快拿下冲绳岛了，冲绳岛是我们踏上日本本岛前的最后一站，我们势必要夺下上面的三个机场，让战斗机从这边起飞，为轰炸机保驾护航。这些战斗机就和你们驱逐舰一样，速度快，效率高，但最终打到本岛的不是它们，而是轰炸机。你们在包围圈上给我们提前十五分钟预警，这是我们做不到的，在得到你们的预警后，我们就会向空中派出双倍的战机，但如果战斗机没有在甲板上装备好，加好油料的话也是没用的。有没有这个提前预警，就决定了我们的防线是布满了充分准备后的防守战机，还是所有母舰化作一片火海。"

"长官，我们都知道这个预警很有必要，但您手上有那么多驱逐舰，只要当初多给我们五艘的话，我们就不至于死伤那么惨重。"我接着说。

"但事实证明多给你们五艘也没用啊，舰长，只要敌军用直线进攻你们就无法抵抗。你的副舰长一个小时前就给我和我的手下在军官室里画图解释了一番，你自己也说过，敌军这样的攻击是无法阻挡的，不是吗？"哈尔西反驳道。

我不得不承认，便点了点头。

"那在我的母舰旁边，是不是无论多拥挤，我都应该把尽可能多的驱逐舰留在旁边，我们周围的船互相碰撞的频率就像被神风敢死队撞到一样频繁，但不管怎样，我们都得把敌军的直线阵形尽量削减，等到他们杀到母舰旁的时候最好只剩一架。你看，你们这才发现他们的直线进攻阵形，我们这边已经对付他们好几周了。"

我傻眼了，之前从没听说过这样的事。

哈尔西说："现在我再给你一点人生经验，驱逐舰的职责就是要为舰队其他船只提供保护，所以有时候让你们挺在前线也是必要的，你们常常被暴露在敌军面前也是无法避免的。你们通过不同的方式来保护我们，有的为我们增加火力，有的为我们提供长距离的雷达支援，所以为了让舰队的一艘母舰避免回到珍珠港报废的悲剧，在包围圈上牺牲掉一两艘驱逐舰也是无可厚非的。马洛伊是你服役的第一艘驱逐舰吧？好像之前我给你写升职信的时候就有人告诉过我了。"

"是的，长官，我从前是在……"

他接上了我的话，说："母舰上，是吧，那我猜你以前在母舰上时也没怎么把驱逐舰当回事，也是只知道把它们布置在身边进行防御，对吗？"

他这一问就把我问住了，我一直没有从这个角度想过，哈尔西也看出我的迟疑，得意地笑了起来。

"在范·阿纳姆准将遭遇不测之前，他曾跟我提过你，"哈尔西接着说，"他说你是一个见习副舰长，阴差阳错就当上了舰长，而且还干得比谁都好，多次死里逃生，看来真是险境出英雄啊。"

说罢，他突然站起了身，严肃地对我说："恭喜你获得十字勋章一枚，这是你应得的奖励！快点好起来，等总攻的时候跟我们一起打上日本本岛。马洛伊号就暂时先回美国吧，你就等到哪艘驱逐舰上舰长的位置空缺了再上任。这次可别再骂我了啊，不然我跟你没完，哈哈哈。"

他仰天大笑，随后离开了我的房间。

第十七章

在我慢慢恢复后,我的身体状况让我很是失望,在这次伤病中,我的结缔组织严重受损,多处伤口复发性感染,听力衰退,头骨也被压变形了,最严重的是我的皮肤大面积受伤。有个医护兵有次还嘲笑我,说我有时候看起来就像只能走路会说话的北京烤鸭,我想用凶恶的眼神威胁他,但我的眼皮却不听我使唤。在哈尔西来找我的一天后,我第一次从镜子里看到了自己是一副什么模样,才知道哈尔西将军的自控能力有多强,见我这副样子还能正常地跟我讲话。不过想来也正常,在受伤后的很长一段时间里,我的皮肤看起来都像一层牛皮纸似的,而哈尔西则是常年带状疱疹的患者,肯定是与我同病相怜了。

在两艘驱逐舰的护卫下,马洛伊号在新任舰长中尉指挥官吉米·恩莱特的指挥下回到了关岛,后又赶往珍珠港,沿途中船员们都在与巨浪作着斗争。回到珍珠港后,维修人员排干了马洛伊号的水,发现船身上有一道一百五十英尺的裂痕,大概是最后撞上船的那架神风敢死队的炸弹所致。最后,珍珠港海军基地派出的专员经过评估之后,建议让马洛伊号报废,因为船身上的很多部件还是可以拆下来再利用的,把船内的油抽干,再开去五千八百里外的夏威夷州中部的钻石头进行处理。最后,吉米·恩莱特、马里奥、多尔蒂三人一同打开了进水阀,二十分钟后,我们日日夜夜奋战的马洛伊号便消失在了海中。

而我则被送到了关岛上的一座海军医院里进行治疗以及进行后续的康复疗程,在那之后,海军又把我送到了一所位于圣地亚哥名叫巴波阿的复式医院接受治疗。在那里。圣地亚哥独有的热带草药学家神奇地研发出了治愈我受损皮肤的药剂,我才终于告别了病榻,以美国海军指挥官的军衔退役了。我从医院里走出,沐浴着圣地亚哥永不停歇的艳阳,但却无家可归,无车可用,周围连个好友或是远房亲戚都没有。我向前走了一百码后，实在无力继续，便在周围坐下，由于在马洛伊号整个驾驶舱下被压了很长一段时间，我身上所受的伤是别人无法想象的，我为自己能幸存下来感到开心。尽管海军以一种温柔的方式把我移出编制，为我提供了良好的医疗保障以及养老金，但我内心还是受到了极大的冲击，直到此时我才意识到，海军生涯早已根植于我成年以后的生活中。

在之前一段时间，大概是七月下旬的时候，我被送到了一所疗养院里，里面提供的服务包罗万象，但主要就是为患者在不需要持续治疗后的时期里提供康复治疗。这疗养院里的医生全是一群笑里藏刀的虐待狂，他们总是让你每天比前一天多走几步，等你终于能够走得远了，你就可以去治疗室接受下一轮的治疗，而里面的人将用托尔克马达当初给人们洗脑的那一套来对付你。几周之后我发现，如果我听他们的话乖乖接受治疗，他们就不会盯着我，限制我的自由，于是我便得以在疗养院里走动走动。也就是在那时，我在隔壁的一间房里找到了"胖子"塔尔梅奇留下的东西。

我穿着睡衣和浴袍，从疗养院里一瘸一拐地走出去，我原先走路需要拄着两根拐杖，经过一段时间的康复以后，我可以只用一根了。走出门后，我拿出他的东西，看了看上面的名牌，走了两步，又停了下来，转身一看，隔壁的房门打开了，里面坐着一个女子，我好像在哪里见过她，她此刻正坐在窗边的椅子上读着一本杂志，我便走上前去，敲了敲门。

"请进。"她言语中那和善的气质让我印象深刻，我这时才想起来，以前舰长还在船上时，我每次去他房间都会在舰长的桌子上看到这个女子的照片。她大概四十出头，体形圆润丰满，长相甜美可人，头发已经开始变得略显灰白。

我走进房门，她看到我的时候吓了一跳，捂住了嘴，随后想想又觉得自己的行为太过无理便向我道歉。"你看起来很不舒服啊，"她说，"怎么了吗？"

我试着对她微笑，但我脸上的肌肉还是有点不听使唤，便搞出来一副似笑非笑的狰狞模样，估计又把她吓了一跳。我努力地控制着自己，试图把话说得更清楚一些，向她介绍了自己，告诉她我就是满脸安详躺在床上的塔尔梅奇舰长的副手。

"噢！"她突然反应过来，似乎知道我是谁了，"我认识您，您是康尼·迈尔斯对吧。我的天呐，您这是怎么了？马洛伊号怎么样了？"

"船沉了，"我说，"说来话长了。"我看向了躺在旁边的塔尔梅奇，时至今日我仍把他看作是我的上司，我的舰长。他微微睁开了眼睛，空洞地望着周围，他双手放松地放在胸前，看他这副神态，估计早已失去意识了吧。这时，他的妻子似乎看到我在盯着舰长看。

"不用管他，"她说，"他这是在休息呢，你倒是给我讲讲马洛伊号的故事啊，那可是他的心头肉呢！"

"休息，"我想，"用来形容他这样的状况也没什么错吧。"

"我可以坐下吗？"我突然感觉到双腿在颤抖，便知道不能再站立了，我逐渐发现了规律，每次不能站太久。

她马上从椅子上站起来，示意让我坐下，随后她便从房间里走了出去，回来时带了一把椅子，放到我的旁边和我坐在一起。坐下之后，她让我把马洛伊号的故事巨细无遗地给她讲一遍。

我便向她娓娓道来，讲话的时候还不时看看舰长，但他也只是静静地躺在床上，闭着眼睛，安详地呼吸着。

"海军那边告诉我的事太少了，"她说，"我在马里兰的时候就收到电报，说他受伤了，要被送到关岛，然后又从关岛送到了这边，我便直接从马里兰过来与他在这里会合了。我还以为他是身体哪里受伤了，结果……他就变成现在这种状态了，医生也说不知道他会不会，何时会从这种半昏迷中恢复过来。"

她似乎对舰长的精神状况很放心，觉得等过不久他就会醒来，向她要一杯咖啡。"然后呢？"我接着问她。

"医院的人说他们会训练我，告诉我怎么照顾他，有个护士说主要是要注意卫生，小心别让他长褥疮。在熟练之后，我会带他回东海岸的家吧，希望他能快点好起来。"她告诉我。

我看了看舰长周围，他既没有插食管也没有打吊针，我奇怪地问她："他能自己吃东西？"

她向我解释道："我把勺递到他嘴边他自己会张嘴吃，我平常照顾他起床、去厕所都很方便，他的身体似乎还有意识，知道该怎么配合我。医生跟我说，他这种情况比植物人好多了。"

"那就好，还有希望，塔尔梅奇夫人，"我说，"在你的帮助下他现在可以做这些事，那等再过些日子他就会自己观察，自己感觉，感觉身体舒服了，那病就好了。"

"我也是这么想的，迈尔斯，我也希望这样。"

这番拜访以后，我便知道他现在有能手照顾，便放心不少。不用说我都知道，医生肯定和她好好谈过，给她列出了多少种将来舰长病情发展的可能，但她没有退缩，我想，这就是婚姻的力量吧。我向她礼貌地道别，告诉她有事可以来找我，她问我我住哪，我竟不知如何回答，我便记下了她的住址和电话号码，告诉她我大概会搬去华盛顿，等我找到落脚地之后便会和她联系。

在我遇到舰长夫人前的一周，医院的领导告诉我海军内部已经决定由于我的病情他们将让我退役，他们还会给我发养老金，不过鉴于我短短十年的军龄，这笔补助自然是不比那些二十年或三十年军龄的老兵拿得多了。我留在马洛伊号上的私人物品已由一艘巡洋舰从珍珠港运了过来，还附送了我一张黑白照片，上面是全体船员在珍珠港10-10号码头前的合影，后面有他们每个人签下的名字。一起送达的还有一张照片，这张是马尔蒂拍的，上面是马洛伊号船尾在海面上竖直沉入水中前的那一刻。最后，我基本上把我的制服都扔了，它们占满了我本来就狭小的衣柜，放在里面都要发霉了。我留下了船员们的全家福，把另外一张送给了当地的海军军区新闻宣传部。

之前塔尔梅奇夫人还问过我在哪里可以找到我，我后来一想，我退休的母亲现在还住在华盛顿特区，她没有工作没有车子，也没有什么能够用来在这现代化的大都市里谋生的技能，我想我还不如先回家，重整旗鼓再做打算。

回家以后我惊喜地发现，海军把我将近四年的薪水都存到了华盛顿的里格斯银行里，所以就短期而言，经济压力不大。我能预料到在日军告负后，前线肯定会有海军的退伍潮，然而有些报纸早已对老兵在欧洲胜利日后返乡造成的影响做出了评论，也有不少报社关于政府将出台何种措施来解决老兵冗余问题，更好地为老兵服务做出了猜测。

在我彻底告别海军生涯之前,我还有一件未了之事,而为了完成这件事,我就必须前去拜访乔治亚的某个小城。我现在想起这件事就不禁感到担忧,那天早上走到医务室里,看着准将的遗体,自己倒是感觉必须为他做点什么,但事后再一想,我对他的遗孀和其他家人而言,完全就是一个素未谋面的陌生人,而第一次见面时,我就要把如此骇人的两件私人物品交给他们,他们要如何面对我,面对这个事实?

但等我真正做到以后,却发现事情出乎意料地顺利,整个过程体面而不失礼节。我从加州坐火车前往亚特兰大,途中花了我四天时间,而在这四天中,我基本什么事都没有做,只是呆看着窗外,心无杂念。我坐的是普通的卧铺车厢,而且还不是用来专门运送士兵和水手的那两节车厢,那两节车厢每节还配有一支精干的医疗队。这是自1942年初以来,我第一次回到美国本土,之前都是在太平洋上来来去去。就算只是静静地看着窗外也让我备感亲切,仿佛让我重新与美国认识一次,这里的一切看上去都那么美好。

我在从圣地亚哥出发之前就给威廉·范·阿纳姆夫人寄过一封信,并交代了乔治亚蒙蒂塞洛的邮局转告她,我将登门拜访,并把准将的一些私人物品交还与他们。到达亚特兰大以后,我花了一天时间休整,我是在1945年八月六日抵达亚特兰大的,也就是在那天,美国向日本广岛投放了原子弹。从当天的新闻来看,日本人投降的日子只会早不会晚了。第二天,我穿上西服,打好领带,带上了我的两个包,去租车行租了一辆车和一位司机,让他带我前往蒙蒂塞洛正在高速发展的市中心。临时聘用一位司机似乎有些铺张浪费,但我已经很多年没有开过车了,对自己的驾驶能力不太放心,怕到时候在南边的乡村里迷了路,而且自我离开巴博阿医院之后,我的身体还十分虚弱。

在我抵达蒙蒂塞洛时,我才发现这个城市当真不大,我很快便找到了之前寄东西的那家邮局,跟他们讲明了来龙去脉,便问有没有一封寄给威廉·范·阿纳姆夫人的信。邮局的工作人员是一位性格暴烈的女性,从外貌难以分辨她的年龄,她咄咄逼人地问我是谁,我便告诉她我就是寄信人,现在要给威廉·范·阿纳姆夫人送点东西。"哦,原来是这样,"她说,"威廉·范·阿纳姆夫人还认识你呢。"这一点非常关键,她听说过我,至于如何听说我也不得而知。我的司机是一个中年男性黑人,名叫霍默,她把威廉·范·阿纳姆夫人家农场的具体位置告诉了霍默,她家的农场在一个叫青松镇的地方。

司机沿着那位女子给我们的方向开了一段时间,就在快到达时,我们开过了一段绿荫夹道的小巷,转过一个巨大的红色谷仓,我还以为她说的青松镇会像爱尔兰的塔拉镇那样阴森地矗立在山上,但眼前的景象却与我的想象大相径庭:一片干枯的玉米地,中间有一条长达一里的砂石小路蜿蜒曲折。道路两旁的树并不是常见的橡树,种类独特,但我也叫不上来。当我们终于到达她家房前时,我看到准将口中的这座农场就是一个两层楼的农舍,门前有个宽敞的阳台,上面搭着一个绿色的顶棚。整套房屋看上去没有支柱,没有巨大的红砖烟囱,二楼看上去也没有走廊,也绝不会有我想象中那种一群黑人正在一边快乐地哼着小曲,一边把一团一团的棉花塞上马车的景象,在这个农场里找不到一丝一毫美国著名演员克拉克·盖博电影中典型的乡村景象。

好吧,一切都是我的想象,也许这才是农场的真实面貌。我环顾四周,并没有发现青松,在她家外面的那棵孤零零的橡树下,停着一辆1939年的复古车。时间才过晌午,屋外一片荒凉,有那么一瞬我真想扭头就走,但大概是之前与塔尔梅奇夫人的交谈给了我勇气,我还是决定履行诺言。

"霍默,你觉得有人在里面吗?"我问我的司机。

"他们一会儿就会出来了,"他告诉我,"乡下人看到有陌生人来都会在家里先观望一下。"

他说的没错,果然一分钟后前门便打开了,准将房间里那张照片上的女子从里面走了出来,她看上去有五尺两寸高,明显可以看出她还是穿着照片上的那套衣服,但却比照片中看上去要苍老一些。我在心里对自己说,家人逝世总是会让人心力交瘁的。

霍默告诉我如果可以的话他就在外面等我,我便独自下了车,走到她门前,才发现身后跟了两条乖巧的狗。我行动仍是不太方便,上台阶得一步一步来,尤其是没有拐杖的时候。

"您是威廉·范·阿纳姆夫人吗?"我问,"我是指挥官康尼·迈尔斯,曾荣幸地效力于您丈夫麾下，您之前应该收到我的信了吧？"

"我收到了，舰长，我收到了。"她的南方口音是如此的甜美可人又显得颇有教养，我透过盖着窗帘的窗户似乎看到里面还有人。她接着对我说："我丈夫在逝世之前曾给我来过信，里面向我介绍过您，说您前途无量啊。要不，您先进家里再说？"

我走上台阶，与她轻轻地握了下手，便随她进到了屋内。

"一路赶来辛苦了吧，舰长？"她扭过头问我。走进门廊以后要比在花园里凉快不少，门廊两侧各有一屋，一侧是客厅，另一侧是饭厅，正前方则是工艺精美的楼梯。从家里老旧的地板、墙角的霉菌和墙上厚厚的石膏来看，这座房屋大概有一百年的历史了。

"我翻过了半个世界才来到这里的，"我开玩笑地说，"说得夸张点就是这样。"

"确实是远，"她说，"范·阿纳姆因为军队纪律，从不告诉我他在什么地方。"我随她来到客厅坐下，一个黑人女佣端着托盘向我们走来，上面似乎盛了一些冰茶和糖屑饼干。我这才反应过来，一定是邮局女工告知了她我将来访的消息，她便一直准备着迎接我。

"我和准将一直在一个叫冲绳的岛屿上作战，"我说，"那个岛就在日本本岛东南边几百里的位置。"

"那您听说最近投的那枚炸弹了吗？我听新闻里说好像是叫'原子弹'？"她问我。

"夫人，我还不太清楚，不过从他们发回的报告来看，日本人就快投降了，可能我们都不需要发起总攻，光是进攻冲绳就足够让他们折腾的了。"我回答她。

她点了点头，说："我们晚上都会听新闻，但播音员对战况永远都是持乐观态度。"

我笑着对她说："我想这只不过是他们在对群众喊口号吧，不过冲绳岛确实是拿下了，现在空军正要入侵本岛。不过嘛，我已经退役了，再也不关我的事了。"

我向她说明了我因为身体状况而不得不在仅仅服役了十年的这个时候选择退役，她似乎对我有些同情。"你心里难过吗？"她问我，"被逼着退出军队会很难过吧？海军生涯对范·阿纳姆来说就是他的一切啊。"

"喜忧参半吧，夫人，"我回答她，"冲绳战役让海军都吃尽了苦头，我自己也需要很长一段时间才能从阴影里走出来。"我尽量用一些听起来不那么血腥的词语向她描述了我和马洛伊号的遭遇，而马洛伊号不仅仅是我的船，也是准将手下的几艘船之一。想到这里，我突然哽咽了一下，她看着我，眼里满是同情。

"战后我真的身心俱疲，"我说，"在和平时期，仅仅服役十年就能当上指挥官是根本不可能的，就我个人而言，我的晋升主要是撞上了特殊时期，而不是因为我个人能力突出。"

她点了点头，说："在他出征太平洋之前也曾对我说过这些事，他说在珍珠港事件之后，海军迎来了一个新旧更替的变革时期。现在范·阿纳姆也回不来了，不如您给我详细讲讲吧。"

我还没有做好心理准备，那么快就能平静地回忆那段往事，之前我都还觉得有点尴尬，但眼前的这位佳人却让我感觉很自在。

"我丈夫葬在海里了是吧？"她问我。

"是的，夫人，"我说，"我以舰长的身份亲自为他送行，给他办了一个正式的海葬仪式，虽然条件艰难，但我们还是尽量把仪式搞得正式了。他登上我们的船不久便遇袭了，他当时安详地坐在驾驶舱的指挥椅上。"

她似乎听得出神，茫然地对我点了点头，两眼放空看着前方。窗外的阳光似乎被一朵云挡住了，房间里的光线顿时昏暗了下来。我责备自己怎么跟她讲得那么详细，让她也难过起来，似乎现在都不想再听下去了，不想再听我重申她的丈夫已经逝世这个事实，不想再听那残酷的太平洋是如何把远航的男人和他们弱不禁风的小船吞没的。

"你之前说是要给我送什么东西过来是吧，"终于，她开口说话了，"海军那边已经给我们送过一些他的私人物品了，几件制服，一把佩剑和几顶帽子。"她眼里满是悲伤，仿佛在拷打我的内心。

第十七章

我深深地吸了一口气，点了点头，从我的大衣口袋中掏出一个银色的雪茄盒，虽然用雪茄盒来装遗物略有些不合适，但我在亚特兰大的时间有限，找不到更好的盒子了。我把盒子递给了她，她接过去后便打开了，看到她丈夫的海军军校戒指、结婚戒指静静地躺在里面，还有一个复古的吊坠，吊坠前是一片椭圆形的玻璃，里面装着她丈夫的一缕头发……

我想她先看到的应该是戒指，脸上露出了笑意，却还是荡漾着悲伤，她仿佛在欢迎那两枚戒指回家，找到它们的归宿，之后，她便看到了那个吊坠。

她呼吸突然急促起来，差点把吊坠摔到地上，她用颤抖的双手把吊坠捧起，静静地端详着，眼里的泪珠便再也藏不住了。天哪，我是不是不该这么做，不该把这么让人伤感的东西带给她，我之前在想些什么！

她用娇小的双手紧紧地握住那个吊坠，闭上了双眼啜泣起来。我顿时坐立不安，觉得自己应该说些什么来安慰她，但我又觉得这个时候应该留给她和她的丈夫，毕竟这个吊坠和那两枚戒指的意义是完全不同的。这是她追忆亡夫，宣泄情绪的时刻，我不该打扰。

几分钟后，她振作了起来，用颤抖的声音问我："这是你为我做的吗？"

"是的，夫人，真是对不起，勾起了您的伤心事，我本来以为……"

"没有没有，"她急忙打断我说，"谢谢您，谢谢您，真的，谢谢您……您是怎么知道我们这边的这个传统的？"

我终于释怀了，长舒了一口气，说："舰长告诉我准将的妻子是一位传统的南方女子，而在我的印象中，在吊坠里夹上一缕头发好像是南方人的一个传统。既然准将不能回来了，我想这样做可能会让您舒服一些。"

"天哪，"她说，"你没法想象这对我来说有多重要。"

看着她现在的样子，我知道这对她来说真的很重要，这也是很长时间以来我总算觉得自己做了件好事。看她坐在摇椅上舒缓地摇动着，手上紧握着那个银色的吊坠，我感到非常欣慰，有几分钟甚至忘了我身上骨头的疼痛。

"跟我说说吧，小伙子，"她对我说，"他最后是什么状态，是什么模样，到底发生了什么，统统告诉我。我都有三年没见他了，你知道吗？就请你详细地跟我说说吧。"

于是，我们便在客厅里聊了几个小时，茶水喝了一杯又一杯，我忘情地跟她讲述着冲绳岛包围圈的事，都有点忘乎所以了。讲到最后，她仍认真地望着我听我说，我都有点上气不接下气了。接下来发生了出人意料的事，霍默被叫回了亚特兰大，把我扔在这儿了，我之后才知道那边给了他十美元的小费。我无计可施，便带着我的两个行囊入住了她家的客房，房间环境甚好，正中有一张四柱大床，旁边便是一个大衣橱，顶上还吊着一个木制的风扇。在夫人的强烈要求下，我回到房内准备睡个好觉，正当我在收拾我的衣服时，之前给我们倒茶的那位女佣小心翼翼地敲了敲门，给我端来了一盘食物，里面装着去了硬皮的三明治和一杯冰啤酒，这样的用餐搭配无疑就是海军人家的特色。她告诉我祭酒仪式将在六点钟于客厅举行，晚饭则会安排在七点，今晚就让我在夫人家过夜，我自然是欣然接受了。

我相当疲劳，本可以一觉睡到明天早上的，但在六点左右楼上大厅有位女子大喊大叫把我吵醒了，但我也算是精神焕发，便走下了楼。我换了件衬衫，但还是穿着之前的西服，打着一样的领带，下楼之后我便吃了一惊，在范·阿纳姆夫人旁边的沙发上端坐着一个妙龄女子，我仔细看后便发现这是准将桌上照片里的那个人。介绍之后我才得知，她名叫茱莉亚，和我之前想的一样，她是准将的女儿，在我因之前的跨国旅途舟车劳顿而酣然大睡时，她从亚特兰大赶了过来。

茱莉亚长得更像准将一些，留着一头棕色的秀发，两只褐色的大眼睛机灵地转着，这惊为天人的相貌就算是放在著名电影《飘》里面也不会显得突兀。如果说她母亲的言行举止和穿衣风格都深受19世纪传统文化的影响，那么她新潮又不失典雅的装扮则透露着20世纪的现代感。她涂着鲜红的口红，正前方的咖啡桌上放着一盒香烟，想必也不会是她母亲的，她的双腿纤细而优雅，走起路来摇曳的身姿就仿佛灯火阑珊时从夜总会独自回家的女郎。在我向她自我介绍时，从她的眼神里便可看出她正在上下打量我，我立刻就在心里开始盘算着我给她留下了怎样的印象。我现在身形消瘦，比正常比例应有的体重低了二十五磅，眼睛下面还挂着两个巨大的眼袋，走起路来一瘸一拐就像一只受了伤的大昆虫，我想应该没能给她留下什么好印象。而她这般花容月貌，想必常常游走于亚特兰大城内各色少爷和花花公子之间,当然了,前提条件是这些少爷们在这经济萧条的时期还能富得流油。我这才发现对于1945年末的美国形势我是很不熟悉的,不知道将来能不能适应得了。

晚餐过后,我们回到客厅内喝了点咖啡,茱莉亚点起了一支香烟,同时还递给我一支,但在我拒绝了她的香烟后看得出她有几分失落的神色。不一会儿,范·阿纳姆夫人离开了房间,留我和茱莉亚独处,我之前都没注意到客厅里有个小吧台,直到她起身走过去我才发现,她倒了两杯法国白兰地,递给我一杯,我们便聊了起来。我打开了话题,问她是做什么职业的。

"我在亚特兰大的一家大银行里做金融类的工作,"她说,"就是帮别人管理投资,统筹商业交易之类的事。"

"我对金融了解得不多,唯一知道的就是在1929年金融市场一度萎靡不振。"我对她说着,脑中回想起了三十年代中期经济大萧条袭来的时候,海军和陆军的工资都被大扣特扣。

她点头表示赞同,说:"现在开始复苏了,尤其是在亚特兰大,这里迟早会发展起来的,我希望等它成为大城市的时候我能身在其中。"

"现在从事金融行业的女性多吗?"我接着问她。

"现在多了,"她说,"其实也不是太多,但也不是没有,这场战争其实给女人提供了不少在商界就业的机会,等到那些男人从前线回来就有得看了。"

"你觉得女性会被男性从职场中挤走吗?"我接着问。

"反正肯定是一场激战,"她说,"这也就是为什么今年我打算自己开公司了,不过也要看我从银行跳槽的时候能带走多少客户,总之我打算在所有人都开始忙着找工作之前就创好业。说说你吧,等这场仗打完以后有什么打算?"

"没主意,"我说,"其实我是因为身体原因才退役的,现在就算是彻底脱离海军编制了,他们说我的身体状况不允许我在冲绳岛继续战斗了。"

她点了点头,"那你以后打算干什么工作呢?"她问。

我心里闪过了投资人这个职业,想要跟她更有交集一些。"我四年的工资都存在银行里了,"我说,"而且我又没结婚,现在就存着吧,未来一段时间内也饿不死。"

"挺好的，战后肯定要迎来一阵失业狂潮，经济紧缩会持续加剧，可能要等到那些政客决定再去对哪里发起战争才会好转。欧洲现在也打得一团糟，至少要十来年才恢复得过来。不管怎样，国家得想办法让德国银行复苏，只有他们可以撑起欧洲的经济。"她对我分析道。

"未来真是充满变数啊，"我说，"我就静观其变吧。"

她奇怪地看着我，好像是在心里做了什么决定似的，一会儿，她抽完了烟，把杯子里的酒一饮而尽，看了看表说："明天我还要早起呢，还得赶回市里去，不过现在，我要向你介绍一个人，等我一会儿啊。"

她说罢就转身出去了，我便安逸地坐在椅子上，环视着这个客厅，天花板大概高十二尺，上面都生出了霉菌，墙上贴着有些破旧的壁纸，摆放着的家具看来都有些年头，至少得是上世纪八十年代的老东西。我忍不住想，他们家里平常在这片农场里干什么，田地里虽然有点粮食，但家里的男人都出去了，谁来照料呢？

"迈尔斯舰长，"茱莉亚回到了房间里，"来，认识一下我的小妹妹，奥莉薇雅。"她说罢，转头对着那个女孩子说："小莉，这是美国海军舰长康尼·迈尔斯，他来家里把爸爸的戒指和吊坠送过来。"

从茱莉亚的手臂间可以看到，身后有一位一袭白衣的女子。奥莉薇雅看起来二十出头，身材纤瘦，比茱莉亚还要高挑一些，披着一头迷人的金发，若是在街上看了她那精致的脸蛋，估计连世上贤者都会不停回眸，干出撞到电线杆的蠢事。但除了美貌，我似乎注意到茱莉亚在用手搀扶着她，细细观察后我才发现，原来奥莉薇雅那双美丽的蓝眼睛什么都看不见，她是个盲人。

"奥莉薇雅，"我一边叫着她的名字，一边走上前去，"很高兴认识你。"

她把头转向我声音传来的这一侧，我正控制着自己不要一直盯着她看，才反应过来反正她也看不见我，盯着看也无伤大雅。但茱莉亚看到了，她看到我一直盯着奥莉薇雅看，脸上露出了一丝惋惜，似乎在对我说："这么个美人，可惜了。"她扶着奥莉薇雅坐到了沙发上，并在她旁边坐下，坐得不算太近，但足以让奥莉薇雅知道她在身边。

第十七章

"舰长您好，"奥莉薇雅对我说，她那温婉的南方口音是茱莉亚所不具备的，"您把这个吊坠给我们带来真是太好了，这对妈妈来说意义重大。"

"我之前差点就打退堂鼓了，"我说，"我思前想后，越来越觉得这么做有些冒昧，但……"

"是有一点，"奥莉薇雅说，"但我们都很感激您，我还记得那天军队的车来家里，两个军官下来把爸爸带走了，妈妈那时候身体难过得不能动弹，我也是看妈妈的反应才知道为什么他们要带走爸爸的。但妈妈一直都很相信爸爸不会出事，毕竟他是长官，是个准将，比起年轻的战士要更安全一些，全家人也都是这样想的。"

"他留在后方，只干一个准将分内的工作时是比较安全，"我说，"但后来他北上来到了包围圈，从那之后就算是在刀尖上滚了。也许是他觉得我需要他的帮助吧，我也很感激他愿意来前方支援我们，但现在我倒希望他就待在后方。"

"我不太懂你们说的这些东西，"奥莉薇雅说，"什么包围圈、后方、准将我都不知道，舰长，您能不能现在给我说说这些是什么呢？"

这时茱莉亚看了看表，站了起来说："小莉，我要睡觉去了，待会儿你要是撑不住了就麻烦舰长送你回房间吧。"

奥莉薇雅古灵精怪地笑了起来，说："快去睡吧，姐姐。"

茱莉亚对我挥了挥手便上楼了，随后，奥莉薇雅示意让我到沙发上和她坐在一起。"能麻烦您给我一杯法国白兰地吗？"她对我说。

我很奇怪她是怎么知道家里有白兰地的，但还是给她倒了一杯，之后我想起了关于盲人的一个理论：失去视觉的人其他感官都会变得格外灵敏。我在她旁边坐下，把杯子递到她手里，和她碰了下杯。她又露出了微笑，举起杯子啜了一口。

"等我撑不住了，"她摇了摇头，学着姐姐说话，"我是瞎了，又不是他妈的残废了。"

这话实在是出乎我的意料，我被刚喝下的白兰地呛到了，这倒好，奥莉薇雅在旁边笑开了花。

"我听到了哦，"她调皮地说，"现在你不准叫我名字了，叫我小莉。"

就这样，我在乔治亚中部的某个荒郊野岭度过了余生，好吧，这里也不算荒郊野岭，主要是因为乔治亚是密西西比河以东最大的州，你离亚特兰大越远，你就离人类文明越远。

作为客人，我在准将家的农场里住了三天，其间我和小莉除了睡觉基本都待在一起。我之前读过一些关于失明的书，但在经历了冲绳岛的水深火热之后，我绝不敢想这种事会发生在我身上。小莉也并不是先天性失明，在她十六岁时一次交通事故中，头部严重的受伤才导致了她的失明。她在家里行动基本正常，因为从小就在家庭的农场里长大，在农田里干活也是一个能手。我曾对她说过，如果能作为第一批移民来到乔治亚，生活一定妙趣横生，她听后对我露出了甜美的微笑。她总是爱笑，而且通常都是爽朗地开怀大笑，她说："所谓的最早移民估计都在内战时被杀了，现在这边人的祖先都是内战后来乔治亚投机谋利的人。"

重要的是她似乎将像她妈妈一样，永远留在这边的家里，不像她姐姐总是奔波。然而当时我深深地爱上了她，我面对着走或不走的抉择，我仔细思考了五分钟，便决定了结束这段为期六个月的求爱期，与她结婚了，而且我们还是奉子成婚，然而在当时也没有会败坏名声的迹象，倒不是小莉对此一点都不在乎，但她似乎什么都不怕，就算我有时从噩梦中醒来，失去理智地嚷着周围有鬼，她也不曾畏惧。

我自始至终也不会忘记，那些亡魂，那些葬身大海英勇的灵魂，那些在凶残的冲绳岛包围圈上浴血奋战的小战舰，就算他们的未来，甚至他们的生命都是一片灰暗，却未曾退缩过一丝一毫。所有在太平洋上英勇就义的人们，无论军衔高低，从小兵到准将，他们各自带着为国献身的无上光荣，都将永远共生在这无垠的海底。战事已休，所有被击沉、被引燃、被粉碎的船只，都将在冰冷的太平洋底，尘归尘，土归土，从一摊摊废墟，化为最初将他们拼凑而成的元件。

我们已经在战场上发挥了自己所有的光和热，时至今日我有时仍会怀念早

第十七章

晨驾驶舱里咖啡的阵阵浓香，还有穆奇手里嗞嗞作响的肉桂卷。其他关于马洛伊号的记忆早已像那些沉没在包围圈上的船一样慢慢逝去，让我悲从中来，但是每当我看向小莉，一切就都仿佛海面上的日出一样，充满生机，充满希望，成为一天中最美好的时刻。

作者按

在1945年的冲绳岛战役中，我的父亲作为一名准将，搭乘一艘驱逐舰上了战场，若是这些事情都是他亲口给我描述的那便是最好了，可惜，他没有机会再回到家中向我讲述一切，这是最让我悲痛的。

在攻占冲绳岛的途中，美国海军伤亡惨重，但其惨烈程度与登上岛屿后的战争相比相去甚远，但从数据上来看，海军方面由于战争所造成的伤亡要大于陆军所遭受的伤亡。岛上的战役在历史上画下了无法遗忘的一笔，双方共计百万余士兵在岛上短兵相接，整个冲绳岛就仿佛一台巨大的绞肉机。

造成海军方面伤亡人数急剧上升的一个最重要的因素便是日军凶狠的神风敢死队战术，美军虽然早早得知了神风敢死队要袭来的消息，却往往不给予足够的重视，大幅低估了眼前的危机。根据盟军和美国海军当时的预计，日军仅有五百架左右的战机可供神风敢死队计划使用，然而实际数量却将近五千架，纵然美军和盟军组成的舰队规模浩大，有近一千五百艘战舰及其他船只，但是这样的预判失误直接导致了美军三十四艘战舰的沉没以及三百六十八艘战舰的损坏。

通常情况而言，我会根据史实的时间顺序进行归纳，从而让整个故事精简，但是在本书中，我花了大量的篇幅，将雷达包围圈上的恐怖以及驱逐舰船员们坚守阵地的英雄主义情怀尽可能详尽而准确地描述出来。这层包围圈一度为总舰队以及庆良间群岛的后勤部队发出提前十五到二十分钟的预警信息，对于整个战局而言都是至关重要的，日军后来决定把攻打包围圈作为第一要务便是最好的证据。

我一直以来都把冲绳战役看做美军向日本投放原子弹的一根导火索，惨烈的战况，骇人听闻的伤亡人数都在触碰着美军的神经，而且日军把冲绳视做国家固有领土，向全军说明如果盟军打入日本本岛的严重后果，所以他们反抗得也异常顽强。然而整个B-29战术以及原子弹的投放都标志着美军在太平洋战争的策略上的重大转变，从原先让士兵抛头颅洒热血的海陆围攻变为了调用一切尖端武器以及前沿科技的现代化战争。日军总帅们也自知冲绳岛已经失守，但他们决定让美军付出流血的代价，从而动摇美军进军日本本岛的决定。然而讽刺的是，我认为他们多多少少吓退了美军。